有爱的青春陪伴者

『未来终究渺茫,我想抓住的是现在。』

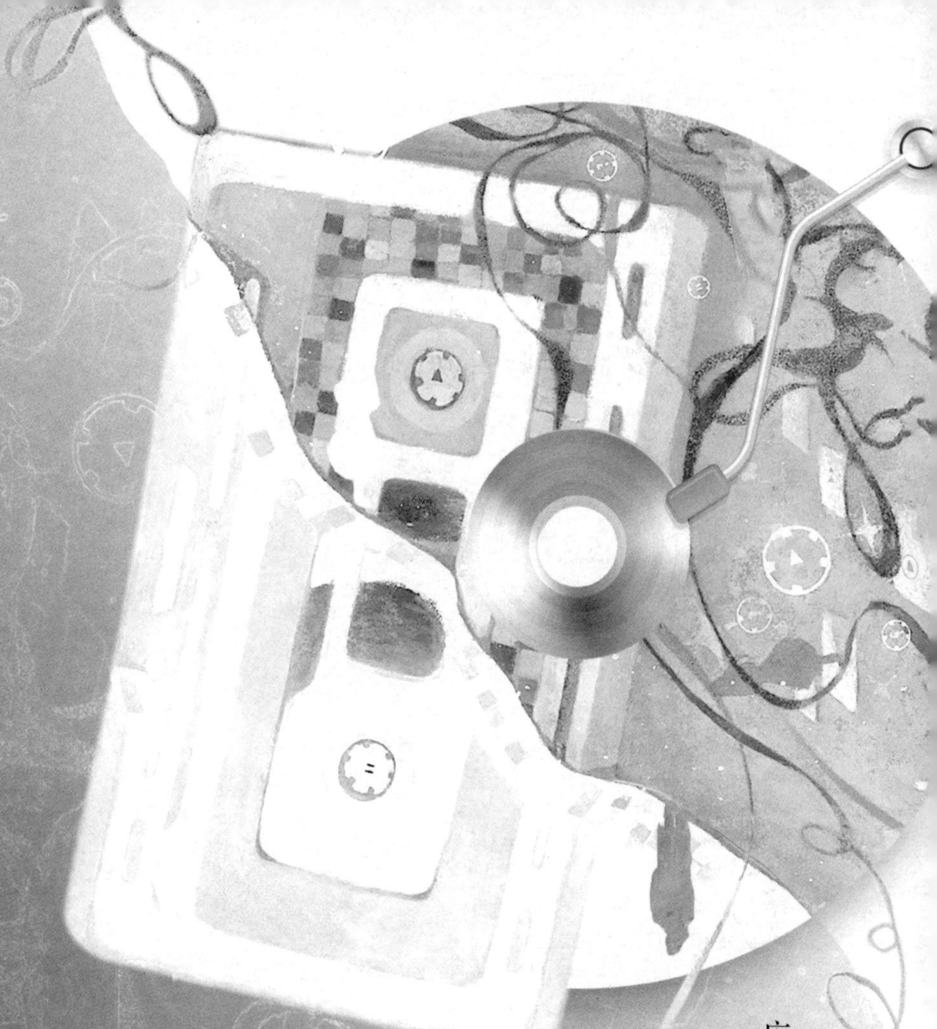

等时间回温

应无眠◎著

江苏凤凰文艺出版社
JIANGSU PHOENIX LITERATURE AND
ART PUBLISHING

图书在版编目（CIP）数据

等时间回温 / 应无眠著. -- 南京：江苏凤凰文艺出版社，2025.8. -- ISBN 978-7-5594-9762-8

I. I247.5

中国国家版本馆CIP数据核字第2025G7R017号

等时间回温

应无眠 著

责任编辑	王昕宁
特约编辑	周 贝
责任校对	言 一
责任印制	杨 丹
出版发行	江苏凤凰文艺出版社
	南京市中央路165号，邮编：210009
网　址	http://www.jswenyi.com
印　刷	天津睿和印艺科技有限公司
开　本	880mm×1230mm 1/32
印　张	9
字　数	242千字
版　次	2025年8月第1版
印　次	2025年8月第1次印刷
书　号	ISBN 978-7-5594-9762-8
定　价	42.80元

江苏凤凰文艺版图书凡印刷、装订错误，可向出版社调换，联系电话025-83280257

目录

第四章 ♪ 055
他真的好高冷

第三章 ♪ 033
科学至上主义者

第二章 ♪ 015
冥冥中的注定

第一章 ♪ 001
五年前的电台信号

第六章 ♪ 094
别怕，我等会就到

第五章 ♪ 072
见你一面也好

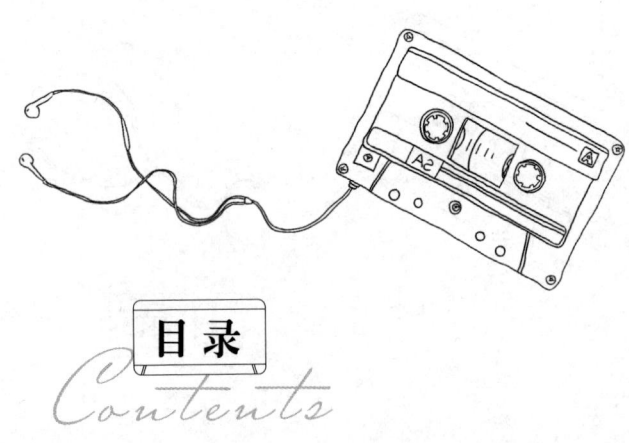

目录
Contents

第七章 ♪ 125
那支水果味的唇膏

第八章 ♪ 161
等到雪了

第九章 ♪ 203
唯一眷恋是你的眼神

第十章 ♪ 241
爱是天时地利的迷信

尾声 ♪ 277
这封信致 25 岁的你

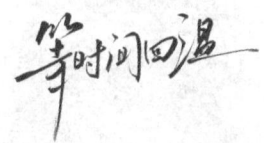

01

　　喻笙是被后座情侣玩游戏的声音吵醒的。

　　这趟高铁开往旌阳，途经南苍。因为是周末，车里的乘客大多是赶着假期出行的年轻人。后座那对情侣在喻笙后面上车，起初吃零食、拍照片，很是惬意，后来大概是为了打发时间，相约玩起了推塔游戏。

　　尽管已经刻意压低声音，但两人争论的动静在安静的车厢里仍显突兀。

　　女生低斥："别待在野区了，你不看地图吗？都开团了啊！"

　　男生委屈："我经济不够，要刷野发育啊，不然进团就被秒，你又要骂我菜了。"

　　"你本来就菜啊，上一局战绩2-7，评分还是倒数第一。"

　　"能怪我吗？那是因为对面老反我野……"

　　喻笙从包里摸出耳机戴上，这才勉强隔绝了外界的噪声。

　　离南苍还有两站，再睡是睡不着了。喻笙侧过头，窗外的风景急速掠过，绵延的田野，起伏的山脉，随即是一片幽蓝的湖泊映入眼帘。尽管已经入秋，天气却很好，湖泊之上是蓝天白云，治愈的画面令人心生平静。

　　喻笙拍了一张照片，打开微信发给任时川。

　　不知冬：去南苍的路上，风景真好。

　　聊天记录往上翻，一条一条全是她的自言自语，对面始终静寂，不肯给出一丝回应。

　　这次也没有例外。

　　南苍是沿海城市，天空比内陆要湛蓝许多，空气里都是湿咸的海风味道。

喻笙入住提前订好的酒店，草草收拾了一下便出门吃饭。她没吃早餐，三个小时的高铁坐下来，早已饥肠辘辘。在街上转了转，她走进一家挂着海鲜粥招牌的店子。

店里不算大，三两个食客在用餐，墙上的电视正放着一档音乐综艺，厨房里忙碌的老板听到客人进门的动静，撩开隔帘，热情地招呼："美女，要吃点什么？"

喻笙找了靠墙的位置坐下，扫着桌面上的菜单，点了店里的特色海鲜粥和菜包粿。

这时，门外又进来两位客人。喻笙原本没留意，但声音实在耳熟，正是她在高铁上遇到的那对情侣。

女生点了水晶粿和鼠角棉桃，男生则点了一份虾粥。两人坐在喻笙隔壁，在等餐的间隙讨论着这次旅行游玩的路线。

喻笙这才知道，原来他们同她一样，都是来南苍玩的。只是喻笙来之前没做计划，而他们恰恰相反，路线细致到了什么时间去什么景点。

海鲜粥味道不错，菜包粿喻笙没吃几口，她不太喜欢菜包粿的口感，像是糯滑弹牙版的菜饺。

吃到最后胃里沉甸甸的，桌上的食物却还剩一半。喻笙让老板拿来打包盒，将剩下的都装了进去。

买完单正要走，电视上的音乐综艺介绍到一首新歌。喻笙听见歌手的名字：绿镜。

一时有些晃神。

认识任时川的那几年，这个歌手曾频繁出现在喻笙的歌单里。绿镜的歌比较冷门，他的作品都有种光怪陆离的阴郁美感，旋律像是在墓地里起舞。因此也很小众，要不是任时川喜欢，喻笙根本不会关注。

说起来，她对绿镜也只是爱屋及乌。

回到酒店，喻笙已经懒得折腾，简单洗漱后便躺到了床上。

午后的阳光很好，她将遮光窗帘拉上，室内陷入一片浓郁的黑暗里。带来的小音箱在床头放歌,喻笙连着蓝牙,忽然搜索起绿镜的名字。

这三年没有任时川的日子里,她很少关注这位独特的歌手,他依旧很高产,出了很多新歌,听众越来越多,曲风也渐渐明朗。听说他谈了恋爱,大概是受此影响。

喻笙翻出跟任时川的聊天记录。

在三年之前,他们的谈话中还常常会出现绿镜的名字,不过大多数时候都是任时川在说。

时川:笙笙,帮我用你的账号买两张绿镜的数字专辑。

时川:下周绿镜会来参加春江的音乐节,笙笙,陪我去好不好?

时川:别问这么难以抉择的问题,二狗和绿镜我真的没法二选一。

时川:笙笙,你在吃绿镜的醋吗?我当然最喜欢你。

…………

真奇怪,明明已经三年过去,喻笙看着这些文字,还是能想到任时川说出来的样子——一定是无奈的、苦恼的,含着笑意、浓雾一般的双眼温柔笼住她。

喻笙缓慢眨眼,不禁涩目。

不知冬:我在听绿镜的新歌《悬落》,如果你还在,应该会很喜欢。如果你还在。

02

喻笙大学念的新闻系,陪室友外出街采时认识了任时川。

那时候任时川就在春江之声做音乐电台主持,有一把好声线,清俊雅致的容貌在人群里也很显眼。那天他出镜接受了采访,结果采访视频传上网络,竟引起了不小的热议。

原因有二,一是他帅,帅哥无论在哪儿都是能引起别人注意的。

至于二,喻笙仍记得很清楚,当时的随机采访问题是:如果和女朋友吵架了你会怎么办？

任时川很快摇头："我没有女朋友。"

室友说："这是个假设问题，假设你有女朋友。"

任时川思考片刻，回答："我脾气很好，不会跟她吵架。"

脾气好的帅哥，又是个低音炮，网友很快扒出他的身份。

室友趁着视频还有热度，拉上喻笙去春江之声的楼下，联系任时川进行了二次回访，回访完又一起吃了饭。喻笙这才知道，任时川竟然也毕业于春江大学，算得上是她们的学长。一来二去，两人渐渐熟悉，交换了联系方式。

有一天，任时川经过学校来看她。那天下了很大的雨，喻笙撑伞下楼，看着他在楼下凉亭里等待的孤寂背影，她想起前不久看的那部宫崎骏的电影《龙猫》。里面有句台词说：如果你在下雨天的车站，遇到被淋湿的妖怪，请把雨伞借给他。

他就好像那只妖怪，虽然没有臃肿的身体，却拥有独特的内心。

任时川喜欢的歌手叫绿镜，但在他主持的音乐电台里从未提起，喻笙也是偶然在看到他音乐软件里收藏的歌单才知道。后来她也将绿镜的歌加入了自己的歌单，尝试听过几首，始终无法喜欢。

但任时川知道后很意外，笑起来双眼明亮："没关系的，笙笙，你愿意主动去了解我喜欢的东西，我已经很开心了。"

他们是在一个冬夜坦明心意的。那晚月色皎洁，两人从电影院里出来，踩着脚下松软的雪回家。起初是谈论电影剧情，谈论主人公的爱情和失去，后来地面湿滑，喻笙险些一脚踩空，随后落进了任时川温暖的怀里。

她惊疑不定地抬头，正撞进任时川的眼睛里。

簌簌的雪声中，也不知是谁的心跳在剧烈振动，"怦怦"作响，扰得她面红耳热。

但很快，万物归于静寂，她听到任时川的声音。

"笙笙，要不要和我谈恋爱？"他含着笑，情真意切。

她的脑海中一瞬间有烟花炸开。

然后他们恋爱了，如同所有莽撞热烈的小情侣一样，恨不得二十四小时都黏在一起。

两人常在假期里约会，去春山路看雾凇，去 livehouse 听绿镜的演出。准备毕设的那阵子，喻笙经常焦虑失眠，任时川便带她去爬山放松，在山顶露营看星星，还会在电话里给她讲晚安故事。

男人清淡沉郁的嗓音，为喻笙造了无数个好梦。

大学毕业后，两人顺理成章地同居。任时川养了一只名叫"二狗"的鹦鹉，他教它叫喻笙"妈妈"，被喻笙抗议："我哪有那么老？"

任时川无辜地解释："可我是二狗的爸爸，你要是想当姐姐，那咱们可差了一辈。"

任时川对喻笙的爱从不隐藏，他在电台里也常借放送晚安曲的机会送上黏腻的表白。

"今天的最后一首歌想点给喻小姐，张悬的《艳火》。想对你说：未来无论白天黑夜，我们都做彼此的艳火。"

喻笙伏在电台前，静静听完了整首歌，随后给任时川发去消息。

不知冬：这年头还用电台送歌，你好俗啊，任时川。

镜里川：那歌好不好听？

不知冬：好听。

任时川发来一条语音，笑得开怀："承认吧，笙笙，就算我俗，你也还是喜欢我的。"

爱意至浓，他们开始规划未来，要养一只乌龟跟二狗做伴，自驾游去各地旅行。但等不及实现，任时川就在一次昏迷后被查出脑癌。

平静的日子被打破，幸福的生活戛然而止。

喻笙忘了那段时间是怎么熬过来的，只记得她从任时川的葬礼回到家，毫无知觉地睡得昏天黑地。

无数黑夜与白昼，她活得浑浑噩噩，如同麻木的傀儡。有时会听到任时川的声音，对她说"笙笙，别哭"。她从睡梦里惊醒，二狗扑腾翅膀飞来床边，尖喙一张一合。

"笙笙，别哭。"

原来是它在学着任时川的口吻安慰她。

时间从不会为谁的离去而改变节奏，三年时间过去，喻笙也逐渐接受现实。她遇见很多人，但谁都不会是任时川，于是她心里始终空着一个地方。

荣心月看不下去她的状态，买了南苍的票让她去散散心，喻笙没有拒绝。

03

南苍很大，沿海潮湿的风吹得喻笙迷了眼，她穿行在早起去海边看日出的人群中，漫无目的地拎着鞋子下了水。

脚下的沙很软，白浪扑腾而来，她差点站不稳，幸好被旁边的女生伸手扶住。

在外面待到晚上，喻笙随便找个馆子吃了晚饭就回了酒店。荣心月这时也打来电话，关心地问她玩得怎么样。

"海水很蓝，风很大，人很多。"喻笙概括得简洁，想了想，又说，"这里的特产是捞汁海鲜，我不太吃得惯，不过爸应该会喜欢，可惜没法给他带回去。"

荣心月在那头说："你好好玩就成，别总惦记你爸了。有没有拍照片啊？让妈妈看看你。"

"拍了一些，我找找发给你。"

挂了电话，喻笙翻出相册，挑了一些自己和风景的照片发给荣心月。

看了眼时间快八点，她用平板电脑打开了一档音乐电台。蓝牙连接，一阵音乐声后，床头的小音箱里响起女主播清润好听的咬字："以音乐的力量，听世界的声音。欢迎收听春江之声音乐电台——"

认识任时川后,喻笙便有了收听电台的习惯。

专业所致,她常常需要埋头写稿,一写便是几个小时,电台里男友的声音能够很好地为她驱走寂静。

后来任时川去世,这个电台更是成了她的精神慰藉,只要它还在,她就可以当作任时川没有离开。也许他只是调了档,换了个时间播节目。

她自欺欺人地如是想着,心里便会好受许多。

忽然间,床头的小音箱发出没电的预警声,喻笙忙从包里翻找充电线,将将赶在小音箱关机的前一秒充上了电。但奇怪的是,明明音箱已经充上了电,原本该继续播放的春江之声却始终静默,被一阵"刺啦刺啦"的嘈杂电流声代替。

难道是音箱故障?

喻笙轻轻地拍了两下箱体。

下一刻,电流声蓦然止住。

一秒,两秒,三秒——房间里安静了三秒后,中断的春江之声又恢复了声音。

"欢迎收听春江之声音乐电台。"

这次不再是清润的女声,而是一个低幽沉郁的男声。

"我是你们的老朋友,也是今天的主播。"

熟悉的自我介绍响起,喻笙瞬间抬起眼,死死地盯住小音箱。心头一阵猛烈的悸动,伴随着那个名字,在她耳边掀起巨浪。

"——任时川。"

她疑心是自己听错,平板电脑上的播放页面没有异样,她再次凑近小音箱,凝神屏息地听着。

"现在是 2018 年 9 月 13 日,北京时间 20 点整。今晚春江市有阵雨,建议各位有出行计划的听众提前备伞。说来也巧,接下来要给人家放的歌,跟今晚的天气非常契合……"

尽管时隔三年,喻笙依旧确信,电台里的这个声音,就是任时川无疑！

  是任时川！是她想念了很久，以为此生不会再见到的任时川！

  她居然再次听到了他的声音！

  喻笙在手臂上捏了一把，疼痛感剧烈又真实。她没有做梦。

  心脏骤然间"咚咚"作响，几乎快从嗓子眼里跳出来。

  喻笙强迫自己冷静，她回想着刚刚电台里任时川说的那段开场白所提到的 2018 年 9 月——今年是 2023 年，那不正是五年前吗？

  她居然误打误撞收到了来自五年前的信号……

  难道是上天垂怜，想给她一次机会救回任时川？

  喻笙压住颤抖的双手，克制情绪，聆听任时川的声音。他分享着每首音乐的创作背景和幕后故事，再抛出话题，引导听众互动。

  很快迎来节目的热线栏目，喻笙几乎是毫不犹豫地拨了过去。

  嘟声过后，电台编导接起来，提醒她稍作等待，前面有人在连线。

  喻笙深吸一口气，在心里默数了四十个数，电台那头终于接通。

  "您好，这位听众，能听到我的声音吗？"

  五年前的 9 月，任时川还没遇见喻笙，彼时的他们不过是毫无干系的陌生人。

  至少，对任时川来说是如此。

  "能听到。"喻笙的声音有些喑哑。

  察觉她语调里的局促，任时川嗓音放柔："这位听众别紧张，只要回答我们提出的互动问题就好。"

  喻笙刚刚只顾着听他的声音，哪里记得什么互动问题，在任时川的提醒下，她临场编了个回答。

  任时川照例感谢参与，就要挂断热线。喻笙连忙开口阻止："任时川。"

  她咽了口唾沫，想要抓住这个机会，也许是唯一的机会。

  "你要注意身体，注意休息，工作别太辛苦，有点头疼脑热的要去医院检查，别不当回事。记得抽时间去体检，至少三个月一次。"

那一边的任时川听得不明所以，淡声笑着："谢谢关心。"

喻笙了解他的性格，听到这个回答便知道他根本没放在心上，只是出于礼貌。

她只觉眼角一股湿意，忍着鼻酸，咬牙重复："任时川！你一定要多去医院检查，不然两年之后你会因为脑癌死掉的！"

她情绪激动，最后一句几乎是扯着嗓子喊出。

但还没等听到任时川的回应，话筒里就变回了忙音。小音箱里的声音也变得嘈杂，短暂的电流声后，再次响起的是最初那个女主播的声音。

喻笙吸了口气，明白她和任时川的连线就此结束。

心脏抽痛，喻笙倒在床上，恍觉如梦。

同样茫然的还有任时川。

热线电话结束，在放音乐的间隙，编导问："刚才那女听众是你认识的人？"

任时川往嘴里递了一颗龙角散，带着柑橘味的润喉糖在舌尖漫出凉意，缓解了嗓子的不适。

"不认识。"他回答。

夹着细雨的夜风从窗缝钻进来，任时川将窗户彻底关严。

他对声音敏感，但凡听过的，就很少会忘记。

他笃信，刚才观众热线里的那个女声，是他第一次听。

编导不解："那她怎么会这么关心你，甚至最后还说……说出那样的话。"脑癌这话不吉利，编导没明说。

任时川笑了笑："我也不清楚，大概是个恶作剧。"

坐回位置，歌曲快要放完，他要继续工作了。

04

喻笙去南苍的第二周，接到好友章念念的电话，问她怎么悄无声息就去旅游了。

"我妈给我买了车票,让我出来晒晒太阳。"喻笙解释。

章念念跟喻笙是大学室友,相识多年,见证了喻笙和任时川相爱的悲剧,听到她现在愿意走出自我放逐的禁地,很为她开心:"那你在南苍可要玩尽兴点,多拍点照片给我看看。"

这句和荣心月如出一辙的话让喻笙忍俊不禁:"你怎么跟我妈一样,都想让我拍照片。"

"这不是想看看南苍的风景嘛,你知道的,我还没去过南苍呢。"电话那头,章念念郁闷嘟囔着。她毕业后就职于一家日报社,别说出去旅游了,连一个正常休息的周末都没有。

喻笙刚从图书馆出来,正在路口等红绿灯。自从上次误打误撞接收到五年前的电台信号后,喻笙就去网上搜索相关信息,但网上能查到的东西实在有限,大部分都是网友在插科打诨。她思考良久,决定去图书馆碰碰运气。

但一个下午待下来,喻笙翻找了无数生硬晦涩的专业书,最终却沮丧地发现,虽然这些理论都跟时空有关,但也都无法对她遇到的现象进行解答。简而言之,尽管电视剧里演了无数回,但科学不相信时空穿越。

说不清是什么感觉,喻笙有些失落,又有些迷茫。

她犹豫了下,问好友:"念念,你相不相信,人与人之间会有一种特殊的连接,这种连接不会随着生命的消亡而消失?"

"什么特殊连接啊?"章念念顿了下,音调沉下去,"笙笙,你不会是……又想起任老师了吧?"

喻笙的声音在人潮中显得那样轻:"我前几天听春江之声的时候,听到任时川的声音了,我还和他说上话了。不过他那边的时间还处在2018年,那时候我们还不相识,他也还没生病。我觉得这是上天在冥冥中暗示着我,我还有救他的机会。"

她的语气平静,但在章念念听来却癫狂异常,谁会相信一个死去的人会再次出现？

"笙笙，你是不是最近在南苍玩得太累，出现幻觉了？"章念念担忧地问。

"念念，我没有出现幻觉，我真的听到了时川的声音。他生前的时候我们约定要来南苍玩，现在我来到了南苍，在这里接收到五年前他的电台信号，这之间肯定是有关联的。"

察觉到电话那头的人欲言又止，喻笙想，她这段话确实说得太大胆了些，没有经历过的人是无法相信的。

"我没有疯，念念，我们是朋友，这件事我只告诉了你一个人，还希望你能替我保密。"

喻笙说完便挂断了电话。

这些天里，喻笙白天听荣心月的话，做着出门旅行该做的事，参观景点、打卡美食。到了晚上，则准点守在电台前，期待能像上次那样听到任时川的声音，但每次都落空。

街灯亮起，她裹着宽大的薄外套走出酒店，像一尾鱼游弋在南苍的街巷之中，最终钻进路边一家正在营业的清吧里。

她需要一些酒精麻醉紧绷的神经。

坐在吧台后的是个年轻酒保，瞥见喻笙推门进来，他直起身子招呼："您好，想喝些什么？"

喻笙从酒单上点了一杯朗姆特调、一杯玛格丽特。

酒保善意提醒："玛格丽特度数偏高，您如果是一个人喝，建议换一杯。"

"谢谢。"喻笙抬眼，眼眸漆黑，"我想打包。"

几分钟后，喻笙拎着装了两杯酒的袋子走出清吧。

回到酒店，她将灯光调暗，蜷在铺了毛毯的飘窗上。今夜没有星星和月亮，暗淡的云层堆了又散，明天大概会下雨。

喻笙思绪飘散，慢慢喝着打包回来的酒。朗姆特调有股淡淡的青柠味，口感清爽；玛格丽特酒味偏浓一些，但酸中带甜。

喻笙酒量确实一般，但架不住任时川喜欢喝。从前两人同住的时候，家里的冰箱里有专门一层用来放酒，渐渐地，喻笙也爱上这种微醺的快乐。

很快，两杯酒的后劲上来，喻笙觉得头重脚轻。困意涌来，她只想回床上睡觉。

可是桌上的蓝牙音箱太吵了，她听见一阵嘈杂的声响，随后是春江之声的开场音乐。沉郁雅致的男声从音响里流溢出来，好熟悉，跟任时川的声音一样。

"欢迎收听今晚的春江之声……"

喻笙睁眼，昏沉的思绪骤然清醒。

不对，这就是任时川的声音。

她跌跌撞撞地从飘窗上跳下，扑到那木质小音箱前。任时川的声音更清晰了些，语气跟咬词都与她记忆里别无二致。

喻笙摸出手机看时间。

星期四，北京时间晚上 8 点 25 分。

她守了那么多天，差点以为那是一生只有一次的奇遇，没想到今天奇迹再次降临。

听众连线环节，喻笙再次拨打了电台热线。

任时川轻易就听出了她的声音。

"是你。"他竟还在打趣她，"这位听众，这次会留下什么预言吗？"

喻笙问："你觉得我是在开玩笑？"

任时川不置可否："我的名字很大众，或许你是认错人了。"

喻笙沉默了。时间紧迫，她不清楚还有没有下一次机会，所以必须要赶在这次连线让任时川相信自己并不是恶作剧，也没有认错人。

"任时川，生日在冬天，手腕上有块疤，韭黄炒蛋不吃韭黄，喜欢自己调酒喝，养了一只叫'二狗'的宠物。"

喻笙缓缓说完，又道："既然你提到预言，那我就再预言一件事：

三天后,你喜欢的歌手会发布一首新歌,歌名叫《沉溺》。"

如果说前面的特质和喜好是身边人都会知道的事实,那绿镜,则是独属于喻笙跟任时川的秘密。在喻笙之前,任时川从未对别人提过。

而喻笙之所以记得《沉溺》这首歌的发布时间,是因为这首歌在日后会成为绿镜的代表作,同时也是任时川最喜欢的歌。

这段话终于让任时川不复先前的淡然:"你究竟是谁?"

喻笙看了眼日期:"9月26号上午,你坐地铁3号线,会在出口遇到一个怀里抱书、穿灰色卫衣的女生。她叫喻笙,她就是我。"

任时川有车,平时出行都是自驾,闻言他失笑否认:"我很少坐地铁,更别说3号线了。"

没有人比喻笙更清楚她和任时川的初相见。

"你会坐的,你那天要去参加朋友的生日聚会。"

"你怎么知道?"

连线时间即将结束,喻笙呼吸急促起来,她克制着情绪,抓住这也许是最后一次跟已逝男友交谈的机会。

"任时川,也许你不信,但我,喻笙,是你未来的女朋友。"

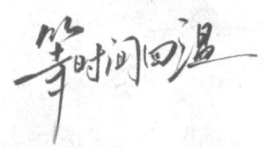

01

"我的小祖宗,你可算来了!"

喻笙刚到地铁口,就被早已等候在那里多时的章念念拉住,她将手中一摞书塞到喻笙怀里。

喻笙接稳书,瞥了一眼她身后:"江序放你鸽子了?"

"可不是嘛,说到这人就讨厌。"章念念的小脸上布满怨念,"早就跟他约好今天要去街采,结果临出门才告诉我有事来不了。"

喻笙跟章念念都是春大新闻系大三学生,两人也是室友,关系不错。章念念的街采任务是老师布置的作业,本来说好是江序充当摄像,章念念负责出镜采访的,这下事有变故,章念念叫来好友喻笙帮忙,总不能让人家当苦力,于是出镜的人就变成了喻笙。

喻笙一只手拿着麦,一只手掂了掂那摞书,问:"你采访怎么带这么多书?"

章念念低头调试着微单的镜头模式,道:"江序送来的。他觉得放我鸽子不对,就用这些书来弥补歉意。"

喻笙稍微瞟了一眼书名,忍俊不禁:"《名人谈如何成功》《教你学会入门剪辑》《音乐与镜头的配合妙用》……他这是把他的私藏都送过来了吧?"

章念念不以为然:"反正对我来说没用,不如直接借这次采访送出去,就当日行一善了。"

这次的街采是随机话题采访,她提前准备了一沓话题卡,喻笙只需要照着问就行。

这天是周三上午,天朗气清,大概是工作日的关系,即便是在地铁口,行人也不多。两人抓壮丁似的不放过任何一个路人,终于将那查话题卡片消耗了大半。

喻笙站久了脚酸，坐下歇口气的工夫，章念念又盯上一个目标。

"笙笙，我们去采访那个帅哥吧？"

顺着她目光示意的方向看去，喻笙瞥见一个瘦高的蓝色身影。

对方似乎刚下地铁，正扶着电梯一路上行。他身姿颀长，戴着一顶鸭舌帽，帽檐下是一双漆黑的眼睛。长得确实不赖，鼻挺唇薄，轮廓分明，是那种在人群里会被一眼捕捉到的长相。

喻笙遥遥打量，暗忖这样的帅哥接受采访的可能性多大，谁知下一刻对方的眼神就扫了过来。

目光相接，尴尬对视。喻笙自知偷看被抓包，心虚地回以歉意笑容。不料男人的视线在她身上停留了两秒后，蓦然顿下步伐，随后竟径直朝她走了过来。

"都不用我们主动邀请，帅哥居然自己送上来了！"

章念念小声感叹，立马扶着微单，将镜头对准对方，不忘提醒喻笙入镜采访。

喻笙此时还一头雾水，直愣愣地看着男人走近。

不是吧，她就看了他一眼，他这是要来兴师问罪了？

眼看那顶鸭舌帽已经近在咫尺，喻笙不由得往后退了退，正要开口申明在公共场合看帅哥并不属于违法行为时，男人先她一步出声："你刚才在对我笑，是不是认识我？"

任时川承认，用这句略显自大的话来开启话题不是个好主意。但当他垂眼看着面前这个穿着灰色卫衣、怀里抱书，与那天热线里描述一致的女生时，实在想不到更好的开场白了。

男声雅润醇和，落到喻笙耳里，却令她理解得很艰难。

出门在外对人笑不是礼貌吗？怎么还扯上认不认识了？还是说，这是什么新型的搭讪方式？

喻笙自我感觉没那么良好，遂将第二个念头晃到脑后，迎上男人如深潭的双眼，她举起手里的麦。

"同学你好，我们是春江大学的学生，在做一个街头采访，刚才是觉得你的形象很适合上镜，所以多看了两眼。"

她的声音清甜，和煦如春风，同任时川在电台热线里听到的女声很像。她们有相同的咬字习惯，也都喜欢在尾声处扬调。唯一的区别大概是，热线里那个女声偏低哑温和，有种历经沧桑的沉重感。而面前这个女孩笑靥清澈，一看就是涉世未深的大学生。

任时川扶了扶帽檐，抿直唇线："好，我接受采访。"

喻笙随手摸出一张话题卡，卡面上的问题是：如果和女朋友吵架了你会怎么办？

她如实问出，任时川看了她一眼，淡淡摇头："我没有女朋友。"

章念念在镜头后接话："这是个假设问题，假设你有女朋友。"

任时川无奈地笑了笑："具体情况具体分析，如果是我的错，我会道歉。"

喻笙问："如果不是你的错呢？"

任时川思考片刻，嘴角扬起柔缓的弧度："那等我气消了再和她道歉。"

这话听得两个女生都愣了，章念念西子捧心："真难得，帅哥还是个大情种。"

喻笙咳嗽两声，用胳膊捅了捅好友，暗示人还没走，她别这么直白。

任时川只是笑了笑。

喻笙也弯起客套的笑容，从怀里随便拿了一本书递过去，拿之前没注意看，送出去才发现是余华老师的《活着》。

"抱歉耽误了同学几分钟的时间，这本书送给你当作补偿吧。谢谢接受采访，祝你活得开心。"

任时川接过书，低头瞥着封面上大大的"活着"二字，再望向喻笙招呼着章念念离开的身影。

他低低开口，确定音量在她能听到的范围内。

"我叫任时川。"

但喻笙还是没听清，回头"啊"了一声："你说什么？"

"任时川——"男人抬了下帽檐，那双眼暴露在初秋澄明的阳光下，黑眸熠熠。

"我的名字。"他沉郁的声音像拂过水草的溪流，滚落进喻笙的耳朵里。

"噢，好的，任时川。"

任时川注意到喻笙对他的名字毫无反应，只是比了个"OK"的手势："我们后期会在视频里加上你名字的。"

玻璃窗外两旁的行道树摇着叶子，目送两人的身影渐渐远去，任时川收回目光。

口袋里的手机发出"嗡嗡"声，是冯松来电催促："我们都到店里了，你人呢？"

冯松是任时川的高中好友，也是今天生日聚餐的寿星，几人约在青山路边上的一家私房菜馆。

"快到了，再等几分钟吧。"

"怎么回事啊你，路上很堵吗？"

"我的车发动机出了点问题，送去修车厂了。"任时川给手机打开蓝牙，连接耳机，"今天坐地铁来的，等会儿再转两站公交车就到了。"

"你也真是，早说啊，我就去接你了。"冯松道，"那我们先点菜，等你过来。"

任时川挂了电话，缓步走到公交站。

耳机里播放着绿镜的新歌《沉溺》，他不由得想起喻笙。上次那个热线电话结束后的第三天，他真的等来了绿镜的新歌发布。

他可以把对方将他的兴趣爱好都如数家珍当成巧合，但无法忽视她竟然知道他喜欢绿镜。这是个连他身边人都不清楚的秘密。更遑论今天他本想开车出门，发动机却突然熄火，正好应验了喻笙说的话。

——"9月26号上午，你坐地铁3号线，会在出口遇到一个怀里抱书、穿灰色卫衣的女生。她叫喻笙，她就是我。"

——"任时川，也许你不信，但我，喻笙，是你未来的女朋友。"

他想起刚才的见面，喻笙望着他完全陌生的目光不似作假，在听到他名字时也毫无波动。

排除掉撞名的可能，如果电台热线里的喻笙跟这个喻笙是同一个人，那有没有可能，热线里那个是来自未来的喻笙？所以她可以精准预言他的喜好和他们的相遇，甚至还知道他即将罹患绝症……

任时川及时打住了这个大胆的想法。他低下眼帘，那本《活着》平摊在他的腿上，默然无声。

或许他确实该找个时间去医院做一下体检了。

02

回到学校时饭点刚过，喻笙跟章念念去食堂赶上了尾场。

章念念还惦记着任时川："笙笙，你知道第一次见面的男生主动报名字，意味着什么吗？"

喻笙埋头吃饭，囫囵地答："意味着他有名字。"

"意味着他想认识你。"章念念撑着下巴，用筷子敲了敲好友的碗，"多好的桃花，结果你走得那么快，生怕被人家追上似的。"

喻笙回想任时川看她的眼神，虽然有那么一丝审视和探究的成分在，但她也真没发现掺杂了其他不单纯的感情。

"就一个采访，哪有那么多桃花。"喻笙从碗里分出两块排骨，递到章念念碗里，"说不定人家是怕我们采访视频出来不署名，才特意提了一下名字。"

这话说服了章念念，她不再继续纠结。

两人吃完饭回宿舍，章念念开始整理采访素材，喻笙则换了一双鞋准备出门。

大三开学后课程不算多，喻笙一周三天早八，两天是满课，其他时间还算自由。于是她加了个兼职群,计划着没课的时候打点零工,攒些零用钱,等国庆放假出去旅游。

今天兼职的地方是在青山路一家刚开业的火锅店,喻笙到店后就被安排穿上火锅店的玩偶服在门口发传单。

青山路是春江的市区中心,晚上人流量很大,传单并不愁发。不过相应的,路过的行人也是鱼龙混杂。喻笙在发传单时,总有人为了好玩,不是拍玩偶的脑袋就是踢玩偶的腿。玩偶服本身就有一定的重量,再被外力这么一干扰,喻笙要很勉强才能保持平衡,直把她气得脑仁疼。

传单发完后,喻笙靠在店门旁边的石柱上,刚歇了一口气,玩偶服背后又传来一阵拍打的劲儿。她耐心耗尽,随手推开。没想到下一刻就响起小孩的号哭声,回头一看,一个八九岁的男孩跌坐在她身旁,捂脸哭得很厉害。不用说,她刚才是推了一个小祖宗。

喻笙正要弯身将小男孩拉起来,谁知他哭得越发伤心,指着她说:"妈妈……这只'熊'欺负我呜呜呜!"

周围的路人凑热闹围了过来,小孩的妈妈刚在火锅店里点完单,闻声也赶了出来。

"怎么回事?谁欺负你?"她将小男孩抱进怀里。

小男孩泫然欲泣,小手指着喻笙正要说话,围观的人群里有个身影站出来。

"这只'熊'刚才差点被楼梯绊倒,被这个小朋友扶起来了。不过小朋友可能没站稳,自己也摔了。"

熟悉的低沉声音,喻笙透过玩偶服的透气孔往外看,只能看到那人穿着蓝色衬衫的侧影。但她知道对方是谁,这个声音她上午刚听过。

究竟是什么缘分,让她在偌大的春江市,跟任时川短短一天内打了两次照面。

那位中年母亲闻言,低声询问:"是他说的那样吗,儿子?"

小男孩轻轻抽泣着,抬眼望向任时川。小小的他还不明白这个人为什么要歪曲事实，但被任时川幽沉的目光盯着，让他不敢重复刚才说的谎话。而他也明白自己要是说实话，可能会挨妈妈一顿揍。

他瑟缩着肩膀，埋在妈妈怀里默默点头。

"那这是好事啊，你哭什么？妈妈要夸你呢。"

中年母亲抱着小男孩回到店里，至此，一个莫名其妙的插曲就这样莫名其妙地结束了。

喻笙目送他们的背影，回过头，任时川也不知何时离开了。

她继续兢兢业业地"营业"。

然而她以为的插曲，在结算工资的时候却被老板大做文章。老板调出店门口的监控，上面正是小男孩拍了几下她后背之后被她推倒在地的视频。

"小同学，你这种行为很影响我们店的口碑啊，怎么能这样推客人呢？这得亏客人大气不计较，要是遇到一个较真的主儿，你这点工资都不够赔的！"

喻笙据理力争："可是玩偶服这么重，他拍我的那几下也很痛啊。我只是想把他推开而已，是他自己跌倒的。"

老板斜眼睨她："他多大你多大？大人的力气跟小孩能比吗？小孩子可都是家长们金贵的掌中宝。"

喻笙心里积着一团火，很是郁闷，但念在面前这人还没给她结工资的份上，她还得忍一忍，于是口头妥协："我明白了，下次别人再怎么拍我，我都不会还手。"

但老板却没打算就这样结束："你今天的工资是一百二十块吧，扣掉六十块好了。要是那个小孩子查出什么后遗症，家长过来索赔，我们店再自费帮你垫一点赔偿金。"

喻笙气得没表情了，这都不是黑心，压根是没心。

她提议报警处理，老板起先还硬气，后面见她真要拿出手机打电话，刚才的气势全消，颇不情愿地结了全款。

这天晚上，喻笙用兼职的钱买了烧烤，回宿舍分给大家。

章念念咬着串,问道:"你不是打算攒钱出去玩吗?怎么刚赚钱就花啊?"

"别说了。"喻笙咬下一串骨肉相连,把它放进嘴里当成火锅店老板狠狠咀嚼,"今天这钱我收着嫌硌硬,不如买烧烤吃饱餐一顿。"

"怎么回事啊?"章念念更好奇了。

于是,喻笙将过程说给她听,省略掉中间遇到任时川,只咬牙切齿地描述那位火锅店老板有多黑心。章念念听到最后,眉头皱得能夹死蚊子,问:"然后呢?报警了没?"

"他哪敢让我报警,打嘴炮罢了。"换个人可能会被他那话唬住,偏偏他遇到的是喻笙。

国庆前夜,喻笙接到妈妈的电话,年迈的外婆摔伤住院,让她务必假期回老家一趟。旅游计划中道告吹,喻笙从网上退了出游的票,转而订了一张去青城的高铁票。

印象里,喻笙对外婆记忆并不深,只听说爸妈当初谈恋爱被她一直反对,结婚时她也没参加婚礼,后来喻笙出生,更是减少了走动。

喻笙活了二十岁,很少见妈妈生气,就算小时候她因为贪玩总弄脏裙子,妈妈也只会温声细语地哄她去洗澡。而在为数不多妈妈和外婆的几次通话里,喻笙总能听到她们一言不合的争执,于是她先入为主地认为外婆肯定是个固执老太太,不好相处。但到了医院的病房里,她望着床上两鬓斑白的老人,又觉得自己想错了。

"你就是笙笙吧?都这么大了。"外婆虽然年近八十,又卧病在床,嗓门却依然洪亮。

她笑吟吟地招呼喻笙坐到床侧,从果盘里摸了一个橘子剥给她吃。

"月儿很少给我发你的照片,但我见你第一眼就认出来了,你们母女俩长得真像!"

喻笙从小在春江市长大,虽然离青城不远,但因为妈妈跟外婆很少来往,她也没见过外婆。第一次见面被老人家这么亲热对待,她有些无所适从。

她接过剥好的橘子，微凉的触感贴在掌心，斟酌着措辞："听妈妈说，您摔伤了，现在好点了吗？"

"反正我都一把老骨头了，摔一下有什么关系。"她指了指床尾鼓起的一团，"医生说右腿折了，休养几个月就能好，不用担心。"

喻笙有个舅舅，比荣心月小五岁，念大学时公费去国外做了两年交换生，毕业后进入一家外企上班。这两年由于职位升迁，搬去了外地的分公司工作。

外婆摔伤了腿，老人家孤零零地待在青城确实不太好。

喻笙打电话告诉妈妈，那头沉默了下，说："我跟你舅舅商量下。"

荣心月当晚就驱车赶到青城的医院，跟医生讨论出院事宜。

但面对喻笙和蔼亲切的外婆，在见到荣心月后，脸色却变得冷淡。

"你怎么来了？"

荣心月将外婆的行李打包放到病床前，同样冷淡道："您儿子工作忙，没时间照顾您，只能我这个不孝顺的女儿来了。"

外婆沉默了，别开头不再说话。

03

喻笙家的布局是两室一厅，她一间房，爸妈一间房。外婆搬来之后住进她的房间，而她和荣心月睡，爸爸去睡客厅。

喻笙看得出来，外婆不喜欢爸爸，尽管在她面前，外婆表现得很和气，但是老人家的眼神总不会骗人。只要爸爸下班回家，外婆的目光总是犀利地扫去，注意着他的一举一动。但当爸爸转过头关心她的伤势，她又立即收回视线，恍若未闻地盯着电视里的新闻看。

晚上睡觉前，喻笙向妈妈问起，妈妈闭着眼轻声道："一些陈芝麻烂谷子的事了，没什么好奇的。"

很久以后，喻笙才知道，原来当初外婆早有了心仪的女婿人选，只是妈妈执意要跟爸爸在一起，母女俩才闹得不欢而散，但那都是后话了。

只不过荣心月到底还是嘴硬心软，怕外婆在家养伤无聊，领了一只猫供她消遣时间。

外婆对猫兴趣不大，喻笙倒是很喜欢，给小猫取名叫"十月"，天天抱在怀里逗。

国庆假期过半，外婆的腿要去医院拍片复诊，爸妈有工作走不开，这项任务便落到了喻笙头上。

喻笙带着外婆去到医院时，各个科室都人满为患，好在她提前在医院公众号上预约了挂号，省去不少时间。

排完队，外婆被医生带去做检查，喻笙趁着等待的间隙去了趟洗手间。

回去时经过脑科诊室，差点与推门出来的人撞了个满怀。她退后稳住身形，先道歉："不好意思。"

那人低头瞥见她的脸，愣了下，道："喻笙？"

声线质润低沉，有些熟悉。喻笙闻声抬眸，与对方对上视线。

是任时川。

两人靠得近，她才骤然发现这人竟比她高一个头。

任时川今天没戴帽子，他的短发蓬松，黑发间挑染了几抹亮蓝。

"是你？"她也愣了，扭头看一眼科室名，随后目光下移，落到他手里的 CT 片子。

"你来做检查？"喻笙问。

任时川点点头："你怎么也在这儿？"

"送我外婆过来复诊。"

"老人家还好吗？"

"这会儿正在拍片，不过应该没什么问题。你呢？"

任时川笑了笑："我也没事，检查只是求个放心。"

问完话，喻笙才意识到两人聊天的语气好像过于熟稔了，尽管她已经是第三次见任时川,但对任时川而言,他们俩这才是第二次见面。

哪有人第二次见面就开始拉家常的?

喻笙尴尬地沉默了下,正想托词离开,又忽然意识到什么,她顿住步子,转头问:"对了,你怎么知道我叫喻笙?"

明明那天在地铁口,章念念从没喊过她全名。

任时川与她对视,那双黑眸里闪过一丝复杂。随后他勾了勾唇角,坦然承认。

"我认识你,喻笙。"

十月的秋阳热烈如昨,喻笙扶着外婆走出医院,眯眼适应着光线。两人打出租车回家。

在车上,外婆朝喻笙看去一眼,脸上浮起笑意:"今天在医院里和笙笙聊天的那个男孩子是谁啊?"

脑科跟骨科在同一楼,外婆拍完片被医生带回诊室的路上,正好遇到交谈中的喻笙跟任时川。她似乎对任时川很感兴趣。

"一个朋友。"喻笙随口解释。

外婆仍是笑眯眯的,拍拍喻笙的手:"不是男朋友吧?"

喻笙闭着的眼立即睁开,澄清道:"不是男朋友。外婆,我们都没见过几回面呢。"

在得到孙女确定的回复后,外婆似乎松了口气,瘪了下嘴。

"我就说嘛,那个男孩子虽然长得俏,但染头发的不会是什么好人。"

老人家辨别善恶的方式如此简单,喻笙有些哭笑不得。她问:"那外婆,你觉得在身上刺青的算好人吗?"

外婆皱了皱眉道:"身体发肤受之父母,无论染头发还是刺青,行为都不好。笙笙啊,你是小姑娘,可别跟着学。"

老人家的古板思想是根深蒂固的,喻笙不能直接反驳,只能循循善诱。

"外婆，您知道吗？我大学是学新闻的，我们老师倡导新闻人必须客观求实，只要没做过违法犯罪的事，都不能以个人偏见来判定人的好坏。"

"我不是偏见，我活到这个岁数什么没见过，不爱惜自己身体的人都过得不会太好。"外婆不认同她的话，低头扯住藏青色的衣角，将上面的皱褶捋平，静默两秒又叹气，"不过我孙女不愧是大学生，会讲道理，很好，跟你妈不一样。"

"我妈？"

喻笙不明白外婆的意思，听她说："如果刚才换成月儿跟我说话，你知道她会说什么吗？"

"会说什么？"喻笙问。

外婆故意蹙起眉头，学着荣心月说话的语气："她会说：'您看吧，您总觉得这个世界上除了您就没好人了，我喜欢的您都看不上。既然这样，左右您看喻青南都不顺眼，以后我们就少来碍您眼得了。'"

喻青南是爸爸的名字。

喻笙眨了眨眼："啊？"

她好像无意间听到了什么陈年大料。

外婆摇摇头："她在我面前没你这样好的脾气和耐性。因为你爸年轻时是一头黄毛，又不稳重，我看不惯。虽说他现在也没什么出息，但看上去成熟不少，把你们照顾得也很好。"

外婆收起嘴角浅淡的笑意，苍老的面颊平静无波，她转头看向车窗外，嘴唇翕动。

窗户半开，风从外面灌进来，她说了些什么，喻笙没有听到。

04

国庆结束后，章念念那条街采视频在网上掀起一阵波澜。

视频的主角任时川，头戴鸭舌帽，对着镜头笑意盎然地接受采访，被问到跟女朋友吵架会怎么办,他思考片刻道:"具体情况具体分析,如果是我的错,我会道歉。"

喻笙客串的主持人只露出侧脸,举着麦,问他:"如果不是你的错呢?"

"那——等我气消了再和她道歉。"

男人沉郁的声线穿透屏幕,那双漆黑如墨的眼看向镜头,仿佛同人对视一般。喻笙不由得移开视线,转而望向拿着手机在她面前激动摇晃的章念念。

"20万点赞!1万多评论!笙笙你看到了吗?这是我第一条火出圈的视频啊!"

那一年,短视频平台刚刚兴起,章念念因为经常拍视频作业,也注册了一个账号。上次那个街采作业在交给老师后,她也传了一份到视频平台,本意是想留存备份,结果不期然地火了。

随手翻阅那1万多条评论,大多都是在夸任时川的颜值,和他对待感情的深情。

△换个人说这话有点油腻,但他说出来我是真信。

△怎么说呢,果然帅哥出情种。

△真帅啊,为什么你们出门就能遇到帅哥啊?

△怎么没人夸他声音好听啊?普通话也好标准,这腔调是学播音主持的吧?

△三分钟,我要视频里这个男人的所有资料!

△不是吧,各位,任时川都不知道?这可是春江之声电台主持人啊!

△普通人谁听电台……不过主持人要是个帅哥的话,我也是可以听的。

△春江之声是吧?我来了。

…………

章念念平息完激动的心,感叹道:"我算是明白任时川当时为什么要报名字了,人家确实是有层身份在的,只不过遇上咱们俩这象牙塔里的学生,没见过世面,才不知道人家是谁。"

喻笙也没想到,一次普通的街采,还能让她采访上本市的广播电台主持人。

她又想起那天在医院,任时川说他认识她。

什么际遇下,一个人会认识另一个人呢?喻笙后来去搜了下小学到高中的同学群,里面也没有一个叫任时川的人。

可惜的是上次因为外婆的出现,他们的聊天中止,想要的答案也没了后续。

喻笙正陷入沉思,章念念又有了主意,转头望向她:"姐们儿好不容易火了一回,得抓住机会啊!笙笙,你说我们要不要去春江之声再找他约个街采后续啊?"

"啊?街采后续?"喻笙被她的想法震惊了。

"对啊,趁热度还在,我们再去采访他一次!"

喻笙犹豫了:"会不会打扰到他?毕竟他也算是个公众人物……"

"怎么会?"章念念得意地扬起嘴角,"你是不知道这条视频为他那个电台增加了多少听众!"

在视频刚破千赞那会儿,章念念就注意到了评论区里对任时川身份的科普,她顺藤摸瓜去下载了春江之声的软件,当时任时川的电台在线听众也就上千。等过一晚这条视频被赞到近 20 万后,她再去听电台,在线人数俨然已经破了 6 万。

"怎么说我们也算是双赢嘛。"

章念念是个行动派,这么合计完,第二天就拎着设备叫上喻笙一起去春江之声的融媒体中心蹲点。

任时川主持的音乐电台晚上八点开始,她们本计划提前两小时去,能赶在任时川上班之前采访他。但不巧,碰上那天下午电台开周会,从五点半开到七点半,任时川开完会直接从会议室去了电台直播间,两人守了个空。

宿舍有门禁,不能在外边待太晚。章念念也不气馁,跟一楼前台表明来意,将自己的微信号写在一张纸条上,拜托她转交给任时川,便跟喻笙回了学校。

喻笙那晚难得空闲,早早便洗漱上了床。

章念念在对面床上,电脑键盘敲得飞起,不知是在忙什么。而其他两个室友追剧的追剧,玩游戏的玩游戏。喻笙将床帘合上,遮住头顶的光线,埋在被子里翻了会儿微博热搜,有些索然无味,又打开了很久没登的公众号后台。

公众号叫"笙语",是她高考结束后闲着无聊创建的。那时候爱往上面发点随笔和短文,这几年也渐渐积累了几千个粉丝。喻笙更新得并不勤,课少的时候一周一更,忙起来就变成了月更。距离上次更新已经是一个半月前,留言区新增了两条评论,同一个ID,每条间隔两周,都是在催她更新。

喻笙闭了闭眼,假装没看见,关掉了后台。结果无意间误触,点开了另一个软件。

春江之声。

昨天看到任时川那条街采视频后,喻笙就去下载了这个软件,但一直没时间仔细研究。

春江之声是市级广播电台,软件设计得很简约,首页展示着旗下电台的分区与入口。任时川的音乐电台赫然在列。

喻笙从枕头下摸出耳机戴上,点了进去。

"……今天的晚安曲目是来自听众'爱喝养乐多'点的,歌手尤长靖演唱的《直到永远》。稍后这首歌放完,我们就要结束今天的电台节目了,感谢诸位听众的陪伴,希望大家玩得开心。"

任时川的声音低醇,略带沙哑,透过电流直抵喻笙的耳畔。

这是喻笙第一次认真地听任时川的声音,不得不说,确实很好听。

可惜的是她来晚了,只来得及听上一首晚安曲。

不过也正如章念念所说，任时川的电台是真火了，尽管节目即将结束，在线人数仍然高达8万，留言区还在不断刷屏。

△是不是播太久累了？感觉主持人今天的声音有点哑。

△还可以点歌吗？在哪里点歌啊？

△川哥你现在是春江之声的顶流了，观众热线我都打不进去！

△别说了，这两天观众热线人太多了，每次打都是占线。

△好想让那些新来的别凑热闹，我还等着听那个未来恋人的热线呢。

△啊啊啊，举手，我也附议！

…………

喻笙看得眼花缭乱，索性也不再继续看，给任时川点完关注便退了出去。

最近音乐电台的人气骤升，整组人都士气大振，商量着下班去聚个餐。

任时川望着窗外连绵的雨，蹙眉道："你们去吧。二狗今天送去宠物医院打针了，我得去接它。"

编导扭头问："二狗生病了？严重吗？"

任时川朋友圈偶尔会发一些宠物照片，关系相近的同事都知道他有只叫二狗的鹦鹉，浑身绒黄色，双颊有一抹夕阳橙般的腮红，很是可爱。

"着凉了，医生说有点肠炎的症状，不过不严重。"

"那就好。"编导放下心来，又道，"你是大功臣，聚餐没你怎么行，我们改天再约吧。"

其他人欣然同意。

同事们各自回家，任时川的车在一楼停车区，经过前台时，他被人叫住。

"川哥，这有一张给你的纸条。"

前台的女孩是刚来不久的实习生,将一张微皱的便笺纸递给任时川。纸上是一串字母夹杂数字的乱码。

任时川顺手将纸条塞进上衣口袋里,问是谁留的。

前台回答:"是两个女生,说是上次在地铁站采访过你,这次来想回访一下。不过那会儿你在开会,她们就留了个联系方式,让我转交给你。"

任时川想到了喻笙。

从医院接回二狗,已经是晚上十点半,医生开了些药和注意事项,任时川给鸟笼做完保暖措施才顾得上去洗澡。脱下上衣正要丢进洗衣机,他忽然想起了什么,手探进口袋里摸到一张纸。

差点忘了这茬。

洗完澡,任时川添加了纸条上的微信。

念念不忘:我通过了你的朋友验证请求,现在我们可以开始聊天了。

念念不忘的头像是个长发女生的背影,朋友圈仅限三天可见,不久前刚发了自拍。任时川对那张脸有些印象,正是那天街采负责拍视频的女生。

还不等任时川说些什么,对方已经主动发来了消息。

念念不忘:任老师您好,我是上次采访您的摄像,我叫章念念。

念念不忘:上次那个街采视频在视频号上反响很好,不知道您最近是否有时间,想约您做一次回访。

镜里川:这条视频为我们电台涨了不少听众,还要谢谢你们才是。

念念不忘:哪里的话,互相成就嘛。

镜里川:方便问一下吗,回访是你一个人来还是?

念念不忘:我跟我室友一起,就是上次那个主持人。但您要是不希望人多的话,我一个人去也可以。

镜里川:好,不用麻烦再跑一趟,我正好要回春大办点事。

镜里川:你们定个时间,在学校等我就好。

第三章
科学至上主义者

我尊重玄学,
但我还是比较相信科学。

等时间回温

01

南苍风光好,但紫外线实在晒人。喻笙在那儿待了大半个月,皮肤已经黑了一个度。

她从酒店退房,换了一家靠近海边的客栈,每天早上睡醒推开窗户,就能看到棕榈树下泛白的海平线。

喻笙将前一晚在沙滩上拾到的贝壳串成项链挂在窗前,稍一摇晃,贝壳撞出的声音清脆悦耳,混着翻涌的海浪声,像一出协奏曲。

她微微弯了唇角,拿笔在桌上摊开的笔记本上画了个钩。

去海边捡贝壳,做一串手工项链 √

喻笙前两天整理备忘录的时候,翻到了几年前跟任时川一起讨论旅行时的文字备注。

那时候他们刚好恋爱半年,任时川给喻笙准备了一张手写的旅游兑换券作为礼物,说只要她有时间,他随时可以陪她去旅行。

喻笙那时候实习刚转正,在自媒体公司又当文案又当编导,休假都要带着电脑出门,生怕有什么紧急工作要加班。因此收下兑换券后的大半年,她都腾不出时间来兑现。还是任时川先等不及做了几份旅游攻略,约喻笙小长假一起去。

那些攻略里有去青岳看日出,也有去松海湖骑行,但喻笙唯独看中了"去南苍看海"。

她长这么大还没看过海,因此跃跃欲试。

于是那晚两人便开始讨论起来去南苍要做的事情。

喻笙:"我们去赶海吧,捉到的海鲜还能自己烤着吃。"

任时川:"当然可以。我们还可以骑摩托车环岛吹风。"

喻笙:"潜水也不错,听说可以观赏那种海底星空。"

任时川:"直接在海边露营吧,说不定第二天清晨还能看到日出。"

喻笙:"好主意!再捡一些贝壳,我要串成项链当纪念品。"

避免忘记,喻笙边说边记在了备忘录里,还将标题改成:和小任老师旅行要做的 99 件事。

任时川滚了下喉结,雾色般的双眼映出喻笙的模样,他低声提醒:"可是笙笙,你标题写了 99 件事,内容却只有 5 件。"

喻笙靠着沙发,头歪在男人肩上。

"反正我们来日方长,以后想到什么再加进去。"

这话被窗前的二狗听了去,它扑腾着翅膀,尖尖的声音跟着道:"小任老师,来日方长,来日方长。"

惹得任时川笑意不止。

但那个五一两人还是没去成。

喻笙出差时被路边掉下来的招牌砸伤了胳膊,接下来半个月都得在右手上打石膏。好在是工伤,医药费有公司垫着,还能带薪休个一周假,再加上五一假期,喻笙满打满算能休两周。只是那两周里,任时川总想着法子给她炖补汤,导致她有段时间看到奶白色泛油花子的汤就嫌腻。

后来,任时川生病,旅行更是变成了难以实现的梦。

喻笙不再打开备忘录,而是将愿望寄托给神佛,去寺里虔诚叩首烧香,希望任时川快快痊愈。

但她所愿之事,终是无望。

——不对,或许神明是听见了她的愿望,所以才给了她一次挽救的机会,让她能与当年尚且健康的任时川连线对话。

喻笙看向墙上的复古日历,距离周四还有一天。

这一夜,海边的几家客栈联合弄了个沙滩篝火聚会,还准备了音响和话筒。

喻笙下楼时，正有人扯着嗓子唱那首《死了都要爱》。

唱完一段副歌后，那人拿起喝了一半的酒瓶，冲台下干杯："祝大家……嗝……在爱情里早日脱……嗝……离苦海。"

有人起哄他是不是失恋了，不然怎么如此伤悲。

男人仰着脖子将头发往后捋，咬牙切齿道："谁失恋了！我只是失去了一个不爱我的人！她呢，她失去的是全世界最爱她的人！"

喻笙随便选了个位置坐下。夜里海风微凉，她紧了紧肩上的小毛毯，忽听到旁边有女声在嗤之以鼻："幼稚死了，耍什么酒疯呢。"

喻笙偏过头打量对方，发现她穿着和台上男人同样款式的情侣上衣。

两人兴许是吵了架，谁也不理谁，男人借酒醉唱歌发泄，女生则是沉默地待在篝火旁。

喻笙从摊边买了两罐汽水，给女生递去一罐："买一送一，我喝不完，你要不要来点儿？"

女生抬眼看她，抿了抿唇角，接过："谢谢。"

喻笙打开汽水罐的拉环，"哧"声后便有浓郁的菠萝香气充盈鼻尖。她喝了一口，又听到旁边女生问她怎么一个人来南苍旅游。

火堆里爆出噼里啪啦的火星，它们升腾，转而消散。

喻笙握紧汽水的瓶身，嘴边噙着淡淡的笑意："你怎么知道我是一个人来的？"

"其实我之前在海边见过你几次。"女生将下巴撑在汽水罐上，面对着篝火眨了下眼，"你踏浪、捡贝壳、散步，都是一个人。"

喻笙沉默地笑了笑，和女生聊了一会儿后，得知她叫琪拉，跟男朋友刚毕业，这次来南苍旅游提前规划了很久，但途中还是不可避免地产生了分歧。

喻笙听完笑了笑："有得吵总比没人跟你吵的好。"

这话勾起琪拉的好奇，她犹豫了一下，问道："你是不是失恋了？"

台上唱歌的人换了几拨，此刻是个穿长裙的鬈发姑娘在低吟浅唱。

那旋律听起来有几分伤感。

喻笙问:"你听过这首歌吗?"

琪拉摇头。

喻笙眼神有一瞬的恍惚,而后她垂下眼,浓密的长睫遮住了眸中思绪。

"这首歌叫《沉溺》,原唱歌手叫绿镜。我男朋友很喜欢他。"

男朋友,不是前男友,算是侧面解答了琪拉的疑惑。

琪拉还想再问为什么男朋友没有陪她一起来旅游,喻笙的目光已经移向另一处,转开了话题:"你男朋友来找你了。"

琪拉顺着她的目光看去,醉意醺然的男友正委屈地朝自己走来。

不远处浪花拍岸,夜风习习,琪拉再转过视线,喻笙披着暗红色毛毯的身影已经走远。

睡前,喻笙再次接到章念念的电话。

那头大概是刚下班,声音都透着疲惫。两人闲话家常,章念念择了些工作上的趣事分享。

喻笙忍不住道:"你听起来很累,要不要早点睡?"

章念念问:"笙笙,你去南苍也快一个月了,打算什么时候回来?"

屋外海风拂过,引起窗前的贝壳项链轻轻摇晃。

喻笙望得出神,片刻后才说:"我再待两周就回去。"

章念念叹了口气,还是想劝她:"你不能总被困在过去,笙笙,任老师如果在天有灵,一定也希望你早点释怀,拥有全新的人生。这么说可能有点没良心,但是笙笙,逝者已矣,生者还得继续生活。"

章念念始终觉得上次喻笙说的那件事玄之又玄,她无法相信,只能将其归咎于喻笙太过思念任时川而出现的幻觉。

喻笙静静地听着,说:"好,我知道了,念念。"

有些奇遇他人无法理解,她也决定不再解释,放在心里就好。

02

　　章念念跟任时川约的是周五。

　　喻笙那天上午有两节课，第二节选修课刚上到尾声就收到章念念的消息，提醒她，任时川已经到学校了。

　　这周春江市降温，出了教学楼，迎面袭来一股凉意，喻笙穿了件外套仍觉得冷，又往衣服里贴了两个暖贴。

　　江序跟她同行，见状厚着脸皮要过去两个。

　　喻笙不白送，打着商量："这两个暖贴给了你，下回可得帮我带一次外卖。"

　　江序叹气："哥们当你是好朋友，你当哥们是廉价劳动力。"

　　喻笙见状缩回手："那算了，我留着自己……"

　　"行行行，带带带，我下次帮你带！"江序忙按住喻笙的手，将暖贴抢了过去。

　　天边几朵积雨云渐渐靠拢，大有风雨欲来之势。

　　江序问喻笙待会儿干什么去，反正下午没课，不如叫上章念念一起去外面看电影。

　　说来也有点意思，喻笙跟江序是高中同学，但高中时两人只是打过照面的关系。后来在大学重逢，才莫名有种他乡遇故知的感觉，成了朋友。也因此，作为喻笙的室友兼朋友，章念念跟江序的关系也不错。

　　"今天不行，我跟念念有别的事。"

　　江序示意喻笙往下说，喻笙便提了任时川要来学校接受回访的事。

　　虽说任时川在网上小火了一把，但也仅仅是在视频平台而已，现实中大家都忙着自己的生活，谁顾得上关注无关的人呢。

　　但她低估了江序的反应。

　　"我以为念念街采能采访到任时川就很厉害了，她居然还能约到他做回访！"

江序感慨完，又问喻笙能不能替他要个任时川的签名。

喻笙好奇："等等……你怎么会知道任时川？"

按理说，像江序这样只关注漫画和手办的资深宅男，根本没有认识任时川的途径。

但江序很快回答了她的疑问："我妈车里经常放他的电台，前阵子她刷到念念那个采访视频，还惋惜自己没女儿呢，不然一定要任时川当女婿。这签名我拿着没用，但够她开心一阵子了。"

喻笙挑眉："看不出你还是个孝顺孩子。"

江序作势要敲她的头："怎么说话呢，在你面前我可是大哥形象。"

章念念发来地址，是她们以往光顾的一个家常小馆，喻笙过去时只看见章念念在座位上。

桌子是小圆桌，喻笙随便找了个位置坐下，问："任时川呢？"

章念念指了指玻璃门外："他在接电话，大忙人抽空接个回访也不容易。"

男人背影清瘦，站在啤酒箱一侧，低头接电话的间隙，顺便将地上散倒的空啤酒瓶摆正立好。

没过一会儿，任时川打完电话进门。瞧见喻笙也在，他淡淡一笑，对她颔首示意，随后在她旁边落座。

这家饭馆外栽了两棵桂花树，任时川在外面待了一会儿，身上也沾染上了桂花香。喻笙视线往上，见他蓬松的发间也落了几粒黄色小花。于是她温声提醒，而任时川跟着她的指引在头上拂了拂，没拂掉。

喻笙看不下去："我帮你吧。"

不待任时川回答，她便在他微怔的目光中极快地掸落了那几粒碎花，如蜻蜓点水一般。

任时川只感到一阵淡淡馨香的风掠过他，随后，女生就迅速地坐正了身子。

他绷紧下颌，低沉开口："谢谢。"

喻笙微笑摆手，说了句"不客气"，转过头就对上旁边章念念一脸看好戏的眼神。

下一刻，她的手机收到消息。

念念不忘：你们俩有点暧昧了啊。

不知冬：想多了，就帮他弄了下头发。

念念不忘：哼哼，男生的头发一般都不会让人乱摸，况且你们这才第二次见面。

哪里是第二次，喻笙在心里想，加上前几次的偶遇，她跟任时川已经是第四次见了。

不过摸头发什么的，她只是帮人家掸花而已。

不知冬：别发散思维了……你不是要采访吗？

念念不忘：也对，先谈正事，其他回去再说。

章念念准备的几个回访问题是从她那条视频的网友评论里提取的。大家对帅哥的探索欲很强，不仅好奇他的工作，也想询问私下的感情状况。

任时川主持电台多年，对此类话题也见怪不怪。一一回答完，他难得对镜头开了句玩笑："这些问题让我差点以为这是个相亲节目。"

章念念也笑，说："您还别说，我真打算把那个账号做成校园相亲账号，专门采访单身同学，给大家牵线。"她细长的眼微挑，笑意吟吟，转向喻笙，"下一个就采访我们笙笙。"

喻笙正喝着水，差点被这句话呛住。

她已经习惯好友把她当一块砖，哪儿缺人往哪儿搬的操作了。何况章念念说这话时表情没个正形，一看就是开玩笑，她也没必要当真。

只是没想到任时川会接话。

身侧的男人坐姿端正，身上那件薄藤色卫衣衬得他肤色很白，一只手握住茶杯，手背筋骨分明。

"大学还没念完，倒也不必着急，"他淡笑说着，瞟了一眼喻笙，"宁缺毋滥，谈恋爱不是买白菜，总要仔细筛选才好。"

章念念却不太认同："任老师，您这话说得也不全对，恋爱就是要大学谈才好，趁着年轻，可以多几次试错的机会。"

任时川笑意依旧，没有反驳："看来是我浅薄了，喻笙同学也这么想吗？"

喻笙听着两人的对话，不期然再次听到自己的名字，抬眼看向点她名的那位。她思考了下，还是认真地回答："我觉得看缘分吧，大学遇到的也未必合适，如果只是为了谈恋爱而谈恋爱，那就违背了恋爱本身的意义。"

任时川唇边弧线加深："有道理。"

原本就是随意发散的话题，聊到这里差不多可以收尾了。

已经是饭点，采访完，章念念拿来饭馆的菜单，问任时川是否有忌口。

男人摇了摇头。

于是，章念念便点了几道店里的招牌好菜：芹菜炒牛柳、蟹黄豆腐、辣炒排骨、韭黄炒蛋，以及一道山药海带汤。

不过喻笙注意到，任时川虽嘴上说不忌口，但他还是有些挑食的。夹菜时会特意避开香菜和辣椒，那道韭黄炒蛋里的韭黄，她也没见他吃过。

饭后，章念念被社团的人急急地叫了过去，临走时叮嘱喻笙给任时川带路。喻笙这才知道任时川也是从春江大学毕业的，这次是来看望他大学时的讲师。

"抱歉，我以前是在老校区上课，对新校区的路线不太熟。"

喻笙摆摆手，说："没关系。说起来你还算是我学长，这点小事应该的。"

两人沿着去往学校的石桥走，一前一后。喻笙忽然想起什么，停步回头："对了，你之前说认识我，该不会就是在大学里吧？咱们以前见过？"

任时川闻言低眸看向她，他那双瞳仁黑而沉静，却莫名引人深陷。

"可以问你一个问题吗?"他说。

喻笙点头。

"如果有天你接到一个陌生电话,电话里的人说他是你未来的恋人,还能准确预言即将发生的事,你会相信他吗?"

喻笙思考了两秒,摇头:"我尊重玄学,但我还是比较相信科学。"

任时川沉吟着:"玄学?"

迎上男人的视线,喻笙解释道:"显而易见,一个选择面临的是两种乃至多种不同的可能性,而未来会在无数选择中衍生出更多分支。我们自己都不清楚未来会发生什么,又遑论其他人?所谓的预言不过就是利用人们对未知事件的好奇心,将一些随机事件包装成预言而已,跟占卜算命差不多,就算真的应验,也只是恰好踩中其中 50% 的准确率。比起相信他真的来自未来,我更愿意相信他是个骗子。"

"骗子——"任时川莞尔,意味深长道,"有趣的结论。"

"所以,你为什么会问这个问题?"喻笙抬眼看他。

任时川说:"你可以当我是突发奇想。"

走到半路时,天空忽然下起大雨。行路受阻,两人找到就近的食堂避雨。

空气潮湿冰冷,喻笙穿着外套还好,任时川只穿了件薄款卫衣,头发也被雨水打湿,看上去十分单薄。

这场雨不知要下到什么时候,喻笙将包里最后两个保暖贴递给他。

"你要不先把这个贴上吧,不然等会儿该着凉了。"

任时川墨黑的眸子望着她:"我没关系的,你先用。"

"我早就贴啦,这两个是剩下没贴完的。"喻笙指了指自己,"而且我今天穿的衣服也比你厚。"

她穿了件白绿拼色的夹克,绑在脑后的马尾轻轻晃动,盈盈笑眼使得整个人生动又鲜活。

看得任时川微微一怔,随即嘴角抬起漂亮的弧度,接过暖贴。

"那就谢谢你了。"

那天的雨下了将近半小时才停，喻笙将任时川引到教师办公楼下便回了宿舍。

下午没课，她开着电脑听了会儿歌，打开文档，开始写公众号的推文。

读者的催更令她心生愧疚，但最近没什么新鲜事可分享，她索性写了个两千字的小短篇放上去。

更新完公众号，窗外天色已经完全暗下来。

章念念打电话问要不要帮忙带晚饭回来，喻笙不想吃主食，便拜托好友带一份果切。

没多久，章念念就拎着一盒切好的水果拼盘推门进来。

喻笙拉开帐帘，露出头迎接："谢谢我亲爱的念念，多少钱，我转你。"

"十五块。"

"中午吃饭的钱也算一下，我一起转你。"

"那个不用给，"章念念坐在书桌前，转着椅子朝向喻笙的方向，耸肩，"那个是任老师买的单。"

喻笙停住转账的手："不太好吧，咱们约他采访，还让他请客。"

"没办法啊，我去结账的时候，老板说他已经提前付了。"章念念说着抬眼看向喻笙，"不过也没事，笙笙你跟任老师认识，下次我们可以请回来。"

话里有戏谑的成分在，听得喻笙眼皮跳了一下："请回来可以，但你别瞎说，我跟他还没有你跟他熟呢。"

章念念闻言笑起来，抛来一个眼神："是是是，我瞎说，你们不熟，不过就是刚加了微信的陌生好友。"

喻笙奇怪了，她跟任时川什么时候加过微信？

章念念看到好友迷惘的神情，蹙眉道："不对啊，任老师下午找我要了你的微信来着，难道他没有加你？"

喻笙打开微信，好友申请那一栏的确没有消息提示。

03

从许教授办公室出来已经过了六点半，任时川找到停在西门的车，驱车回公司。

许教授算是任时川的伯乐，虽然教的是微观经济学，但任时川当初能顺利进春江之声实习，全托了他的引荐。

年初时，许教授心脏病复发，要做搭桥手术，术后休养了大半年，不久前才回到学校继续工作。

任时川今天是特意来探望他的。

回到公司，任时川在节目开始前找编导核对台本文稿，被她提醒看群里消息。

"我们打算明天去聚餐，群里发了几家团购，火锅、烤肉或者日料都有，他们都投票了，就差你了。"

任时川拿出手机："我都可以。"

他的嗓音相较平时显得有些嘶哑，夹杂着淡淡的鼻音，引得编导挑眉看他："怎么，感冒了？"

"突然降温，衣服穿少了。"任时川将搭在椅子上的毛毯披在身上，卫衣口袋里忽然掉出两个还没用过的暖贴。

编导提醒："你不是买了暖贴嘛，怎么没用上？"

任时川看向暖贴的视线一怔。这是喻笙送的，他当时随手放进口袋里，忘记用了。

想到这儿，他打开微信，忽略掉第一栏冒着99+提示的公司群消息，往下滑了两下，点进和章念念的对话框。

聊天记录还停留在下午。

念念不忘：太抱歉了任老师，本来应该我们请你吃饭的，还让你买单。

镜里川：没关系，这顿饭吃得开心就好。

念念不忘：[敬礼][比心]

镜里川：对了，章同学，喻笙的微信你能推给我一下吗？

半小时后。

念念不忘：刚刚在忙，请问任老师是找笙笙有事吗？

念念不忘：如果不方便回答的话就算啦，我把她微信发你。

念念不忘：向你推荐了[不知冬]的名片。

章念念回复消息那会儿，任时川正在许教授的办公室，没怎么看手机。

难怪他从春大回来的路上总觉得遗漏了什么。给章念念回了句"谢谢"，任时川点进不知冬的资料。

头像是撑伞的小猫，签名是：等一场雪。

春江地处中国的南边，冬天除了雨还是雨，想看雪有点难。

任时川无奈地笑了笑，发送了好友申请，然后去泡了一杯板蓝根。

等喻笙看到消息已经是晚上十一点。

她正在追的一部韩剧终于更新到大结局，编剧不知道怎么想的，明明前期男女主的互动甜蜜又自然，她以为结局也会 Happy ending，不想中期突然加了两个配角捣乱，结局又让男主角出车祸死掉。

喻笙强撑着看完，只觉得像吞了一口玻璃碴，刚打开微信，就看到好友申请的提示消息。

是任时川。

他网名叫"镜里川"，头像是一只鸟。

喻笙通过了申请，鬼使神差地点开了他的朋友圈动态。

任时川的更新频率不高，一个月发四到五条内容，不是分享歌曲就是发一些小鸟——确切一点讲，应该是鹦鹉的照片。

跟他的头像是同一只，大概是宠物之类的吧。

他的朋友圈只开放了半年，喻笙很快就看完了。刚返回聊天界面，任时川就发来一条两秒的语音。

隔壁床的室友游戏声有点吵，喻笙从枕头底下翻出耳机戴上。

任时川低沉的声音沿着电流直达耳畔："还没睡？"

背景声嘈杂，他似乎是在开车。

不知冬：刚看完剧，等会儿就睡了。你不会是刚下班吧？

镜里川："嗯，在回家的路上。"

他的声音细听有点哑，讲话还带一点鼻音。

不知冬：那你开车注意安全，回家早点休息。

本想再多嘴提醒一句，要是着凉了可以买点药吃，但喻笙想想自己跟他也不过只打了几次照面，连普通朋友都还算不上。

消息发出去过了半小时收到回复。

镜里川：谢谢，我到家了，你也早点睡。

这回不是语音，而是文字消息。还附带了一个小熊抱着月亮睡觉的表情包。

周六新闻系跟机械工程系有联谊，一向没课就会睡懒觉的章念念提早起床收拾。

喻笙也起得早，她今天有份游乐园检票的兼职要干。

吃完喻笙从食堂打包回来的早餐，章念念对着镜子拍粉底，那张小脸瞬时白了几个度。她从镜子里看一眼好友，说："听说今天要来的那几个男生里有帅哥，笙笙，你真不去？"

喻笙翻看着微博上的热搜，滑了又滑："我跟负责人约好了十一点去游乐园，总不好临时放人鸽子。"

"你呀，真是掉进钱眼里了。咱们的大学生活就剩一年了，抓紧时间好好享受才是。"章念念吐槽道，"等以后毕业了，可有你忙不完的工作。"

喻笙觑她一眼："还说我呢，你不是喜欢陈柏野吗？干吗还要去参加这种联谊活动？"

"NO！NO！NO！"章念念竖起食指摇了摇，"人不能吊死在一棵树上,反正他现在也不搭理我,我还不能给自己找点乐子吗?"

"你总有道理。"喻笙知道说不过她,举白旗投降。

距离约定出门的时间只剩半小时,微信上负责和喻笙对接检票兼职的工作人员忽然打来电话,语气颇为遗憾地通知她不用去了。问及原因,对方说是原本今天调休的检票员来上班了,因此喻笙作为替补役也用不上了。

虽然对方的言辞用得比较委婉,但还是让喻笙哽了一下。

她不想放人鸽子,结果反倒被人放鸽子了。

挂了电话,章念念看喻笙表情不对,问:"怎么了?"

喻笙躺在床上,生无可恋状:"游乐园那边通知我不用去了。"

章念念停下涂眼睫毛的动作:"这么突然?"

喻笙把脸蒙在被子里,长长地叹气:"别说了,为了这个兼职我还推掉了社团活动,现在都没了。"

"你们那个书法社的活动无非就是聚众练字,多枯燥啊。"章念念真诚地建议,"还不如跟我去联谊呢。"

见喻笙兴趣缺缺,章念念继续补充:"就算不去看帅哥,吃一顿免费的火锅也挺不错啊。"

于喻笙而言,火锅确实比帅哥更有吸引力。

她从床上爬起来,问:"哪家的火锅?"

章念念:"善熙路那家最正宗的重庆火锅。"

喻笙吞了吞口水:"……去!"

04

据说这次联谊的起因是新闻系的某位女生想追机械工程系的男生,所以便大方地邀请了两边的几个同学一起吃饭。喻笙在专业课上见过那女生几次,记得她是叫蒋婉,长相是偏明艳的美人,笑起来时,那双细长的月牙眼很特别,在学校里并不缺人追。

这让喻笙更好奇她喜欢的人是谁了。

只是等到了现场才知道,为专人而办的联谊活动,男主角却并没有赴约。

蒋婉仍旧端着笑脸招呼大家。章念念喝着茶水,偏过头对喻笙小声感叹:"不愧是褚行舟,这已经是第三次拒绝我们蒋大美人了。"

火锅里翻腾的食物勾起喻笙的食欲,她边吃边问:"褚行舟就是蒋婉喜欢的人?"

"对,机械工程系的系草呢,蒋婉从开学就开始追他了,但他嘴很硬,就没松过口。"

喻笙夹起一片黄喉在碗里涮了涮,抽空看一眼话题里的女主角,只见她拿着手机拨出一个电话,然后起身去了洗手间。

喻笙收回目光,将黄喉吃下,结果不小心咬到一粒花椒,麻得她表情有一瞬间的狰狞。

对面有人递过来一杯果汁:"很麻吧,要不要喝点这个缓解下?"

喻笙顺着声音看去,是联谊里的男生之一,刚开场的时候他有介绍名字,但她完全没仔细听。

"谢谢,我有水。"喻笙婉拒,拿起自己面前的水杯喝了几口。

男生见状笑了笑,不再多说什么。

倒是章念念又凑过来开起玩笑:"干吗拒绝人家?这可是机械工程系的学霸呢。"

喻笙无奈地睨了她一眼:"你认识的人还挺多。"

"刚才听他们说的啊,前阵子好像还带队获得过什么机器人奖。"

喻笙对这个话题不感兴趣,用公筷给章念念夹了她喜欢的牛肉和毛肚,终于让她安静了一些。

大概是调的酱料有点辣,过了没多会儿,喻笙感觉肠胃有点难受,离席去了洗手间。

隔间里有人在打电话,她无意偷听,但认出了蒋婉的声音。

"我答应你的我做了,你却是一点也不愿意配合,"蒋婉的声音冷静,甚至还带着一丝嘲讽,"是生怕会爱上我吗,褚行舟?"

不知道那边说了些什么,她的语气终于染上烦躁:"我不关心你在想什么,你最好是说到做到。"

喻笙觉得腿快蹲麻的时候,蒋婉终于打完电话,出了洗手间。

喻笙直觉自己是听到了什么不得了的事,但她决定将这件事当成秘密,过一会儿就忘记。

对着镜子整理好表情,她正要返回席上,一出门又遇上了刚才给她递果汁的男生。

"你好,你是叫喻笙,对吧?"

拦住喻笙前行的步子,男生对她温然一笑,自我介绍道:"我叫陈钦,目前也是在念大三。"

在厕所门口搭讪怎么看怎么奇怪,喻笙不自在地摸摸耳尖,问:"有什么事吗?"

"我是想问吃完饭你要回学校吗?要不要我送你?"

喻笙摆手:"不用,我跟我朋友一起回去就好了。"

陈钦回头看一眼他们聚餐的位置,又看向喻笙:"你的朋友是那个念念吗?她刚拉着我们系另一个同学离开了。"

闻言,喻笙瞳仁剧震,也跟着看了一眼刚才吃火锅的桌位,果真没有见到章念念的身影。

她摸出手机正要给好友打电话,却看到几分钟前对方发过来的消息。

念念不忘:我找到下一个愿意出镜的帅哥了!先带他出去拍视频了!你吃完就先走,不用等我。

喻笙石化在原地,不知该说她这位好室友对自媒体事业实在充满热情,还是单纯的见色忘义。

面前的男生还在耐心地等待着回复,喻笙试图从脑子里搜刮出一个合适的借口拒绝,身后忽然响起一个熟悉的声音。

"喻笙?"低醇的声线带着些许不确定的口吻。

喻笙转过头，看到了任时川。

他穿着灰色的针织外套和同色系的长裤，刚从门口进来，投来的目光还带着一丝怔忡，似乎是意外会在这里遇见她。

喻笙朝他打着招呼："任老师，你也来这里吃饭？"

"嗯，我跟同事来这儿聚餐。"

善熙路离春江之声电台不算远，但此刻任时川的出现简直是天赐良机。喻笙的视线在他和陈钦身上游移了一会儿，心里生出一个可以脱离困境的主意。

"太好了，任老师，我正好有件事想找你帮忙，不知道你方不方便？"

"什么事？"

喻笙佯装为难："这里不太方便，我们出去说可以吗？"

任时川从她神情里窥见一丝刻意，他微微偏头，正撞上陈钦看来的视线。男生的目光夹杂着打量，但并未在他身上停留多久，便礼貌地点头收敛了视线，复而转向喻笙，很有眼力见道："既然你们还有事，那我就不打扰了。再见，喻笙。"

待陈钦转身离开，任时川听到身旁的人松了一口气。

他回头，看到喻笙表情变得轻松，仿佛刚才的为难是他的错觉。

他勾唇淡淡一笑："你们挺会找地方的，这家火锅味道确实不错。"

喻笙自然搭上话："任老师常来吗？"

"离电台不远，偶尔会跟同事过来吃。"

喻笙想起来了，他刚才也说来这儿是和同事聚餐。

正要说些什么，不远处一间包厢门被打开，门边探出一个人，对任时川招了招手："时川，这儿。"

任时川应了一声，迟疑了下，垂眼看向喻笙。

"你等下是回学校还是去哪里？"

"回学校。"

任时川点点头，沉默片刻开口："下次如果再遇到这种情况，需要的话可以找我。"

喻笙一时没反应过来："什么情况？"

"被人纠缠，或是违背你本意的搭讪。"

喻笙怔住，她以为他没看出来，原来只是懒得拆穿。

而她的沉默，被他误认为是拒绝。

"我说真的，喻笙。"任时川上前一步，与她的距离不远不近，沉缓的嗓音落在她耳边。

"如果有需要，可以给我打电话。"

秋日的阳光是灿金色的，火锅店外的行道树摇着叶子，筛下一地碎影。

喻笙抬眼撞进任时川墨色的眸子里，气氛在香料与热意交织中变得悱恻。

难道是太久没谈恋爱了？

他这句话居然听得她心头一阵怦然。

不过，给他打电话是什么意思，让他帮忙劝退吗？

喻笙心有疑惑，但终究没问出口。

任时川进到包厢时，里面已经围聚了几位吃瓜群众。

"时川，刚才在和谁说话呢？"

"难怪等你半天，发消息也不回，原来是遇到熟人了。"

任时川寻着空位坐下，听着左右同事的调侃，无奈地笑了笑："你们倒是吃饱了，我还饿着呢。"

立时有人道："我们可都没吃呢，就为了等你。"

任时川连声道歉，又点了些菜，道："是我来晚了，送二狗去检查耽误了些时间，你们多吃点。"

话题被顺其自然地转移，席上再没人提过这茬。

章念念先喻笙一步回到宿舍，后者刚推开门，就看到某位重色轻友的好友正坐在电脑面前剪素材，屏幕上赫然是今天联谊里的其中一位帅哥。

听到开门声，章念念回头瞧见喻笙，笑眯眯地问："怎么样？火锅吃得还满足吗？"

岂止是满足，喻笙低头都能嗅到自己身上的火锅味，还是麻辣的。

洗了个澡冲去那身难以言喻的味道，喻笙回到书桌前打开电脑。小组视频作业已经流转到了江序那边，由他负责剪辑。喻笙例行催问进度，江序却不着急，只回复"再等等"。

不知冬：还有一周就要交了，大哥，你可别给我卡 DDL。

江序：放心吧，不至于，等我先搞定我的作业人选。

不知冬：那得定个时间，不然我怕你会拖。

江序：咱俩都认识这么多年了，你还不信我？

不知冬：小组作业面前，不论人情。今天周六，视频下周二出可以吗？

江序：我看下。

江序：……可以是可以，但你得帮我一个忙。

不知冬：什么忙？

江序：我有个人物采访作业，你帮我找找有没有适合采访的嘉宾。

不知冬：你高看我了吧？我哪有人脉。

江序：喻笙，你这就没意思了，上次任时川的签名你没帮我拿，这次让你找个嘉宾也要推辞吗？

江序：你不是认识任时川吗？帮我牵牵线，让我采访他也行。

说起上次帮江序要签名的事，喻笙是真忘了，后来再想起时已过去两天，她也不好为了个签名再去麻烦任时川一趟。而忘记的后果，就是不时被江序拎出来挂在嘴边念叨，听得多了，喻笙都觉得自己有些十恶不赦。

于是，她答应了江序帮忙联系任时川，想尽早让这事翻篇。

不知冬：我只能帮你问问，不能保证他会答应。

江序：也成。

喻笙点进和任时川的聊天界面,对话还停留在那天的晚安。

她犹豫要怎么开口请他帮忙,毕竟下午才用了这个理由当借口。

早知道当时嘴不要这么快了。

任时川的朋友圈这周更新了两条动态,一条是歌曲分享,一条更新自今天早上,他拍了小鸟的照片。

——今天多吃了两口饭,小家伙进步很大,值得鼓励。

照片里的小鸟绒黄的毛色很漂亮,但神情蔫蔫的,像是生病了。

喻笙给这条动态点了个赞,再退回到聊天界面。她找到打开话题的内容了——

不知冬:任老师,你的小鹦鹉好可爱,是生病了吗?

时间已经到了晚上八点多,任时川迟迟没有回复,喻笙便猜到他应该是在主持电台。她也不着急,将电脑里选修课的作业完成上交,打开文档准备写点随笔。

最近公众号更新频率高了不少,从之前的月更变成一周两三更,偶有内容被微信送上推荐位,阅读量和关注量都涨了很多,于是喻笙得闲就写写。

等喻笙从文档里回神,已经是夜里十一点多。她保存好稿子关掉电脑,洗漱完回床上,才从手机里看到来自任时川的一条未读语音。

戴上耳机,调低音量,点开:

"叽叽!"

从话筒里流出的是不属于人类的声音,清脆又响亮,是鸟叫声。更确切一点来说,是鹦鹉的声音。

不过,按理来说鹦鹉不是会学舌吗?

不知冬:它怎么不说人话呀?

这回发来的是任时川的文字消息。

镜里川:它肠胃炎还没好,所以不想说话。不过上面那句我可以帮它翻译,意思是——谢谢你夸它可爱。

不知冬:[小熊敬礼gif]

不知冬：太客气啦！真的很可爱，它有名字吗？

镜里川：它叫"二狗"。

不知冬：这名字还挺别致的。

镜里川：嗯，你这么晚还没睡吗？

不知冬：刚刚在忙别的东西，就快睡了。

镜里川：好，早点休息。

不知冬：……先别睡，任老师，在说晚安之前，我有件事想请你帮忙。

第四章
他真的好高冷

他比较慢热，
时间长了你会感觉到的。

等时间回温

01

离开南苍的前一晚，喻笙跟琪拉一起吃了个饭。两人因那次篝火聚会结缘，第二天琪拉便找到喻笙加了联系方式。

从她春风拂面的表情可以看出跟男友已经和好，喻笙笑着打趣："舍不得他借酒浇愁了？"

"我只是不喜欢看他哭，幼稚死了。"琪拉反驳。

想到那晚夜色下年轻男人在篝火映照中微红的眼眶，喻笙忍俊不禁，不再说什么。

于是这之后的几天里，喻笙也算有了临时玩伴，琪拉偶尔会跟她约饭或是散步。两人拎着拖鞋，赤脚踩在松软的沙砾里，任由清凉的海风将头发胡乱吹开。玩累了就往开在岸边的小酒馆走，点半扎特调喝到微醺。

喻笙酒量一般，没想到琪拉比她更差，两杯酒下去已经开始大舌头，结结巴巴地念叨着她男朋友的名字。

见她意识逐渐迷离，喻笙无奈之下借她的手机，拨电话给她男朋友。

二十分钟后，年轻男人气喘吁吁地出现在面前。

琪拉的男朋友姓程，自我介绍时让喻笙喊他"小程"。算起年纪来，喻笙的确比这对情侣都大几岁，便也没客气。

回去时，琪拉由小程背着，喻笙在一旁护送。

一路上都挺安静，快到客栈时，小程却突然开口道谢。

喻笙听得有些蒙："谢我做什么？"

"我跟琪拉认识十多年，她其实是很冷淡孤僻的性子，虽然上学的时候成绩很好，但没什么朋友。"

小程说得很诚恳:"所以,谢谢你这两天的陪伴。"

路灯光照下,琪拉的睡脸仍是蹙紧着眉头,喻笙收回目光。

"应该谢你自己。"她说,"你们认识这么多年,她没有朋友的时候,不是还有你陪在她身边吗?"

喻笙买了第二天一早的高铁票,车窗外的风景一如来时。

昨晚回客栈后手机没充电,不足 20% 的电量格已经开始变红,她从包里取出充电线,随之掉落的还有一张纸片。

捡起来一看,不知琪拉何时塞进去的她们俩在酒馆用拍立得留下的合影。

照片背面是一串潦草的文字:

祝你快乐,早日和相爱的人重逢。

兴许是因为身处异乡,遇到的都是陌生面孔,那晚喻笙趁着酒意对琪拉卸下了心防。

她想,有些事需要说出口,而她和琪拉是在这座海滨小城短暂交汇的两条线,说给琪拉听再合适不过。

她讲她和任时川的相遇,互相试探的暧昧期,电影院里男生温柔握住她的手。

她说他很独特,喜欢小众歌手,养的明明是鸟,却给人家取名二狗。

后来他生病了,那双好看的手变得瘦骨嶙峋,她害怕一碰就碎,只敢轻轻捧着。

在这个带着悲剧色彩的爱情故事里,她隐去了任时川的结局,只说在他们决定订婚的那一年,男友出国治病,现在一直待在某个不知名的国度休养。

"那你们现在还有联系吗?"琪拉问。

"当然,我们前两天刚通过电话,他现在身体好很多了。"

前不久的周四,喻笙拨通了春江之声的热线,那时任时川认出她的声音,不等她多问两句便主动回答自己去做了体检,检查结果没有问题。

喻笙虽松了口气,仍是又絮絮叮嘱着:"以防万一,还是要多去几家医院复查一遍。"

任时川笑而未答,转开话题道:"很难相信,五年前的你是个唯物主义者。"

喻笙明白他的意思。他和"过去的喻笙"发生的一切,也在她的脑海里重演。

她当然记得当初任时川问她的问题。

——"如果有天你接到一个陌生电话,电话里的人说他是你未来的恋人,还能准确预言即将发生的事,你会相信他吗?"

——"我尊重玄学,但我还是比较相信科学。比起相信他真的来自未来,我更愿意相信他是个骗子。"

她失笑道:"在第一次接通这个热线之前,我也不会相信会有这么神奇的事。也许它并不是玄学,只是我们尚未发现和了解的科学。宇宙浩渺,说不定是时间黑洞在某刻的扭曲,制造了我们的相逢。"

那晚大约是电台信号不太稳定,喻笙听任时川说话总是断断续续夹着电流声,再没一会儿热线就被断开,电台又恢复到了实时主持。她甚至还没来得及回答他提出的最后一个问题。

——"如果我注定要生病死去,那你的预言算不算改变过去?会不会像蝴蝶效应一样影响着所有人,甚至是你自己?"

会影响吗?

在喻笙的记忆里,她和任时川的过去并没有发生太大改变,其中当然有细微的偏差,但对她来说问题不大。

不过,也许跟时间线有关。

五年前的他们只是相识,还没有走到他病重的那天。

喻笙有些庆幸电台的突然断联,这个问题需要她花点时间好好厘清。

"看来南苍的紫外线不可小觑,你才待了一个月,怎么比我黑了这么多!"

喻笙刚下高铁,就在出站口看到了章念念。

她几乎是飞奔过来接过喻笙的行李箱,两人对视了半刻,章念念展开臂弯,绽开灿烂又明媚的笑:"欢迎回来!抱一下吧,我的笙笙。"

在南苍的这一个月短暂又漫长,再看到章念念时,喻笙竟有种恍然隔世的感觉。

她张开手,也拥住了好友。

两人随后往出租车的方向走。

"饿不饿?"章念念问。

"有点。"上了车,喻笙拉下车窗,让外面的风透进来。

章念念偏头看她:"等下要不要去吃顿大餐,沾点喜气?"

喻笙抬眼,两人目光相接,窗外的风吹得头顶碎发乱飞,她伸手压平。

"喜气?"喻笙看着章念念。她今天穿了漂亮的长裙,妆容也很精致,一看便是盛装打扮过的。

喻笙不由得猜测:"陈柏野跟你求婚了?"

没想到章念念反而听得一愣,片刻后失笑掩唇:"不是他啦,是蒋婉,蒋婉今天结婚。"

"蒋婉?"

喻笙是记得蒋婉的,大学同学,那时候她追褚行舟在系里出了名。大学时她们产生的交集不算多,但也是见面会打招呼的那种,毕业后蒋婉出国,她们就渐渐没了联系。

"不太好吧,她又没请我。"更何况,她们现在的关系疏远得连朋友都称不上。

"她是没请你,但她的结婚对象想请你,你去南苍这么久,想给你寄请柬都没法寄。"

"她的结婚对象?"

"对,陶疏白。记得吗?咱们以前采访过他。"章念念提醒。

喻笙怎么会不记得,陶疏白是任时川的朋友,三年前以歌手身份出道。他们上次见面,还是在任时川的葬礼上。

只不过,令她诧异的是,陶疏白和蒋婉这两个八竿子打不着的人居然领证结婚了。

高铁站离举办婚礼的酒店不算远,不到十分钟,出租车已经开到了酒店对面。

喻笙遥遥瞥见酒店旋转门前有个身影,觉得有些熟悉。她问身边的人:"念念,那是褚行舟吗?"

章念念闻声看去:"是他,他怎么会来?"

褚行舟穿了一身黑色,头发剃得很短,几年不见,他身上意气风发的锐气被磨平。他的头微微仰着,望向酒店门口那块播着蒋婉婚纱照的显示屏。

喻笙从一旁经过,偏头掠了他一眼,见他怀里抱了一束花,那是蒋婉最喜欢的玫瑰。

进到酒店,等彻底看不见褚行舟的人影,章念念才小声吐槽:"说他'迟来的深情比狗贱'都侮辱了狗,当初蒋婉追他这么久他都没同意,现在装什么宇宙最深情!"

02

十一月,春江市正式入秋后便是连日不断的雨,潮湿得喻笙感觉自己都快发霉了。

她晾完刚洗的衣服,伏在阳台往外看了一会儿。路边的积水汇成水洼,倒映着灰沉的天空,五颜六色的雨伞漂来漂去,行人被遮在伞下看不清身影。

书桌上的手机振动起来,是江序打来电话:"我已经到体育馆了,你们还要多久?"

喻笙看了眼时间,十点半。

"任老师说他十一点之前到,不过今天下雨,路上可能会堵车。我等下过来。"

"行,你还没吃饭吧?我带了早餐。"

江序有求于人的时候就会变得格外体贴,喻笙了解这一点,只觉得好笑。

说起来,要在春大体育馆采访,还是任时川的意思。

那天喻笙觍着脸找任时川帮忙,坦言朋友有个人物采访作业,想找他作为嘉宾。

她跟任时川的交情不深,早已做好被拒绝的准备,但没想到他竟然没多问就答应了,虽然后来他补充这是替二狗回馈的谢礼。

只是在喻笙询问可不可以让朋友加他微信方便之后联系时,任时川却拒绝了。

他发来语音:"我这个是私人微信,不加陌生人。"

喻笙尝试帮江序努力一下:"我那个朋友也是男生,他家里人还是你的听众,说不定你们会有共同话题。"

"男生?"那头沉默了下。

喻笙看着对话框里的"对方正在输入中"显示了一分钟,终于跳出任时川的新消息。

镜里川:联系方式就不加了,如果他有什么需要,麻烦你转告我就好。

喻笙其实能理解,任时川也算是公众人物,注重隐私是应该的。

不知冬:好的,任老师。

镜里川:你跟你那位朋友关系怎么样?

不知冬:嗯,认识好几年了,上次还说要我帮他要你的签名来着,结果我忘了。

061

不知冬：[小熊打滚gif]

任时川望着手机里那只毛茸茸的小熊滚来滚去，一边用手指梳理着二狗的绒毛。自从上次聊天中他发了一只小熊表情包，在这之后喻笙跟他聊天也会发一些小熊系列的表情包。

当然，他不会自恋到觉得这时候的喻笙喜欢上他了。

但应该也是对他有好感的吧？

如果电台里那个"五年后的喻笙"所言是真，那喻笙是什么时候开始喜欢他的呢？他们……又是什么时候在一起的？

他忽然很想知道。

但是自从那次连线突然中断后，他已经两周没有接到那个热线了。这些他想知道的事，也无从知晓。

任时川思绪纷涌，直到二狗用喙啄他手心以示抗议，才回神松开了那只"凌虐"小鸟的手。

镜里川：采访的过程中你会在场吗？

不知冬：啊？

镜里川：我面对专业镜头会有点社恐，如果熟人在的话，会安心一点。

不知冬：如果你需要的话，我会在的。

镜里川：采访地点可以由我定吗？

不知冬：当然可以。

于是，任时川便定在了体育馆。

最近课有点多，喻笙眼下明晃晃挂着两个黑眼圈，她扑了气垫和遮瑕才提了点气色。

宿舍离体育馆十分钟的路程，但因为下雨，时间便拖长了一半。喻笙蹚过一道道水洼，心里庆幸今天上午没课，不然她还得冒雨跑去另一个校区上课。

体育馆今天人不多，喻笙刚推开大门，扑面而来的是一抹金黄，还夹着低沉的"欢迎欢迎"。

等她反应过来，发现是一只胖乎乎的鹦鹉扑腾过来，径直停在了她的肩侧。

江序的设备放在下面几排的观众席上，而他本人此刻和任时川正在场上打球。

听到门口的动静，两人双双侧目。瞥见喻笙后，江序朝她挥挥手，而任时川放下手中的球。

"抱歉，二狗是个自来熟的性格，没吓着你吧？"

喻笙摆摆手，转头打量着小鹦鹉。绒黄色的羽毛，脸颊边还有一抹腮红，比照片里多了几分灵动。

她露出示好的微笑："二狗，二狗，你好呀二狗。"

二狗乌黑的眼眨呀眨，目光在她脸上停留一会儿，尖尖的喙一张一合："叫我干吗？"

喻笙竟从一只鸟的脸上看出了傲娇。她还是第一次跟鹦鹉如此近距离接触，很是新奇："原来你真的会说人话。"

任时川不知何时上来的，接过她的话："它会说的不多，需要人教才行。"

二狗扑腾着翅膀，从喻笙的肩上飞到任时川的肩上，嘴里还不停念着："无聊！无聊！"

任时川顺顺二狗的毛，对喻笙抱歉道："它最近生病，难得今天我休息，想着带它出来遛遛。没关系吧？"

喻笙哪里会介意："当然！"

"幸好早餐还温着，喏，趁热吃。"

江序拎着相机和一袋包子豆浆跟了过来，将早餐递给喻笙："包子是那家你爱吃的汤包，吃的时候注意别撒身上了。"

喻笙接过闻了一下，确实是熟悉的香味。她看了一眼两人："你们刚才在打球？"

任时川回答："只是热身，太久没打了。"

江序："任老师很厉害的，刚才越过我投中好几个三分球。"

喻笙也笑:"那你这么菜还跟他打,岂不是献丑?"

江序无所谓地耸肩:"反正这会儿体育馆也没几个人看到。"

任时川看着他们俩熟稔自然的互动,转开视线提醒:"不是说采访吗?"

几人找了位置坐下,江序打开录制模式开始准备。任时川将一个鸟笼放到喻笙旁边,里面有袋荞麦。

"二狗等会儿可能会饿,到时候帮我喂一下可以吗?"

喻笙乐得答应,目光凝在小鹦鹉身上就没动过,问:"我可以给它拍照吗?"

任时川看着她期冀的目光,莞尔点头:"你拍就是。"

03

那天的采访花了一个小时。正是中午饭点,江序收拾好东西说要请任时川吃饭。

任时川看着喻笙蹲在座位边,从各种角度抓拍二狗,一头长发被她用抓夹随意地夹在脑后,细密的睫毛落在眼皮下,不时颤动着。

二狗配合地摆着姿势,任她用手机三百六十度地拍。

像是怕扰了这方清静,任时川低声回答江序:"不用,我吃过了。"

"那任老师要不要加下微信?等之后视频剪完,我把文件跟脚本发您过目?"

任时川婉拒了:"到时候有需要,你让喻笙转发给我吧。"

三人走出体育馆,目送任时川撑伞离开,江序忍不住感叹:"他真的好高冷!"

江序提出的那些除了采访以外的请求,几乎全被任时川驳回了。

喻笙仔细翻看着相册里二狗的照片,头也不抬地道:"不高冷啊,任老师还挺好相处的。"

江序投去质疑的眼神:"你确定?我怎么没感觉到?"

秋雨未歇，喻笙想起上次任时川来学校的时候也是个雨天，那时候桂花初绽，现在却被雨淋得满地都是。空气里的桂花香气依旧很浓。

她将手机收进口袋，撑开伞打在头顶："他比较慢热，时间长了你会感觉到的。我回宿舍了。"

章念念一大早就出门了，其他两个室友有课。

空无一人的宿舍难得安静，喻笙用电脑放起了音乐，顺便更新了朋友圈近三天的第一条动态。

——今天偶遇了一只可爱小鹦鹉。

配图是二狗的照片。

没多久，便收获了列表里好友们的点赞。

念念不忘：真的好可爱，是谁家的？

同学A：毛色这么漂亮，你新养的？

江序：是可爱，某人拍了一上午都没嫌够的。

妈妈：早知道当初买只鸟了，可比猫省心多了。

喻笙一一回复完，又收到一条新的评论提醒。

镜里川：没看够的话，下次再带来和你玩。

她回复：好呀，期待！

喻笙点开任时川的头像，进入聊天界面。

不知冬：任老师到家了吗？

镜里川：[照片 jpg]

镜里川：快到了，在等红灯。

他发来的照片是二狗躺在用口罩绑的临时小床上，小鹦鹉闭着眼睛像在假寐。

喻笙默默点了保存。

不知冬：路上注意安全。今天麻烦你了，改天请你吃饭！

镜里川：好。

倒也没跟她客气。

065

周五那天没课,喻笙在兼职群里找了份日结工作,是在学校附近一家新开的餐饮店里负责点单和上菜。新店开业有优惠,故而客人如潮,但又因为是新开的店,很多流程员工并不熟练,整个中午前厅和后厨都忙得一团糟。

等局面控制下来,已经快下午三点,喻笙摸着肚子后知后觉地发现忘记吃午饭了。但现下已经过了饭点,想吃饭就得等晚餐了。

喻笙跟带她的领班打了声招呼,趁着不忙去隔壁面包店买了袋吐司垫肚子。结果没过多久,店里就来了新客人,领班示意她去接待。

喻笙赶紧咽下嘴里的食物,上前递过菜单:"您好,这是菜单,请问您这边几位?"

"两位。"客人抬起头,露出明艳漂亮的正脸,居然是蒋婉。

而蒋婉似乎没认出喻笙来,视线在她脸上淡淡扫过,没有丝毫停留,看着菜单点了几道菜,便递还给了她。

喻笙上完茶水,接过菜单:"请问现在就上菜吗?"

蒋婉看着桌对面的空位,又瞥了一眼手机上的时间,沉默了两秒道:"现在就上。"

蒋婉大概是跟人有约,菜上齐后迟迟未动筷子,只是握着手机,眉头紧皱。

过了将近一个小时,喻笙送走另一桌客人,回来见蒋婉还是一个人坐着。桌上的菜都冷掉了。

又过了一会儿,蒋婉接了个电话。不知道对面说了什么,她的表情很快变得烦躁,一言不发地挂断了电话。

喻笙被她喊过去。

"帮我把这些菜加热一下。"她的表情恢复了淡然。

等喻笙从后厨回来,蒋婉已经买完单,将那几道菜连同米饭一起打包了。

喻笙收拾着桌子,余光目送着她离开餐馆,在上车之前,蒋婉将那些打包的饭菜留给了路边摆摊拉二胡的流浪艺术家。

周末，喻笙回了趟家。

小猫十月要打疫苗，妈妈忙得抽不开身，外婆腿脚不便，这件事便只能交给她了。

不过倔强的外婆还是想跟喻笙一起去。

倒不是为了十月，主要是老人家在春江市待了一个月，平时除了医院就是家里小区，早就待腻了。

要去的宠物医院不远，离家就两站路。带十月去洗澡打完针，喻笙把猫装进太空舱背在身后，和外婆慢步往回走。

寒露刚过，傍晚的风吹起来很舒服。喻笙怕外婆冷，握住她的手，发现老人家的手比自己的还暖。

路上车流攒动，途经的广场上放着凤凰传奇的《奢香夫人》，晚饭后的中老年人都聚在这一块跳舞。喻笙感觉到外婆的身影微顿，转过头，看到外婆的视线伫留在广场的人群里，眼中跃动着什么。

春江市不比青城，外婆在这边认识的人不多，社交娱乐更是少得可怜。

回到家，喻笙用老人家的手机下载了春江之声的电台 APP，把她喜欢的几个频道设置了常用，一点开主页就能看到。

"您喜欢听戏曲，可以点进第一个。第二个频道是相声，第三个频道是旅游类的，专门介绍全国各地的风光景色。第四个嘛，是听歌的，会有主持人专门给你推歌听。"

外婆听了却摇头："前三个不错，听歌就算了，我不爱听歌。"

喻笙说："偶尔听听也可以，这个电台推的歌都很好听。"

外婆问她是不是也听，喻笙忙不迭点头："我没事就听，这个电台主持人很不错。"

"既然这样，那就留着吧。"外婆看着手机，好奇地问，"我看这个频道旁边有个小红点，这是什么意思？"

"这个是直播的标识,有这个红点就说明这个频道现在可以听。"

喻笙话音刚落,外婆抬手在屏幕上点了一下。

主页界面立即切换成了电台直播界面。

[新用户12345]进入频道,欢迎收听春江之声音乐电台。

恰好一首歌正放到尾声,任时川的声音娓娓响起。

"徐嘉齐这首歌创作于三年前,那时候他刚大学毕业,决定全职做音乐,但投到各大音乐公司的曲子少有回复,以至于他经常入不敷出,要去酒吧驻唱赚取补贴……"

喻笙发现,任时川主持的声音和他在现实里说话的声音略有区别。大概是隔着屏幕的缘故,电台里他的声线多了几分低沉,也多了些距离感。听起来很容易亲近,但你知道他遥不可及。

最初的热度过后,音乐电台的频道的在线人数稳定在3万左右,弹幕区刷屏依旧可观。

喻笙正盯着弹幕的留言看,外婆冷不丁地开口:"我怎么觉得这个声音有点耳熟,好像在哪里听过。"

喻笙心想老人家记性还挺好,她跟任时川在医院碰面那次都是国庆节的事了。但她也知道,如果让外婆知道这个电台主持和上次遇到的是同一个人,免不了会问她更多。多一事不如少一事,她以"听错了"为由敷衍过去。

04

喻笙开学前给自己制订了计划,每个月除了上课和兼职,要看两本书籍和一部电影充电。但第一个月勉强坚持完成后,她发现这个计划有些天方夜谭。光是上课和完成作业就已经足够耗费心力了,后面除了兼职,还要兼顾公众号的更新,她恨不得把一天掰成两天用。

计划是完成不了了,她只能在睡前打开落灰的 iPad,从阅读器里搜索想看的书,戴着耳机放有声版本——争取在进入梦乡前能摄取到一小点知识。

耳机里的声音逐渐模糊,喻笙就要睡着的时候,一阵窸窣的动静吵醒了她。

起初是觉得床有点晃,随后旁边的枕头下陷了一块。

喻笙睁开眼,正对上昏暗光线下章念念的脸。

宿舍灯还没熄,但陡然一张脸出现在面前,还是让喻笙吓了一跳。她忍住了惊叫的冲动,深呼吸半天才终于缓过神。她摘下耳机:"念念?你干吗啊?"

章念念趴在她床边,刚洗完的头发蓬松地披散在脸颊上,再加上那双饱含幽怨的眼,颇有几分诡异之感。

"我在底下叫了你好几声没应,所以就上来看看你。"

……这句话听起来也诡异得很。

喻笙这下被她吓得精神了:"我刚刚睡着了,怎么了?"

章念念变魔术似的从背后掏出来两张门票晃了晃:"陈柏野给的。明天下午你没课,要不要和我去漫展玩?"

陈柏野算是章念念的青梅竹马,两人从小一块儿长大,从小学到高中就没分开过。大学虽然不在一块儿,但也是相邻的两个学校,喻笙跟章念念有时去学校外的小吃街吃饭的时候,也能遇上他。听说他念的是广播主持专业,后来在网上给一些广播剧配音,在他们圈子里也算小有名气。再渐渐地,也开始接一些线下的漫展活动了。

"这个送江序更实际吧,他不是经常玩一些游戏吗?"喻笙问。

"我问过了,他说最近忙着剪作业没时间,让我们去了帮他多'集邮'。"

不用深想也知道,大概是在忙着剪那条采访任时川的视频。

喻笙接过门票问:"什么是'集邮'?"

章念念解释:"就是跟展子上其他 Coser 合影……现在这么说,

你可能不太清楚,到时候就知道了。"

漫展上确实热闹,所到之处都是奇装异服的 Coser 和排着长队的观众。

章念念格外激动,一路上经过展台,不停地替喻笙介绍着这是游戏里的哪个角色,那又是动漫里的什么人物,直看得喻笙眼花缭乱,举起相机拍了又拍。

见面会还没开始,陈柏野提着几杯奶茶找了过来。

喻笙印象里的陈柏野总是戴着各种夸张颜色的假发,狭长的眉眼给人一股傲气不羁的感觉。章念念会喜欢他虽然是意料之中,但喻笙却不怎么看好他们的关系。

今天的漫展上,陈柏野没戴假发,只在头上压了一顶帽子。白 T 外面搭了件灰色外套,整个人变得内敛很多。但他一开口还是那个味:"章念念,让你在门口等我,你怎么到处跑?"

陈柏野将其中一杯奶茶给了喻笙,用吸管戳破另一杯,递给章念念。

章念念接过奶茶喝了一口,抬眼回道:"签名会才是你的主场,现在让我先跟笙笙在里面逛一逛。"

"行,你们先逛吧。我的座位在大门对面第一个展台,等会儿别走错了。"大概是时间紧,陈柏野跟章念念叮嘱完,就和身旁的工作人员离开了。

喻笙看着他的背影,问好友:"你不是说他最近不搭理你吗?"
明明看起来还挺主动的。

章念念挠了挠落在耳鬓的碎发,又喝了一口奶茶,Q 弹的爆珠在嘴里咬开,陈柏野给她加了她喜欢的小料。

"不知道呀。上次采访了一个巨帅的帅哥,我视频剪到一半,没忍住截了个图发朋友圈欣赏,然后他就给我发消息了。"

两人在漫展上逛了半天,直到陈柏野发来消息才开始往回走,但章念念中途不小心撞到一个古装 Coser，对方白发青衫，清冷如谪仙，直接把她的目光勾走了。

喻笙一个人回到了陈柏野的见面会。

陈柏野的圈名叫"BBYY"，属于他的展台上挂着他的头像和硕大的手写字母。喻笙排在队伍中间，看着前后的观众手里都拿着手幅和周边，莫名有种格格不入的窘迫。

物料都在章念念那边，她现在回去拿还来得及吗？

最终喻笙放弃了这个想法，顺着队伍排到了陈柏野对面。

座位上的人看到她，视线往后移了一寸，又迅速收回了目光，问道："章念念人呢？"

"突然有个采访，可能等会儿过来。"

陈柏野看到她空着的手，从桌上一沓彩纸里抽了一张，轻嗤道："是又去拍帅哥了吧。"说着又若无其事地转开话题，"你想要单纯签名还是加个祝福？"

喻笙想起刚才章念念叮嘱的话，重复了一遍："要 To 签，To 章念念，内容你看着写。"

陈柏野握笔的手微顿，嘴角撇了撇，还是往下写了。

内容不长，三行字，喻笙没细看，只留意到在落款签名时，陈柏野没有写那串字母，而是写的真名。

喻笙在漫展上拍的照片不多，只选了几个她认识的动漫角色合影。

这几部动漫都是她之前反复观看的经典作品，今天忽然被勾起回忆杀，回来后没忍住写了篇随笔，发到"笙语"公众号上，顺手分享到朋友圈。

第二天登录后台时，系统提醒新增了几个关注粉丝。她打开列表页随意一扫，视线在瞥到一个鹦鹉头像的账号时陡然怔住。

再看一眼名字——镜里川。

任时川的账号。

他关注了她的公众号。

第五章 见你一面也好

怎么还有咒人生病的，
就算开玩笑也太过分了吧。

等时间回温

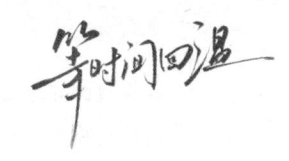

01

蒋婉婚纱曳地，陶疏白西装笔挺。喻笙本不相信什么门当户对，但看到那对站在聚光灯下的新人时，叫人怎么看都觉得般配。

宴席上，老同学们聚成一桌。大学毕业后，大家鲜有联系，认识喻笙的只知道她有一个谈了几年的男朋友，便趁这个大喜日子问她打算什么时候领证。

章念念站出来替她打岔："着什么急啊，想喝喜酒自己结婚去。"

喻笙淡去嘴边的笑意，并不参与他们的话题，只是垂下眼皮，盯着玻璃杯里殷红的酒液，耳边是司仪在主持流程。

新人发表誓词，喝交杯酒，父母上台合影，随后哭着抹泪。再接着要敬酒了。

陶疏白长了一张漂亮锐利的脸，平日总端着冷淡模样，站在蒋婉身旁却是笑意不断，显得分外温和。

两人都跟喻笙认识，陶疏白神情要复杂些，端杯与她的酒杯撞了撞，说了一句"好久不见"。

蒋婉也同她碰杯："欢迎来参加我们的婚礼。"

喻笙抿了一小口酒，淡淡笑道："新婚快乐。"

回到春江市的第一个周四晚上，喻笙吃完饭早早就回了房间。荣心月原本还不放心，敲开门见她在用电脑看剧，悬着的心才稍稍放下。

然而等荣心月离开后，喻笙迅速将电脑屏幕切回春江之声的电台网页，插上耳机等待信号的降临。

但这次从八点等到十一点，奇迹也没有出现。

已经习惯了每周听一次任时川的声音，骤然的断联让喻笙有种怅然若失的感觉。

她将自己摔进柔软的床上，目光无神地盯着天花板。白炽灯有些刺眼，刺得喻笙忍不住眨了眨眼。恍惚间，好像看到墙顶上浮出一张熟悉的脸来，微勾的嘴角在朝着她笑，用一贯低醇的声线喊着她的名字——笙笙啊。

是任时川。

那个她无比想念的任时川。

喻笙也对着他笑，朝虚空伸出手，手指张开又握紧，什么也没抓住。

已经是深秋，路两旁的行道树底下覆满落叶，树上只剩光秃的枝干。

喻笙从衣柜里随便翻了一件大衣穿上，坐公交车去了市一院的心理科。

任时川去世后，喻笙的精神也每况愈下。她知道自己的问题出在哪里，最开始陷在悲伤中不肯出来，后来为了让父母放心，还是选择去挂了心理科。

诊断结果出来是中度抑郁，她并不意外。然后便是漫长的治疗，吃药，复诊。

喻笙的主治医生姓邓。配合治疗了一年后，喻笙的病情有所好转，邓医生在上个月重新调整了治疗方案。

知道喻笙前阵子去旅游了，邓医生笑问："在南苍有没有发生什么有趣的事？"

喻笙回答："有趣算不上，在那边认识了一个新朋友。"

"那你们应该玩得很开心，我看你好像晒黑了一些。"

"是啊，那边紫外线很厉害，不过我也不经常出门，待在酒店里比较多。"

"你待在酒店里一般都做些什么呢？"

"看电视、喝酒、听电台——"说到这里，喻笙话音微顿，抿起了唇角。

这细微的变化被邓医生捕捉到,她知道喻笙的男朋友是电台主持人,也知道喻笙每天听电台是雷打不动的习惯。但奇怪的点就在于,喻笙在说完电台后,表情掠过一丝欲言又止。

"听电台的时候发生了什么吗,喻笙?"她状若无意地追问。

"发生了一些你听来可能会觉得匪夷所思的事。"喻笙回答。

邓医生让她说说看。

喻笙沉默了一会儿,犹豫过后,缓缓对邓医生讲述起那个忽隐忽现的电台信号。因为那个电台,她得以与五年前的男朋友再次通话。连章念念都觉得这个故事过于玄幻,但喻笙却是真的想要借这个电台来挽救那个尚且健康的任时川。

邓医生安静地听完,没有对她的想法做出评价,只是笑道:"有些东西虽然尚未被科学证明,却也不代表它不存在。电影里不也总演一些时空倒流的桥段吗?说不定世上真的有所谓的'多重时空',基于我们的不同选择而衍生出不同的结局走向。"

喻笙拿完药走出医院,望着铅灰色云层下迁徙的候鸟时,忽然福至心灵。

那个五年前的电台信号,会不会是来自平行时空的任时川呢?

在那个时空里,一切都还没有发生。对她而言,既定的过去,是可以改变他结局的未来。

天色尚早,回家之前,喻笙去了趟墓园。

任时川的墓碑被清理得很干净,上面贴着的照片里,他穿着件灰白色卫衣,唇边挂着清淡的笑意。

这张照片是喻笙生日的时候拍的,那是他们在一起过的第一个生日。喻笙下班很晚,回家的时候,任时川已经将做好的饭菜又热了一遍。蛋糕买了她最爱的牛油果口味,礼物是周杰伦的演唱会门票。

那晚喻笙过得很开心,拉着他拍了好多照片,决定正式在朋友圈官宣恋爱。

谁知乐极生悲，拍照时手机不小心掉进汤锅里，后来两人光忙着拯救手机，也忘了发朋友圈这件事。

不过那些照片倒是都留了下来，任时川病重的时候总是翻来覆去地看，遗照也用了他最喜欢的这张。

秋风萧瑟，喻笙将买的花束放到墓前，打开手机里的音乐。

"绿镜的新歌《悬落》，你肯定还没听，没关系，我给你放。可惜他都不出实体专辑了，不然我还能买来直接烧给你。说起来，他现在风格有点变了，《悬落》的旋律就跟他以往的不太一样，但我觉得你应该会喜欢。"

一首歌放完，喻笙抽了抽鼻子，而后仰头道："这天真冷，冻得我要感冒了。今年降温这么快，不知道冬天会不会下雪。"

南方很少下雪，春江的冬天亦是。但喻笙认识任时川后，在春江见到了两场雪，那样绵延而盛大，令她长久难忘。

时川，如果你听得到。

喻笙吸了一口气，垂首朝任时川的墓碑望去，照片里的人在对着她笑。

可以的话，保佑我吧。

保佑那个五年前的你能把我的提醒听进去。

保佑我有生之年还能见到活着的你。

……见不到也没关系。

只要你能活着。

02

喻笙拎着微单站在贪杯酒吧外，打量着这家外观素致的店。

实木院门，青瓦屋檐，门口栽着两棵瘦长的发财树。要不是屋顶挂着"贪杯酒吧"的 LED 招牌，她是无论如何也不能把这个店面跟酒吧联系到一块儿的。

说起来，这地方跟她家就隔了两条街，但她还是头一回来。

半小时前，喻笙还在家里悠闲地撸猫，章念念却急吼吼地打来电话，要她帮忙采访一个人。

"求你了，笙笙，这个学长难得答应接下我的采访，要是因为我爽约错过的话，我会很愧疚的！"

喻笙不理解："那你不爽约不就行了？"

章念念的声音极其郁闷："我倒是想，但我表姐今天回国，我得去机场接她。笙笙，你帮我这次，我一定会做牛做马报答你的！"

入冬在即，天色黑得早，六点不到，窗外的楼下已经亮起路灯。

"你们约在哪里？"

"贪杯酒吧。"

"酒吧？"喻笙震惊完开始犹疑，"非要今天吗？让我大晚上去酒吧采访一个陌生男人，你会不会对我太放心了，章念念？"

"那家酒吧离你家直线距离五百米，不远的。陶疏白学长今晚在那儿驻唱表演，我听说他对女孩子不感兴趣……如果他真的非礼你，你大喊一声，其他人肯定不会坐视不管的。"

"最好是你说的这样。"

喻笙换了件外套，将头发随便扎到脑后，带上闲置在家的二手微单就出门了。

章念念口中的陶疏白学长刚从春大毕业，眉眼冷峭，留着一头长发，有种妖冶的阴郁美。看上去不易近人，接受采访时也惜字如金，好在采访前章念念已经把采访大纲发过来了，喻笙只要照着流程来就行。

采访即将收尾时，被陶疏白突如其来的电话打断，喻笙让他先接。

接完电话，陶疏白看向喻笙："我今晚演出邀请了我朋友，他快到了。"

喻笙忙道："我们的采访也快结束了，应该不会耽误你太久。"

陶疏白点头，顿了一下，问："等会儿结束后，你要不要听首歌再走？"

再过半小时轮到陶疏白上台，虽然他的邀请有些生硬，但喻笙还是应了下来。原因无他，章念念说过陶疏白唱粤语歌很有一手。

采访结束后，陶疏白给喻笙安排好座位便去后台做准备了。喻笙将微单挎在肩上，经过服务员的指路成功找到位置。是一张靠角落的小桌，桌前坐了一个人，料想这便是陶疏白的朋友，喻笙礼貌地打了招呼。

"你好。"

那人闻声抬起头，是一张熟悉的面孔，在昏暗的光线下淡淡笑着，竟是任时川。

"喻笙？好巧。"

喻笙微愣，霎时想起陶疏白和任时川都是从春大毕业，两人的确有相识的契机。

酒保送来两杯饮品，说是陶疏白请的。喻笙选了苹果汁，剩下一杯归任时川。

说起来他们也有一阵子没见了，喻笙问起二狗的病情。任时川回答基本已痊愈，就是胃口变大了，很能吃。他说这话时语调上扬，倒不像嫌弃。

"大病初愈是这样的，能吃是福。"喻笙接话。

任时川望着她，唇角微抬，换了话题："陶疏白说有个春大的学妹今晚要采访他，我还以为是你那位朋友。"

"原本是她来的，但她临时有事，只能我代替了。"

任时川颔首："这地方离春大算不上近，你们怎么会选在这儿？"

天知道章念念怎么会选在酒吧采访，大概率是因为陶疏白在这儿上班，选在这儿免得麻烦他多跑一趟。

"离学校是远，但我家就在附近，所以也还好。"

"是吗？我来过这边几次，好像没碰见过你。"任时川看向她。

"就隔了一条街，只是我住校很少回家。"喻笙解释。

几句话的工夫，陶疏白上台了，舞台灯光随着悠扬的旋律明灭流转。

是你吗 手执鲜花的一个
你我曾在梦里 暗中相约在这夏
承诺站在夕照后 斜阳别你渐离去
亦会不归家 期待我吗
是你吗 能否轻轻转身吗
盼你会来静听 我的心里面说话
每天我衷心祝祷 祈求夏季快来到
让这么一刻 燃亮爱吧
I Love You
你会否听见吗 你会否也像我
秒秒等待遥远仲夏
I Love You
你不敢相信吗 我已深爱着你
见你一面也好 缓我念挂
…………

喻笙是第一次听这首歌，虽然听不懂粤语歌词，但陶疏白低沉的嗓音唱出了柔情蜜意的感觉。

"这首歌叫《夏日倾情》，是黎明早期的作品。"身旁响起任时川的声音。

喻笙侧目，对上他的目光，那双墨色瞳仁里含着淡淡的笑意。

"你怎么知道？"话说出口后，喻笙意识到多此一问，以任时川主持音乐电台的经验，了解过这首歌再正常不过。

"这首歌原唱是黎明，但卫兰翻唱的版本也很不错。歌词大意是在描述表白的心境，不过对黎明来说，这首歌是他跟粉丝之间的约定。

而卫兰的版本,更像是恋人浓情的对白。"

台上人歌声渐远,喻笙听着任时川的科普,将手撑在腮边,忍不住笑起来。

"在笑什么?"任时川问。

喻笙弯了弯眼眸:"以前只听过你的线上电台,没想到这次有幸能听到现场版本。"

任时川听出她话里的打趣,但很快捕捉到其中的关键词:"你还听过我的电台?"

"听过几次。你人气挺高的,每次都是几万人在线。"

喻笙抿了口苹果汁,没注意到任时川神情的变化,只听到他问:"我的电台后半部分会有听众热线互动,你……听过吗?"

"没有,我进去电台的时候,要么是你刚开始,要么已经快结束了。"喻笙说着看向任时川,好奇地问,"怎么问这个?那个热线是什么特别栏目吗?"

"不是。"任时川摇头,复而扯出个笑,"就是会接到一些有趣的听众来电。"

喻笙眼睛一亮:"怎么个有趣?"

陶疏白换了一首歌,开始唱陈慧琳的《有时寂寞》,粤语唱腔娓娓道来,酒吧里光线也配合着变换。

靠角落的酒桌上,任时川拣了些在接听热线时发生的趣事说给喻笙听。

如小情侣吵架,借电台来倾诉衷情想和好;奇葩听众讨厌某位歌手,特地打电话来勒令电台不准播放;喝醉酒的听众打进热线里想要一展歌喉……

喻笙听得入迷,头顶暖橙色的光打下来,映进她眼里,像点燃了一簇火焰。

"……也遇到过一个听众,打电话来说我未来会得绝症,让我赶紧去医院检查。"

说这话时,任时川注视着喻笙,见她义愤填膺地蹙起了眉头:"怎么还有咒人生病的,就算开玩笑也太过分了吧。"

任时川微微点头:"我当时也这样想。"

喻笙望向他:"然后呢?"

"然后……"他顿了顿,继续说,"她不仅能将我的习惯和爱好如数家珍,还预见了一些尚未发生的事情,而那些事在后来也都一一验证了,所以,我相信了。"

喻笙诧异地瞪大眼,能了解他的兴趣和喜好,说明这个人跟他接触得不少,他怎么不怀疑是身边的朋友故意恶作剧呢?

除非,他真的确诊了那人提到的病。

她想起几个月前在医院遇到他那回,那时他挂的是什么科?

她犹豫片刻,还是问出口:"她说的绝症,是真的吗?"

"暂时还没看出来,医生说我很健康。"

这个答案让喻笙舒了口气,也更不理解他为何会这样坚定地相信对方。还是说,他这个人其实并不如表面展现的这样沉稳冷静,内心要更单纯一些?

"既然这个人这么了解你,那应该跟你关系很密切,你凭声音能猜出对方的身份吗?"

不需要猜,那人已经自报家门了。

任时川看着喻笙脸上好奇与怀疑交织的表情,心想要是在此刻说出她的名字,不知道会不会吓她一跳。

他们的关系没那么深,她会相信他的话吗?

嘴里的话酝酿许久,终究还是被咽进喉咙里。

他抬腕看了眼时间,笑了笑道:"天色不早了,我送你回去。"

喻笙没想到他会转移话题,但看他的样子似乎也不想多说。

她抬眼瞟向窗外漆黑的夜景,才意识到自己在贪杯酒吧的确待了很久。陶疏白不知唱到了第几首歌。

"不用了,我家离这儿不远。更何况你是来听陶疏白唱歌的,中途离开也不好。"

"他每周都有演出，不缺这一场。"任时川起身，侧首看向喻笙，点了点下巴，"走吧。"

03

很快便是期末月，喻笙停掉了手上的兼职，开始专注地准备期末作业。

深度报道、影视混剪、三分钟的视频作业，还有一篇不少于五百字的广告词……喻笙盯着电脑里的空白文档，开始懊恼当年高考报专业的时候，她是脑子进了多少水才会选择新闻学。

这期间江序也完成了那个采访任时川的作业，不过其中喻笙也帮了点忙。从文案到视频成品，需要任时川确认的环节，江序全是由她转达的。

江序话说得好听："你迈一小步，哥们儿作业就能踏一大步，是不是很有成就感？"

喻笙飞过去一个眼刀："行了，我拒绝PUA。"

"这怎么能叫PUA呢，明明是双赢，你不也跟任时川加深了交流嘛。"江序挑眉，"别以为我不知道你们俩……"

意犹未尽的话配合江序做作的表情，很有暗示寓意。喻笙一把将送江序的暖贴从他衣服上扯下来，径自往前走："禁止脑补。你说我可以，别在背后说任时川。"

"我还没说什么呢，这就开始护上了。"江序对她的话嗤之以鼻，上前夺回暖贴，"你都送我了还抢回去，没这个道理的啊，喻笙。"

喻笙懒得搭理他，步履匆匆赶着去下一节大课的教室，跟她同课的江序则好整以暇地跟在身后，还在叨叨着："还真别说，上回采访任时川的时候，我就感觉他看你那眼神不太对劲……"

喻笙掏出耳机戴上，屏蔽了他的碎碎念。

寒露过后是霜降，春江的温度也骤降到了个位数。

恰逢喻青南生日，喻笙下午回了趟家，妈妈提早买了菜放冰箱，说是晚上下班回来做饭吃，让喻笙先把菜洗洗，米饭也煮上。喻笙刚把米淘好准备上锅，喻青南又打来电话，说已经订好了饭店，不在家里吃了。

离晚饭点还早，喻笙反正没事，干脆带着十月去宠物店洗澡修了指甲。

爸妈工作忙，外婆养猫很随性，人吃什么猫吃什么。十月虽然长得乖巧，却并不是个乖顺的性格，有时家里人不注意碰到它，它反手就能把人挠出花。气得荣心月总骂它是喂不熟的小白眼狼，最近已经计划着要送人。

喻笙虽然不愿意，但宿舍里有室友对猫毛过敏，她没法带回学校。先前也问过章念念和江序，一个家里不让养宠物，一个跟她一样住宿舍。

与其让荣心月随便找个送养人，还不如她自己选。

洗完澡的十月白净漂亮，喻笙摸着它背上的毛，用手机拍了两张照片发到朋友圈。

不知冬：小猫半岁大，疫苗齐全，未绝育，性格偶尔温顺，现寻靠谱人家送养，仅限春江本地。

发完动态两分钟，朋友圈一片安静。喻笙盯着屏幕，决定如果今晚没人来问的话，她就把这条朋友圈删掉，争取劝服荣心月留下十月。

吃饭的地方在青山路的一家川菜馆，喻青南下班后开车回来接上家人一起过去。

喻笙进到店里才知道，这顿生日饭不止自家人，还有喻青南的公司领导和领导儿子。那领导比喻青南大不了几岁，派头却拿捏得很好，席上说话总有种居高临下的姿态，说他调来这儿两年，公司上下都有不满他的，唯独喻青南愿意配合，做他最得意的副手，他欣慰至极。

本该其乐融融的家庭聚餐变成了领导的个人年会发言。喻笙闷头咬着筷子,暗暗腹诽着,可不是嘛,她爸在这家公司兢兢业业,一干就是十五年,本来就要从副转正了,他从天而降到了管理层,这能找谁说理去。

领导的视线忽然扫过来,竟提起了她。

"青南啊,你这女儿是叫笙笙吧,跟你长得还挺像。"

喻青南"哎"了一声,笑着搭话:"她小时候还挺像她妈的,这些年倒是慢慢随我了。"

领导扬笑道:"看上去还是学生样,该念大学了吧?"

喻青南道:"大三快大四了。"

"那跟我儿子差不了几岁。我儿子刚毕业两年,现在在国企上班呢。"领导笑呵呵的,"说起来也是赶巧,今天我儿子来公司找我,正好遇上喻工生日,我想说那就一起吃个生日饭,没想到笙笙也回来了,跟我们这些老家伙待一块儿,两个年轻人也算有个伴。"

喻笙心里"嗡"的一声像断了弦,这话听起来不太妙。她抬眼睨过去,正撞上对面那位"伴"投来的目光。青年一身潮牌,头上戴了一顶帽子,眉眼压在帽檐下,有一张招桃花的脸。

荣心月接过话头:"我闺女最近期末月,学业紧张得很,今天也是难得抽空回来陪她爸过个生日,吃完饭又得回学校准备考试。要说现在的大学生,怕是除了学习也顾不上其他的事了。"

领导连道两句是啊,养孩子不就为着念大学找工作,以后成家立业。

"可不是嘛。"荣心月不咸不淡地应着,低头瞟见外婆正将桌上的虾夹进碗里,面色微变,"妈!医生说过您肠胃不好,不能吃海鲜。笙笙,把虾夹走。"

喻青南说:"吃了也没事,这虾是河鲜。"

"河鲜也不行,是虾就不行。"荣心月瞪了丈夫一眼。

席上的氛围一时有些冷凝,外婆的目光在女儿和女婿的脸上游移,瘪嘴哼了一声,任由喻笙夹走她的虾,重新给她舀了一勺墨玉豆腐。

还是领导的儿子打破尴尬,端着酒杯要给今天的寿星敬酒。敬完寿星敬长辈,一圈下来走到喻笙面前,又要和她碰杯。

"我不喝酒。"喻笙说。

青年笑着看她:"以茶代酒也可以。"

喻笙只好敷衍地倒了一杯白开水喝了两口。

散席后回家,因为喻青南喝了酒,开车的人便成了喻笙。

荣心月坐在副驾,对后座上喻青南抛来的话题一概不搭理,这是她一贯生气的表现手法,以静制所有动。喻笙不清楚导火索是什么,但总归不会是在气外婆夹虾吧。

为避免车里氛围变僵,喻笙打开车载电台,调到一个相声栏目。谁知刚放了没一会儿,就被荣心月叫停。

"别放了,听得我心烦。"

喻笙审时度势,知道这是打开话茬子的机会,关掉电台后斟酌着开了口:"刚才吃饭就见你心情不太好,怎么了妈,我爸又惹你了?"

荣心月横眉冷对:"问你爸。"

被点名的寿星在后座沉默片刻,讷讷地接话:"媳妇儿,是不是我请领导一块儿过生日,你不高兴了?"

荣心月按着额头从后视镜里看向喻青南,没忍住翻了个白眼:"你是装傻还是真傻,你领导在饭席上说话那意思你听不明白吗?笙笙才上大三,他就想着要给他儿子张罗相亲了。"

喻青南讪讪:"谢总没那个意思,你下午给我打电话那会儿我正在他办公室,他听到我今天生日才说一起吃个饭。"

"那干吗还叫上他儿子?"

"他儿子刚好去公司找他,我总不能当人家父子的面只请老子吃饭吧?"

荣心月仍有余怒:"那他说那话什么意思?什么年轻人有个伴,还成家立业?这分明就是暗示!"

喻青南叹气,柔声安抚:"可能就是随口一说,他要是真看上了我家笙笙，我也不可能答应啊。"

荣心月冷瞥他一眼，又哼一声："你最好记住你这会儿说的话，那小子看起来就不像个专情的，可别来祸害我们笙笙。"

喻青南连道两声是，车里的暖气把他额角的冷汗都烘了出来。

这一页算是揭过去了。

喻笙差点笑出声，要不是开着车，她都要去抱住荣心月了。成年以后第一次直观地感受到母爱的关怀，说实话她还挺感动的。

回家后洗完澡，喻笙躺进被窝打开微信，发现朋友圈冒了几十个红点提示，微信消息也多了几条——都是来问猫的。

她一一回复完，又连夜做了份宠物调查问卷发给有意向的几位好友，里面是一些关于饲养宠物的基本标准和要求，大家填完后，她再通过问卷筛选适合的人选。这样折腾了两三天，最终给十月物色到一个不错的下家：有稳定工作和收入，且有一定的养宠经验。

对方是喻笙大学社团的学姐，毕业后在一家设计公司上班。

原本约定好是对方过来接猫，但喻笙想看看十月未来的生活环境，便主动表示送猫过去。

周末约好时间，学姐发来地址，喻笙就带着十月和它的全部家当奔赴新未来了。

虽然在路上已经做足准备，但当出租车稳稳停在一栋独院别墅前时，喻笙的内心还是小受震撼。她知道学姐不差钱，但也没想到对方有钱到这种地步，一个人住这么大的别墅就算了，家里的两只猫居然还有专门的房间吃住拉撒。

喻笙跟在学姐的身后逛完别墅的三层楼，按捺住内心的澎湃，假装自己见过不少世面，离开前蹲下身，搓了搓十月毛茸茸的脑袋跟它告别。

"从今天起你就嫁入豪门了，十月，以后会有数不尽的猫罐头跟小鱼干，好好享福哦。"

十月听不懂她的话，只是眨了眨那双澄澈的眸子，眯着眼在她手心里蹭着脑袋,一如从前。

喻笙心一下子就软了,但她还是咬咬牙,站起身对学姐说:"它适应环境需要一周左右的时间,麻烦学姐这几天有空多给我拍点照片和视频,有问题也可以随时找我。"

学姐点头:"当然。"

离开时喻笙两手空空。走在去公交站的路上,她想明白了一个道理——人还是要经济独立才有话语权,她决定毕业找到工作后就搬出去租房住,这样想养什么、做什么也不必获得父母首肯。

没错,这位学姐就是她未来努力的新方向!

喻笙给荣心月发去微信报备:十月已顺利入住新家。

正要关掉手机,屏幕上跳出一条微信来电提示,喻笙还以为是荣心月看到消息拨过来的,点开一看却是任时川。

刚接通,便听到他的一句问话:"喻笙,你在外面?"

大概是许久没听到任时川声音的缘故,喻笙觉得他今天的声音极具磁性,带着几分沉哑的好听。

"是啊,你怎么知道?"她回答。

任时川说:"回头,我的车开着双闪。"

喻笙从公交站台的长椅上起身,果然看到不远处的路边停着一辆开双闪的保时捷。

她走近,车窗落下,露出任时川的脸。他乌黑的双眸看过来,扬唇问:"去哪儿?我送你一程?"

副驾上有一顶鸟笼,二狗的爪子扒在笼子上,扑腾着翅膀,附和着任时川的话:"去哪儿!去哪儿!"

喻笙回答"去学校",本想坐后面,还没等打开车门,就见任时川提起二狗的鸟笼,从副驾驶转移到了后座。

"坐前面吧。"他说。

今天天气很冷,喻笙出门前棉袄加围巾把自己裹成了粽子,现下在车里充足暖气的烘烤下,她感觉自己快焖熟了。摘下围巾抱在怀里,她扭头看向专注开车的任时川。

二狗的笼子被搬走后,它便扑棱着飞到任时川的肩上,小尖脑袋蹭着他柔软的头发,叽里咕噜不知道在说什么。

驾驶座上一人一鸟看上去和谐无比,喻笙忍俊不禁:"它还挺黏你的。"

"二狗喜欢看窗外的风景,它觉得我这边的视野好。"任时川穿着毛衣没觉得车里热,回头见喻笙热得薄红的脸颊,立即调低了温度。

他又问:"对了,你怎么会在这儿?"

喻笙怅然地靠着椅背,将十月送养的事简单说了下:"倒是没想到还能在这儿遇到你,真巧。"

"我父母家住在这边,我是带二狗回来吃顿饭。"前面岔路口有些堵车,任时川手指搭在方向盘上缓缓敲着,"我看到你那条小猫送养的动态了,不是养得好好的,怎么要送出去?"

"十月是我妈买回来给我外婆解闷的,但外婆对它没什么兴趣,再加上十月性格也没其他猫那么乖,虽然打过疫苗,但我妈担心误伤家里的老人和客人,就想着干脆送出去。"

任时川说:"你看起来很喜欢它。"

"是啊,喜欢,但喜欢也没办法,我住的宿舍没法养猫,而且——"喻笙揉了揉脸颊,"我给它找了个不错的新家,还是大别墅,它应该会过得很好。"

"会过得很好的。"任时川说。

被冷落在旁的二狗也跟着嚷:"好!好!很好!"

喻笙没忍住被逗乐,眯着眼吐槽:"你这只小鹦鹉,怎么跟复读机一样。"

在途经一家药房时,任时川停车买药,喻笙才知道他沉哑的声音是感冒的缘故。

见他走进药店里,车里只剩二狗和喻笙四目相对。

小鹦鹉那身绒羽看上去油光水滑，喻笙不禁伸手摸了一把，不出意外，手感也很好。

她凑近二狗，问它："你叫二狗，那你会不会学狗叫？"

二狗抖抖羽翼，扬起脑袋："狗怎么叫？"

"我教你，你跟着我学。"喻笙压低声音，"汪汪。"

二狗眼珠子望着她："叽叽。"

"不是叽叽，是汪——汪。"

"叽叽。"

"汪——汪。"

"不要！不要！"许是没了耐心，绒黄色的小鹦鹉丢下这句便只留给喻笙一个背影，径自飞到后座的鸟笼上了。

"还是只有脾气的。"

喻笙笑完，又觉得自己这样逗鸟太幼稚，见任时川已经从药店出来，便重新在副驾上坐好。

去学校的路上，喻笙问任时川为什么给小鹦鹉取名叫二狗，这名字怎么看都跟鸟类沾不上边。

任时川像是想到什么，还没开口已经弯起唇角。

喻笙不由得问："笑什么？"

任时川目光从后座收回，解释道："鸟是我爸养的，因为浑身黄毛，本来叫二黄，刚买回来的时候怎么教它说话都不学，我爸脾气躁，生气就骂它，结果没想到它倒是把那几句骂人的话学会了，在家里没事就嚷，我爸烦它得很，就改名叫二狗了。"

竟然还有这么有趣的由来，喻笙听着也乐了。

04

由于老师布置的视频作业没有内容限制，喻笙便拣了篇她在笙语公众号上发过的一个短篇，决定拍一部微电影交上去。

剧情很简单，一对高中同桌彼此喜欢却没有戳破，分别考上了不同的大学。起初两人保持着电话联系，后来女生因为课业越来越忙，男生也有了新的圈子，两人渐渐断联。多年后，两人因为工作重逢，再续前缘。

章念念看完剧本，提建议："皆大欢喜的结局太主流了，不如改成悲剧，安排他们俩重逢的时候各自都有对象，拥抱新生活多好。"

喻笙从电脑前抬起头，勾起一个假笑："这个建议很好，不过我打算让你演女主角，男主角找陈柏野怎么样？"

章念念立即改口："那还是别改了，就皆大欢喜，主流一点好。"

喻笙假笑变真笑，揉了揉扬起的颧骨，继续投身同学群里招揽群众演员。

头顶又传来章念念的声音："不过，笙笙，你是真的想让陈柏野来演男主角吗？"

喻笙毋庸置疑地点头。她当初写那个短篇就是参照章念念和陈柏野为原型写的，虽然很想写到断联就收尾，思虑过后，还是给了两人一个圆满结局。

章念念拖了把椅子坐到喻笙面前，别别扭扭地说："那个，我可以帮你问问陈柏野，但他不一定愿意帮忙，因为我俩刚吵完架。"

"你们俩又怎么了？"喻笙对这对青梅竹马三天一小吵、五天一冷战的方式已经见怪不怪了。

"说来话长。"章念念抓了抓头发，眉头快蹙成"川"字。

前不久章念念的表姐回国，暂住在她家。

章念念家是两室一厅，父母一间，而因为她住校，她那间房便腾出来给表姐住了。章念念起初觉得没什么，毕竟她也只是回家待个周末，但半个月下来，表姐的有些习惯她实在忍不了。

昼伏夜出的生物钟，喜欢在卧室跟朋友开电脑视频聊天，有时候半夜醉醺醺回家，满身酒味躺在章念念的床上就算了，呕吐物还沾到了她的玩偶熊身上。

章念念脾气不算好，但还是勉强压着怒火跟父母控诉，谁知父母倒是大度，让她再忍半个月表姐就搬走了。

　　受了委屈的章念念有苦没地方诉，只能去陈柏野家里找他当垃圾桶。

　　本来以为两人从小穿一条裤子长大，怎么着陈柏野也是跟她一边的，但次日两家串门，表姐得知陈柏野的工作，让他帮忙要个圈里人的签名，他竟然很干脆地就答应了！更气的是，明明当时她也让他捎个签名，等他从漫展回来却只带了表姐那一份。

　　面对她的质询，他一句"忘了"便轻飘飘地揭过。

　　说到此处，章念念愤然地总结："他肯定是故意的，故意跟我作对！"

　　虽然喻笙不大喜欢陈柏野，但章念念的话让她想到上次漫展，章念念放了陈柏野鸽子去采访帅哥的事。以陈柏野那闷骚的性子，这回未必不是在报复。

　　她组织措辞开解着好友："可能他答应你表姐只是出于礼貌，不给你带是因为你喜欢的 Coser 没有出席那次漫展……嗯，也可能是签名纸用完了，签名笔没墨了，或者签完回家的路上掉了……"

　　在章念念扫来的死亡凝视下，喻笙声音越来越低，最后轻咳两声，又抬高了音量："不过他这事确实做得不地道，等他来了我帮你口头谴责他！"

　　但喻笙没等来这个机会，因为当天晚上章念念给陈柏野打电话的时候，她亲耳听到了拒绝。

　　"我最近接了个工作，要进棚录音，可能没时间。"

　　章念念扬眉冷笑："不想来就不想来，扯什么借口。"说完挂了电话，把陈柏野的联系方式一并拉黑。

　　喻笙见证了整个过程，默了默道："没必要吧，这就拉黑了……"

　　章念念将手机重重抛到床上，哼一声："明明错在他，我给他台阶他还不愿意下，那就算了。"

最后除了男主演外,其他几个角色都敲定了人选。

喻笙本想实在找不到人就让江序顶上,但江序说他只想当个默默无名的后勤,然而因为之前采访任时川时喻笙帮了大忙,所以他也发动人脉给她推荐了一个男生,说这人长得不错也愿意出演。

喻笙加了微信才知道江序介绍的人是陈钦,那个跟她有过一顿火锅之缘的机械工程系学霸。

陈钦的长相在系里能拨到帅哥那一类,因为个高又瘦,别人上镜胖三分,他倒是正好。章念念开玩笑埋怨喻笙怎么找了个大高个,拍摄的时候站在一块儿显得她这个女主演都壮实不少。

"那怎么办,他愿意来救场已经很给我面子了。"喻笙往好友清汤寡水的碗里夹了块排骨,但很快又被对方送回来。

"不行,我这两天得控制饮食,能瘦一两是一两。"

喻笙哭笑不得:"你也不用这么克制,我们这个短片只是作业,不会送到戛纳电影节去。"

"那怎么行,虽然咱这个视频未必能拍得多么精致,但作为主演,我还是得有点基本的演员素养,不然到时候成片发出来,被陈……被别人看到会嘲笑我的。"

章念念话末停顿那一下,喻笙猜她想说的"别人"应该姓陈名柏野,不由得问:"你们俩还在冷战呢?"

"这才几天,我跟他保持过最长的记录是一个月不跟对方说话。"章念念不以为然,话题转移到喻笙身上,"不过,你跟陈钦怎么回事,从上次吃完火锅之后,我也没见你们俩联系过啊,难道是背着我暗度陈仓?"

喻笙用筷子敲了下碗沿:"注意用词。我跟他不熟,是江序把他推给我的。"

确实不熟,拢共也没见几回面,也就是这两天拍摄会聊得多一些。

陈钦虽然长得上镜,但着实没什么表演天赋,在镜头前一站,整个人都是木的,走戏的时候表演痕迹也很重。喻笙只能在拍摄前跟他沟通，让他放松别紧张，试着代入男主角的角色，再回忆一下初恋的感觉。

陈钦微怔："我初恋……跟女主角不太一样，她性格比较泼辣大胆，没那么内敛。"

喻笙只好说："那……就想象一下你最近遇到一个喜欢的人，你对她很心动，但是又无法开口，想通过跟她对视来表达感情。放松一点，如果有感觉了咱们就开始。"

陈钦点点头，但是身形却一动未动，他低首看向喻笙道："一个人练习很奇怪，能不能把你借给我两分钟？"

"啊？"喻笙一时没反应过来。

陈钦看着她微微呆愣的神情，"扑哧"一笑："你挺可爱的，喻笙。"

在这种情形下被夸，喻笙高兴不起来。

她想了想，从视频软件上搜了几个影视剧片段拿给陈钦参考："要不你就按这个主角的演法来。"

陈钦目光扫过屏幕，挑了挑嘴角，应了下来。

"这样嘛，也行。"

陈钦学习能力很好，尽管没有演戏天赋，但也根据那些演员琢磨出了几分学院派的演法。

之后两天顺利拍完。

第六章 别怕，我等会儿就到

那就哭一会儿吧，躲在我怀里，别人不会看见的。

等时间回温

01

短片很快杀青,喻笙请大家热热闹闹地撮了顿火锅以慰辛苦。

这一顿把她之前兼职赚的钱花得差不多了,眼看着微信余额不足两百,喻笙盘算着接下来半个月的主食不如馒头就咸菜。但思索片刻,还是觉得不能亏待自己,便给喻青南打了个电话求支援。

"要多少?"那边问。

喻笙不贪心:"五百。"

转眼,支付宝就收到转账一千的通知。

喻青南说:"学习忙就别再去找兼职了,挣的那仨瓜俩枣都不够买件新衣裳的。没钱了找爸妈,养你到八十岁都没问题。"

喻青南不反对喻笙课余时间找兼职,但不希望她把兼职作为课余生活的全部。年轻人还是要有适当的娱乐时间。

喻笙感动不已:"谢谢爸。"

秋与冬的更迭在不知不觉间悄然变化,期末月即将结束,提前交完作业的喻笙在松了口气的同时也陷入了莫名的焦虑。班上想考研的同学准备在网上买学习资料,问她要不要一起拼个单。喻笙没这方面打算,但看着周围都是考研、考证的人,她似乎也要赶紧为自己的将来计划了。

回宿舍的时候,她问了章念念一句。对方故作高深地叹了一口气:"我爸打算让我从政。"

喻笙:"啊?"

章念念绷不住笑,摊手解释道:"哎呀,就是我爸想让我去考个编制,他希望我毕业后去体制内上班,端个铁饭碗。只是按我这性子在里面怕是也待不住,我有自己想做的事情。"

章念念那个视频号已经做得风生水起,并积累了一定粉丝量。她未来毕业大概率是要专注在这块发展的。

说实话,喻笙没什么梦想,她的愿望比较简单,顺利毕业找份工作,能养活自己就成。这么一看还真像条"咸鱼"。

"在想什么?"对面响起一句问话。

咖啡店里暖气充足,服务员送来两杯拿铁,喻笙抬眼,隔着升腾的热气望向对面的任时川。

昨晚翻来覆去睡不着,她便给任时川发去消息说有事想找他咨询,谁知那会儿都半夜两点了,任时川居然也没睡,几乎是秒回了她:什么事?

喻笙寒假想找实习单位,在招聘网站上看了两天没找着合适的,本来想进电视台,但那边 HR 说暂时没有招实习生的意向。又思及任时川在春江之声上班,跟她的专业也算搭一点边,便想来问问看。

两人约了白天在春江之声附近的一家咖啡店见面,喻笙本来想请任时川吃饭的,上次欠的那顿一直没找着机会。但任时川说他吃过饭才出门的,便改成了喝咖啡。

听喻笙说明了原委,任时川低头,按着手机,不知是给谁发消息。

喻笙静静注视着他的动作,只觉得他那双手十分修长,骨节分明,手机握在他手里都显得小许多。视线再往上移,高挺的鼻梁,纤长的眼睫毛,头顶那抹亮蓝渐渐褪成白金色,懒散地耷拉在他额前。那双细长的眼微微垂着,弧线倒是很好看。喻笙定定地看了一会儿,莫名觉得有些脸热,旋即移开。

店里放着徐嘉齐的歌,旋律缱绻缠绵。喻笙起初只觉得这歌耳熟,听到最后一句时才想起来之前在任时川的电台里听过。

"我问过人事了,我们部门暂不招人。"任时川的声音适时响起,把喻笙的思绪勾了回来。

来之前已经有了心理准备,故而听到这话喻笙也并不意外,点了点头:"我知道了,麻烦你了。"

但不待她下一步动作，任时川又接着说道："不介意的话，台里有个艺文频道缺运营编辑，你要不要来试试？"

喻笙抬眼，怔了怔："可以吗？"

任时川淡笑道："当然可以。他们的公众号需要运营编辑，你有这方面的经验，是加分项。"

喻笙喉咙一紧，最近各种事堆在一块儿，忙里抽不出闲，公众号快半个月没更新了。她前两天难得登录一趟后台，居然在"最近阅读最多"的数据列表里，看到了任时川的账号。想来他大概是闲着无聊，把她往期的推送都翻看了一遍。

喻笙讷讷地说道："其实我那个公众号都是些碎碎念，没什么看头。"

"怎么会，你的文字很细腻。"任时川端起拿铁喝了一口，雾气氤氲了他的眉眼，但喻笙能看到他嘴角的笑意，"从字里行间去了解一个人，很有意思。"

周五，喻笙把休息的时间都给了章念念。

章念念抱怨了一个月的表姐终于搬离了她家，她趁着今天没课，早早就回家给房间大扫除，并邀请喻笙晚上来家里和她睡，美其名曰镇邪。

其实哪有什么邪气，全是她的怨气。

不过认识章念念这么些年，喻笙还是头一回去她家。章爸章妈对她还挺热情，又是倒饮料又是夹菜的，生怕有所怠慢。

晚饭过后，两人在房间聊着闲话，说起放寒假有什么打算，章念念说要陪爸妈回乡下过年。

乡下不比城市禁烟花爆竹燃放，听说过年时乡镇里烟炮不断，除夕夜里还有压岁守岁，年味足得很。这把喻笙羡慕极了，她爸这边父母早逝，妈妈那边跟外婆也多年不来往，直到今年外婆生病才恢复联系，故而从前过年时就只有一家三口吃个团圆饭，再贴对联、挂福字

097

便完事了。

章念念提议:"那要不然你今年跟我一块儿回去,在我们家过年得了。"

喻笙虽然心动,还是摇头拒绝了。

"我寒假要去实习,还不知道春节放不放假呢。"

"实习?去哪里?"

"春江之声。"

喻笙前两天刚通过任时川投完简历,后来添加了 HR 的微信,已经确定放假就去实习。

章念念忽然挑着眉,盯着喻笙一阵打量,直看得后者发怵。

"你干吗?"

"看你到底是哪里不同,竟然让任老师对你另眼相待。"

喻笙一掌把章念念的头推开:"我应聘的那个岗位是公众号运营,你忘了我自己也在做公众号了?"

章念念眉心一动,歪起嘴角:"你难道真不觉得他对你有意思?"

"江序也这么说。"喻笙仰头靠着床侧,偏头看向章念念,"三人成虎,你们再起哄我可就真信了。"

章念念起了兴致,正想列数一下任时川对她的特殊,楼下响起烤红薯的喇叭叫卖声。章念念将窗户推开一半,冷风裹挟着烤红薯的香味齐齐蹿了进来,冻得喻笙打了个摆子。

"要不要吃烤红薯?"

章念念虽然是在询问,但也并不在意喻笙的回答。她从书柜上取下一个篮子将零钱装进去,又熟稔地将篮子钩在绳子上从窗口丢下。这动作看起来已经不是第一次。

不多时,绳子晃了晃,再提上来时,篮子里的零钱已经变成两个热气腾腾的烤红薯。

喻笙晚饭时被章爸章妈夹菜添饭,早就撑得不行,此刻是真的吃不下了,只能闻着烤红薯的香气,看着章念念大快朵颐。

"吃慢点,没人跟你抢。"喻笙说。

屋外门铃声响起,章妈去开了门,喻笙听到她笑着招呼了声"柏野"。章念念立时"噌"地起身,跟做贼似的蹲在门口开了一条缝。

"阿姨,我妈烤了些甜品,说给你们送一些过来。"是陈柏野的声音。

"哎,你妈这也太客气了,谢谢了啊。柏野,要不要进来坐一会儿?"

"不用了,阿姨。"陈柏野递过一盘小蛋糕,垂眼瞥过鞋架,"念念回来了吗?"

"回来了,这会儿跟她同学在房间呢,我叫她出来。"

章念念趴在门边仔细听着,正要开门,听到陈柏野的话又合上了。

"不用叫她,阿姨,我等会儿还有事,就先回去了。"

门口的清瘦人影转身离开。章念念愣了下,咬牙闭紧了卧室门,对客厅妈妈喊她去吃蛋糕的话充耳不闻。喻笙看着她两步走到窗户边,随手捡起书桌上的笔瞄准了楼下,直到陈柏野的身影出现,那支笔以优美的抛物线精准砸落至他的后肩。

年轻人回过头,表情冷淡,在抬眼看到三楼窗边的章念念后皱起了眉。

"看什么看?没看过美女啊?"章念念恶人先发声。

"章念念,有病就去治,别在这儿乱丢垃圾。"陈柏野捡起那支笔,垂眼看了会儿收进裤兜。

"陈柏野,你干什么?那是我的笔,还我!"

"我在路边捡的,怎么就是你的了?"陈柏野不紧不慢地道,"要不你试试叫它,看它会不会答应。"

章念念跳脚:"你真幼稚!"

陈柏野下巴陷在围巾里,说:"章念念,把笔还你也可以,但你要把我从黑名单里拉出来。"

章念念这会儿平静下来了,冷哼一声:"你是在跟我做交易吗?

陈柏野,你还没跟我道歉。"

"我道歉了。"陈柏野说,"刚刚送去你家的蛋糕,是我做的。那是给你的赔礼。"

章念念微愣,又听到他放柔了声音:"把我从黑名单里拉出来吧,念念。"

他还是第一次这么温柔地跟章念念说话。

喻笙知道这种氛围下她如果有眼力见,就应该像蜗牛一样缩进壳里假装不存在。于是她打算去客厅避避,留两人单独说话,但刚走到门边,章念念就察觉到她的动作,扭头问:"笙笙,你去哪儿?"

"给你们点私人空间。"

"没事,你不用出去。"

听她这么说,喻笙只好留下,她凑到窗边,朝楼下的人打了招呼:"又见面了,陈柏野。"

陈柏野的表情已经恢复了往日的样子。他对喻笙淡淡点头,又转向章念念道:"我先回去了,你记得刚刚我说的话。"

待他走后,章念念强装的镇定表情有了裂缝,她按着心口,嘴角是难掩的笑意。

"你说稀奇不稀奇,笙笙,他居然说那份蛋糕是他做的赔礼,刚刚他明明说是陈伯母做的。如果是他做的……算了,我还真想不出来他烘焙时是什么样……可我刚吃了晚饭和烤红薯,哪里还吃得下他的蛋挞嘛,真是的,要送也不早点送过来……"

章念念半是呢喃半是埋怨的话落进喻笙耳里,让她哭笑不得:"你记不记得他最后一句话是什么?"

"什么?"

"他让你把他从黑名单里放出来。"

"……差点忘了。"

又是一阵手忙脚乱。

02

　　实习工作找到后，喻笙放假前要做的最后一件事，就是租房子。
　　放假后宿舍是不能住了，家离公司来回通勤四个小时，住家里也不现实。
　　喻笙在网上看了两天租房信息，被中介带着看了六七套房子。单间太贵，另外几个合租房大多数是男女混住，喻笙觉得不方便，也没纳入考虑范围。后来又找了两天，总算有个满意的住处——两室一厅，两间卧室都坐北朝南，采光很好。最重要的是，价格便宜，离春江之声就两站路，很近。
　　喻笙只租一间次卧，另一间主卧，房东说要留给女儿寒假回来住，所以现在还是空的。
　　房租是荣心月给的，因为是短租，押一付一，签完合同后，喻笙就拎着为数不多的行李搬进了新家。
　　楼下就是超市，房间整理得差不多，喻笙下楼去买了些日用品。全部收拾完也才下午四点多，离入职还有一天，喻笙决定提前去公司熟悉一下附近的环境。
　　上次她跟章念念进过公司大楼，里面需要刷员工卡才能上去，这次就打算在周边转转。
　　春江之声要投放一个地铁公益广告，广告台词录制的事交给了旗下几个电台主播，任时川也在列。
　　录完干音，任时川从演播室出来，见陆松云站在走廊透过窗户观察着楼下，他问："在看什么？"
　　陆松云是隔壁交通广播电台的主持人，比他早两年进春江之声，两人平日常在食堂遇见，称得上一句饭搭子。
　　"我刚才见有个女孩围着咱们大楼转来转去鬼鬼祟祟的，就多留意了一下。"陆松云说。
　　任时川闻言，抬了抬嘴角，目光跟着往外看。

"看起来像是哪个电台的听众过来打卡,光围着大楼转也不进来。"陆松云笑着说,又恍然大悟,"差点忘了你们音乐电台最近这飙升的热度,该不会是你的听众吧,时川?"

任时川的视线落在楼下那人身上,白色羽绒服,长发扎了个辫子垂在脑后,远远瞧着看不太清模样,但他却认出了是谁。

喻笙绕着春江之声逛了一圈,看到的饭馆和粉面店一只手都数不过来,饮品店也不少。

一栋广播大楼撑起了附近商贩的生意。

挺好的,她想,以后来这儿实习至少是不会亏待肚子了。

"喻笙。"

喻笙逛完正要往回走,忽然听到一道熟悉的音色,回头一看,只见任时川站在春江之声门口,身影挺拔如一棵笔直的松木。

他看着喻笙,问她:"你是来报到的吗?我带你进去吧。"

"不,我明天才报到,今天是来看看这边的环境。"喻笙抬眼弯弯嘴角,对他颔首,"任老师,你上班这么早?"

晚上八点才开始节目,他竟然五点就出现在了电台。

任时川也笑:"我的工作可不只是主持电台而已。"

冬日寒风凛冽,喻笙将手缩进袖管,打算等会儿就回去,却听到任时川开口:"你吃饭了吗?要不要试试我们食堂的菜?"

此刻正值饭点,他的话甫一问出,喻笙的肚子就应景地叫了两声。她只好咽下客套的拒绝,诚实地点点头。

公司食堂在三楼,来吃饭的人很多,打饭都要排队。

喻笙身处一群陌生人里,心里忽然有些惴惴不安。这群人会在未来一段时间里成为她的同事,这份工作也比往常她做的任何兼职都更正式。不知道自己能不能做好,她有些紧张。

"怎么了?"像是察觉她的不安,任时川温声询问。

喻笙摇了摇头,只是说:"好多人。"

任时川笑了笑,指引着她:"你去那边的空位等我,我等会儿打完饭过来。"

他问了她饮食上的忌口，随后喻笙依言先去占位。过了会儿，任时川也从队伍前方脱离，带了两份饭盘到她面前坐下。

两人的菜色都一样，冬瓜排骨、炒时蔬、韭黄炒蛋，以及豆腐汤。

喻笙看向那道韭黄炒蛋，眼前浮现上次和任时川一同吃饭的情形。她默了默，还是忍不住问："任老师，我记得你是不是不吃韭黄？"

任时川不吃韭黄这件事，那个"五年后的喻笙"也说过，却不知道现在的喻笙是如何知道的。他捏筷的手微顿，将疑惑问出口。

"上回念念找你回访，吃饭时也点了韭黄炒蛋，我见你一次都没夹过。"喻笙说着笑起来。在某些方面，她对自己的记忆力一向自信。

任时川在她的提醒下想起来了，也跟着扬起嘴角："你的观察……十分仔细。只是我虽然不吃韭黄，但很喜欢韭黄炒蛋里鸡蛋的味道，所以常点。"

春江之声员工逾百，撇开工作上需要接触的，大部分人都只熟悉同部门的同事。但任时川不一样，因为之前的街采视频让他在网上小火一把，连带着电台频道也有了热度后，台长在公司大群分享了他的那段视频，鼓励大家多多学习。任时川因此在电台出了名，逢人便被打趣"春江之光"。

有同事在食堂遇到他，上前打招呼，任时川也会笑着回应。几次过后，喻笙忍不住感叹他人缘真好。

"其实只打过几次照面，我甚至不记得他们的名字。"

任时川坦然地回答，看着她嘴角啃排骨残留的油汁，又从上衣口袋里摸出一包纸巾递过去："擦擦嘴角。"

饭吃到一半，喻笙接到房东的电话，问她是不是出门没关空调。

喻笙也忘了自己有没有关，便说等会儿回去看看，房东却很笃定她就是没关，还说自己已经帮她关掉了。

喻笙不由得惊愕："叔，您过来怎么不提前跟我打招呼啊？"

喻笙的房东是个五十多岁的大爷，自己住在另一个区，过来一趟要一个多小时。之前喻笙跟中介交接的时候，中介还说他半年不来一次，让她放心住。

房东说："我过来看看你是几个人住，万一人多了，我女儿回来怕会不习惯。"

喻笙解释只有她一个人住，房东仍半信半疑，说在家等她回去，有些租房的事需要当面再交代一下。

任时川静静听喻笙接完电话，等她放下手机，才问道："你已经找好住处了吗？"

"对，离这边不远，回去就两站路。"说完，喻笙脸上露出歉意，"我等会儿得回家了，房东在等我。"

任时川蹙起眉，轻声问："你一个人住，房东为什么还留着一把钥匙？"

喻笙简单将前因后果说了一遍。房东是保安，有个女儿在国外，她租的这套房子就是房东留给女儿的。担心女儿哪天回国没地方住，房东只对外出租一间卧室，房租也很实惠，七百块一个月。而且在他女儿回来之前，喻笙相当于是一个人住两居室，很划算了。

任时川欲言又止，看她放下筷子起身，提议送她回去。

"方便吗？你等会儿就要上班了吧？"喻笙看了眼时间。

"现在还不到六点，时间很充裕。况且，我也想见见你那位房东。"

他的语气云淡风轻，喻笙却觉得心里一暖。纵使她再迟钝，也能听出其中的关心。

"谢谢你，任老师。"

任时川漆黑的双眸望向她，说："客气什么。你来春江之声是我介绍的，要是在租房上出了问题，我也有责任。"

03

喻笙住的小区看着不新，电梯有些老化，任时川抬眼往角落看，没有监控摄像头。

电梯在 16 楼停下,任时川跟在喻笙身后。见她从包里取出钥匙打开一扇门,正要迈脚进去时忽然顿住,她的视线望向客厅里的沙发,那儿坐了一个矮胖的男人。

"王叔?"喻笙试探性地张口。

"是我,在这儿等你半天……"房东说着站起身,却在看到喻笙身后的任时川时换了表情,他皱眉道,"不是说你一个住?怎么还带了个男的过来?"

两人从屋外进门,喻笙率先开口:"不好意思,我们刚刚在外面吃饭,这是我朋……"

"我是她男朋友,过来看看她租的房子。"不待喻笙说完,任时川接过她的话。

"男朋友"三字响在喻笙耳边如同惊雷,她怔了怔,又迅速反应过来。任时川大概是怕她一个女孩子被房东欺负,才用这个身份给她壮声势。

房东狐疑的目光在他们俩身上扫过,问:"你们既然是男女朋友,怎么不住一起?"

喻笙说:"这儿离我公司近。"

房东没再计较:"怎样都行。小喻……是姓喻吧?我女儿爱干净,你平时住的时候注意搞搞卫生,就算有男朋友也少往家里带。我给的房租够实惠了,这事你总不能不听吧?"

喻笙点头:"当然没问题。"

房东又交代了一些家具电器的使用规矩,给了她物业的维修电话,随后准备离开时,被任时川挪步拦住,说:"我女朋友租了你的房子,你的钥匙该拿给她吧?"

房东脸上的皱纹聚成一团:"你这小伙子说什么呢?钥匙不就在她手里吗?"

"还有一把,你开门用的那把。"任时川提醒。

房东说:"那把是我女儿的,她回来要用,给不了!"

说着,他皱起眉:"七百块能租这样的房子已经够优惠了,你要是不放心你女朋友住这儿,怎么不干脆跟她合租个两室?没钱还提这么多要求。"

最后一句声音压低了些,但喻笙和任时川都听到了。喻笙有些窘迫,将任时川拉到身后,自己跟房东道歉。

房东冷冷哼了一声,看也不看两人,扭头就走了。

"不好意思啊,租房省预算的人是我,结果被骂的是你。"

喻笙也觉得房东说话难听,但除开跟任时川合租那句,其他话也确实在理。她为了划算租下这套房子的次卧,的确没理由再要求更多。

任时川摇头:"我倒是没关系,只是这房东看起来不是个好相处的人,我怕你吃亏。"

"我会注意的。"喻笙想到刚才,摸了摸脸颊,"还有刚才你在房东面前说我是你女朋友,是在保护我吧?谢谢你。"

任时川看着她,微微笑道:"喻笙,我们一起吃过很多顿饭了,关系不算生疏吧?"

虽不明白他这句话的意思,喻笙还是点点头:"当然,任老师帮了我很多忙,在我心里已经是朋友了。"

任时川颔首:"既然是朋友,就不用谢来谢去了,朋友之间互相帮忙不是应该的吗?"

喻笙微怔,随后笑起来:"你说得对。"

任时川临走时建议她把门锁换掉,再在客厅装个监控。

不过,喻笙担心换门锁房东会来找麻烦,便只换了自己房间的锁,然后买了个监控装在客厅的电视墙上。

她没想着真的会发生什么,只是觉得这样会安心一些。

在春江之声实习的前两天,喻笙适应得很快。

艺文频道主要是探索推荐春江市内的美食人文和艺术活动,每期会有编导准备台本稿,喻笙则根据文稿整理排版,放进公众号推送。她的排版简约清新,被编导老师夸赞审美不错。

　　艺文组有单独的办公室,喻笙不需要面对繁杂的社交,忙工作的同时还可以偶尔偷闲。做完一条内容,她将编导的夸奖截图发给章念念:**出息了,今天被夸了。**

　　章念念放寒假就回乡下了,这几天玩得开心,朋友圈发的全是在老家的日常,自拍笑得见牙不见眼。

　　喻笙刷着朋友圈,见她两分钟前还有空发动态,却没空回自己消息。正要控诉她放假忘友,返回微信一看,却发现是自己把消息发错了人。而那人也恰好在此刻回了消息。

　　镜里川:她不轻易夸人,说明你真的很厉害。

　　任时川如此捧场,令喻笙那点尴尬瞬间没了影。

　　她的工作时间是朝九晚六,任时川是晚七到晚十一,两人白天基本见不着面,唯一的交集是晚饭去食堂。

　　她看了眼电脑下方的时间,上午十点。任时川恐怕是刚醒。

　　不知冬:早啊,替我给二狗问个好。

　　不多会儿,任时川发来一条语音,喻笙将耳机插进电脑,点了播放。

　　"你好!你好!"耳边响起二狗宛如机械般的招呼,任时川也被它逗笑,夹杂着睡意的哼笑声一同被录了进去。

　　喻笙捏了捏耳垂,唇边也不自觉挂上笑意。

　　编导老师手底下也带了一个实习生,跟喻笙同是大三,因为常要交接工作,两人熟得很快。

　　实习生叫林若,说话有些磕巴,但网上交流没问题。熟悉之后,两人常约着一块儿吃饭。

　　下午忙完,喻笙早已饥肠辘辘,拽着林若直奔食堂。

　　食堂里人头攒动,林若先找了两张空位占座,喻笙打完饭过去时,发现她们对面坐着的居然是任时川。

任时川正吃着饭,微微偏头听着陆松云聊着他们频道的八卦轶事,听到好笑处勾起嘴角。

眼前有道阴影落下,他随意抬眼一瞥,看到是喻笙后,不确定地瞟了眼腕上手表的时间,六点半。

"今天忙这么晚?"他问。

"今天的推送要先给编导老师过一遍预览,确认没问题才能发,她下午一直忙着开会,所以耽搁了一会儿。"喻笙答得自然。

两人的对话让两边的饭搭子都愣了下。

陆松云打量着喻笙,问任时川:"这位同事好眼熟,是哪个部门的?"

林若捅了捅喻笙的胳膊:"你们俩认、认识?"

任时川:"她在艺文频道实习。"

喻笙:"我们是朋友。"

八目相对,陆松云想起来了:"你是不是前两天来过咱们广播大楼?还围着楼绕圈的那个?"

喻笙"啊"了一声,围着楼绕圈?

任时川替她开口:"她那是实习前来熟悉环境。"

陆松云挑了挑眉:"我那天还跟老任开玩笑说你是他听众,结果你们俩还真认识啊。"

任时川看着喻笙不明所以的神情,解释道:"那天我们在楼上看到你了,所以我才下来的。"

喻笙恍然大悟,难怪她会在门口遇到他。

吃完饭,喻笙坐电梯上楼拿包,任时川站在她身侧。

电梯数字一路往上跳,喻笙正数着时秒,任时川忽然偏头看向她,随口问:"你这两天住得怎么样?"

"挺好的。"喻笙说,"买了监控,也换了我房间的门锁。"

"那个房东后来还来过吗?"

"没有了。"

"那就好。"任时川点点头,眸子里多了几分正色,"有需要的话尽管找我。"

喻笙心里微动,一句"谢谢"涌到嘴边,换成了:"好。"

他说的,他们是朋友。

喻笙是第一次在外租房,荣心月和喻青南不放心,每晚都会打来视频问候两句。

喻笙简单报备了自己的日常。电话挂断前,她叫住妈妈问外婆怎么不在。以往打电话虽然外婆不在镜头前,但也会跟喻笙搭两句话,今天却无比安静。

没想到这话问出口后,荣心月的表情冷下来,静默不答。旁边的喻青南接过话解释:"你舅妈临产,你舅舅把外婆接过去陪护了。"

喻笙闻言拧起眉:"可是外婆腿脚不好啊,而且年纪也这么大了。舅舅不是高管吗?怎么不请个保姆?"

荣心月的语气含着淡淡的恼意:"你外婆乐意,你管她做啥?年纪轻轻的别操心这些,早点休息吧。"

说完不待喻笙回应,便挂了电话。

喻笙垂眼盯着黑掉的手机屏幕,暗忖荣心月最近的情绪好像有点反复无常,难道是到了更年期?

她得私下跟爸说说,多关心一下妈才是。

洗完澡吹着头发,喻笙收到林若的消息,问她跟任时川认识多久了。

不知冬:不久,几个月。

林若:你来这儿实习是因为他吗?

不知冬:不是,怎么了?

林若:噢噢,没事,我看你俩关系还挺好的,想问你知不知道他那个"未来恋人"的事。

不知冬:未来恋人?

这事一句两句说不清，林若发来一条帖子链接。

标题：昨晚春江音乐电台那个热线是恶作剧吗？
发布日期：2018年9月14日。

帖子的大概内容是，楼主是春江广播的忠实听众，最近工作忙没顾得上听。昨晚开车回老家，在高速上听了会儿音乐电台。刚开始还挺正常的，但听众热线环节有个奇怪的女人神神道道的，总说让主持去检查身体，说他不检查就会得脑癌死掉。

——我的天啊，如果这真是恶作剧，那也太恶毒了吧，我那会儿正开车呢，听到这话，鸡皮疙瘩都起来了！

楼下跟帖：
△谁没事这么诅咒人啊，是不是跟那主持有仇，故意的？
△我看是精神病吧，谁家的病人也不照看好！
△我也听了这场，主持人叫任时川，脾气还挺好的，都被这么说了，还好声好气说话呢。
△这么精彩？可惜电台没法回放，错过热闹了。

时隔一周，9月20日的跟帖回复：
△我今晚听电台的时候也听到了，这个人还暴露了一些主持人的爱好，说她来自未来，是主持人以后的女朋友。
△举手，我也听到了。她说了好多！说主持人生日是冬天，手腕上有块疤，不吃韭黄，喜欢自己调酒，还养了只狗。不知道真的假的，主持人也没反驳。
△你们听得这么全吗？我打开电台的时候就只听到后半段，主持人问她是谁，她故作玄虚说了个地名，让主持人去了就能见到她。还说自己是主持人未来的女朋友。

△这听起来就很假啊，什么过去未来，你们还真信？

△我半信半疑，但我感觉主持人可能是有点相信的。

△谁知道她说的地名在哪儿，让我过去看看谁这么闲。

△没听清，她那边有电流声，尤其是说到地名跟她自己名字的时候，都要被电流声盖过了。

△电流声？本来我觉得这个玩笑很假，可能是主持人的朋友在逗他，但楼上这话让我犹豫了。

9月27日的跟帖回复：

△在音乐电台蹲了这么些天，终于让我蹲到了传闻中的那位未来恋人，声音听起来在25岁到28岁之间，感觉她好像确实生病了。应该不是真的所谓"未来人"，只是个病人在电台里寻找慰藉吧。

△楼上在开玩笑吗？她说话条理清晰，一点也不像生病的人。而且你听主持人和她的对话就能知道，主持人去了上周她预言的地方，也见到了她说的那个人。

△预言这东西本来就有一定概率，我反正是不相信她真的来自未来。

△谁管你信不信啊，主持人信不就得了。

△没人觉得她每次出现的时间也很巧妙吗？9月13日、9月20日、9月27日……正好都是周四。

△我也发现了，她好像只在这一天才会打热线。

…………

喻笙正看到这里，屋外冷不丁响起一声动静，把她吓了一跳。

她又静静听了几秒，那声音像是从未出现过般消失了。

喻笙打开软件里的客厅监控，镜头里一片漆黑，没什么异样。她提起的心放了下去，起身将房门反锁，又迅速将剩下的回帖看完。

剩下的内容都是对任时川和那个"未来恋人"的讨论，说那个热线后面又出现了两次,任时川对她的态度温和又亲切,让不少听众都嗑起了两人的CP。只是在上个月,那个"未来恋人"却失去了消息,再也没打过热线进来。这让一直蹲守她热线的网友焦急不安,就差没全网贴个寻人启事了。但没人知道她叫什么,就算找也无从找起。

那个帖子跟帖从未间断,竟陆陆续续有了上万回复。

林若:不瞒你说,我来这儿实习就是因为任时川,因为好奇他和他那个未来恋人的事。既然你们俩是朋友,他有没有跟你说过这个?

喻笙看着那段话,没来由地想起很久之前在春江大学里,任时川问她:"如果有一天,你接到一个电话,电话里的人说他是你未来的恋人,还能准确预言即将发生的事,你会相信他吗?"

还有不久前的贪杯酒吧里,他说:

——"……也遇到过一个听众,打电话来说我未来会得绝症,让我赶紧去医院检查。"

——"她不仅能将我的习惯和爱好如数家珍,还预见了一些尚未发生的事情,而那些事在后来也都一一验证了。"

——"所以,我相信了。"

要不是林若提起,喻笙都快忘了任时川曾跟她提过这件事。本以为所谓的"预言家"只是个小插曲,没想到还在网上掀起过风波。更没想到那个"预言家",就是之前在电台频道里被听众一直询问的"未来恋人"。

不知冬:他没跟我说多少,我知道的信息跟那个帖子差不多。

林若很明显有些遗憾,旁敲侧击地让喻笙帮忙打听一下,就问问任时川那个"未来恋人"的现状就行。

碍于情面,喻笙没好意思拒绝,只说有机会试试。

04

市里有家美术馆开了新展,喻笙被安排外出去拍摄一些照片素材写推文。

公司没配备相机，她带的是家里那台老式微单，勉强够用。

去时尚早，馆里没什么人。策展人看过她的工作证，大手一挥便让她进去了。

这个展以"童话镇"为主题，布景梦幻又童真，喻笙拍了很多素材。拍完出来，也不过才一个小时。

外面天寒地冻，她在路边小店吃了一碗粉，坐车回公司的路上，手机忽地振动了一下，打开是家里的监控提示画面有变化。她将那段变化视频看了一遍，发现是门口电视柜上的快递盒掉了下来。

她明明记得这个快递盒当时是放在靠里的位置，不应该掉下来。只是快递盒另一端正好在监控盲区，她也无从解释。

那个美术馆的新展活动没有被编导写进今天的台本里。喻笙需要单独做一条微信推送，在没有素材参考的情况下，她只能从网上找到策展人的联系方式，麻烦对方提供一份新展资料。

独自撰写文案就花去了半天时间，在编导老师的审核下，她又修修改改一下午，等改完稿子发布推送已经过了晚上七点。

窗外天色暗下来，办公室里的人已经走得差不多了，喻笙摸着肚子没觉得饿，思量之下还是决定去趟食堂打包晚饭带回家吃。

出门远远便见到任时川步履匆匆地进了电梯，喻笙加快步子想赶上这趟电梯，但缓缓关上的电梯门听不到她的心声。就在喻笙打算放弃等下一趟时，原本合上的电梯又开了。

任时川伸出头来，温润的眸光凝着她："喻笙，要下去吗？"

"来啦！来啦！"喻笙刚慢下来的步子又跑起来，如风般钻进了电梯。

"也不用跑这么急，我帮你摁着的。"瞧她风风火火的举动，任时川难掩笑意，又问，"怎么加班到这个点？"

电梯里只有他们两人，任时川按了一楼，喻笙则按了食堂所在的三楼。

"有些工作上的内容要改。你不是要准备上班了吗？去一楼做什么？"

"去接今晚的电台嘉宾。"任时川扶了扶头上的帽子，那双眼睛微眯，又转头看向喻笙，很认真地提醒，"今晚食堂的辣椒炒蛋和糯米排骨做得不好吃，别点，我替你踩过雷了。"

喻笙没料到他会提这个，愣怔两秒后，忍俊不禁地点头："好，我会避开的。"

喻笙从食堂打包了饭菜回家，边看电视边吃饭，还在跟荣心月打电话。

她三心二意，惹得荣心月一阵嫌弃："吃饭就好好吃饭，视频就好好视频，你怎么还一心三用？"

喻笙咽下一口饭，慢吞吞地回："我现在跟你聊天，等会儿吃完饭就可以洗澡睡觉了。"

荣心月闻言微顿，隔着屏幕望着喻笙明显没精打采的脸，心下叹了叹气："实习是不是很辛苦？笙笙，平时注意休息，要是实在累的话，以后我们少打电话，你每天发个消息给我就行。"

得了荣心月的特赦，喻笙乐得挂了电话后专心吃饭，吃完在客厅里走动消食，顺便打开了春江之声。

她只关注了两个电台，艺文频道和任时川的音乐电台。

音乐电台最近在改版，在单纯推歌的基础上增加了一个新专题，定期邀请歌手做客电台。今晚是第一期，邀请的嘉宾是个小有名气的民谣歌手。

喻笙不太听民谣，便只当作背景音放着，民谣歌手说了什么她没留意，只记得任时川的主持提问一如往常平稳。他的嗓音雅致沉郁，像珠落玉盘，实在好听。

再由声音想起人，那双漆黑的眼瞳、挺括的身影，以及每每投向她的目光——喻笙按住心口，那里倏然间掠过一阵饱胀的酸涩。

酸涩之后有回甘。

冬天洗澡需要勇气，喻笙先将浴室的电暖开了好一会儿，才拿着睡衣进去。

刚要拧开花洒，她突然觉得哪儿不对劲。平常她用厕纸都是沿着虚线平整扯下，但这会儿收纳盒里的厕纸却被扯得歪歪斜斜，而装脏衣服的篮子里也多了一双袜子。她微微凑近打量，发现这双袜子正是她昨晚刚洗净晾上的，然而此刻它干净不再，不仅变得皱巴，还黏上了一些不明液体。

喻笙后知后觉地联想到什么，喉间忍不住一阵反胃。

她顾不得洗澡，拿手机把厕纸和袜子都拍了照片，又将客厅的监控对准大门。

她想到白天客厅那个掉落的快递盒，又想到家里的钥匙除了她外只有房东才有。不确定事情是不是真如自己想的那样，但看过那么多新闻，她不想拿自身安全来赌。

这一晚，喻笙睡在了小区旁边的旅馆里。

虽然疲惫，但她毫无睡意，前半夜一直盯着手机监控，试图能从其中发现什么端倪。但监控里整夜平静。

翌日，喻笙顶着眼下两抹青黑去了公司。林若找到她，想要点素材，目光刚触到她的脸，便瞪大了眼。

"喻笙，你、你是不是没睡、睡好啊？怎么这么憔、憔悴？"

喻笙喝了两口咖啡，觉得那苦味快融进了胃里，强撑着精神回复林若："我没事，做了个噩梦。"

林若点头："那就好。你把昨晚、昨晚艺文频道、公、公众号的推文、配图发我一份原件。"

"好。"喻笙应得有气无力。

喻笙上午喝了两杯咖啡还觉得困，又去茶水间接了一杯茶。接茶的十秒钟空当，她半合着眼差点睡着，幸好陆松云过来打水遇上，替她关了开关。

115

他调侃着:"喻笙小同学,昨晚干吗去了?困成这样?"

喻笙端起茶杯答了句"没事",径直往回走了。

陆松云看着她飘忽的背影,嘴角一撇,给任时川发消息:艺文频道最近很忙吗?我刚遇到你那位实习生朋友,都快困得脚不沾地了。

任时川收到消息时,刚从医院出来。最近他每个月都会来脑科做一次检查,连医生都认得他了。

每每得出检查结果没问题的时候,医生都要提一句建议:"你这病应该不是生理原因,要不去挂下心理科?"

任时川无奈地笑了笑:"我只是预防万一。"

将诊断报告和片子装进袋里,任时川给陆松云回复:可能是她刚实习,对自己要求比较高。

陆松云说:难怪你单身呢,要是我的话就给人点个甜品送温暖了。

这话让任时川陷入沉默,想起这两天他每次见到喻笙,她都是刚加完班的样子,确实很辛苦。

他坐进车里,打开了外卖软件。

喻笙上午一边工作,一边留意着家里的监控,因为心不在焉,文案频频出错。排版好的推送拿给编导老师审核,被她指出了好几个问题,喻笙只得连连道歉,重新修改。

忽然这时手机振动了下,喻笙知道是家里的监控提示,一时心"怦怦"直跳,竟然有些不敢打开。她深吸了口气,拿着手机躲进厕所。

监控显示客厅有人出现,喻笙紧盯着镜头里那个矮胖的男人身影,不是那位房东是谁?

房东拿钥匙开了门,在客厅里走走坐坐。蓦然间,他的头朝向喻笙的房间,那门开了一道夹缝,是她昨晚走得匆忙忘记锁了。喻笙握着手机的手又攥紧几分,屏息盯着房东蹑手蹑脚进了她的房间。监控镜头拍不到房间里的景象,喻笙不敢想象他会在里面做什么。

过了两分钟,或者十分钟,总之对喻笙来说,等待的过程无比漫长。

房东终于从她的房间出来，手里还拿了一件她的衣物，他边走边捧着衣物，将脸埋入其中……

这景象令喻笙差点作呕。她再也看不下去，涩着嗓子给编导说要请半天假，一出公司便直接打车去了派出所报警。

因为拍了照片，又有监控里的镜头佐证，警察很快出警。

喻笙坐在派出所的长椅上，接过女警送来的热茶，浑身战栗没有力气。她仰头靠着墙，脑子里一团乱麻，只觉得愤怒又后怕。幸好她昨晚留意到了不寻常，幸好她装了监控，幸好她听了任时川的建议……

想到任时川，喻笙从包里取出手机，想给他发消息说下这件事，但手抖得厉害，半天没打出一句完整的话。她抿了抿干涸起皮的唇，正想给他发语音，那边却先打来了微信电话。

"喻笙，我……"

任时川打来电话是想提醒喻笙下楼取外卖，他为她点了下午茶，但一开口，就听到她嘶哑的声音在叫他的名字："……任时川。"

任时川的电话如同一针定心剂，让喻笙紧绷的神经松缓下来。她原本想说很多，但嗓子里像堵了块浸水的海绵，千言万语只有一句："我在派出所，我抓住他了。"

这话前言不搭后语，喻笙颤抖的声音却听得任时川目光一紧。他立时询问在哪个派出所，得到回复后，温声安慰着喻笙："别怕，我等会儿就到。"

任时川的车比警车稍慢一步，等他到派出所时，那位王姓房东已经被铐在喻笙对桌的长椅上。

喻笙苍白着脸，咬着唇紧紧盯着为老不尊的房东。对方被她看得不敢回视，只低头说着无辜。

任时川急步走到喻笙身边，微微俯下身，问："没事吧？"

见到他来，喻笙绷得直直的肩膀垮下去。她眨了眨干涩的眼，哑声道："你当初提醒得没错，要不是在家里装了监控，我还不会发现这个房东是个变态。"

117

任时川在她身边坐下，目光落在她咬出红痕的嘴唇和泛青的眼皮上，憔悴尽显。

他轻轻捏住她的下巴，将她的下唇从牙齿的桎梏下挣脱出来，说："你很厉害，你看，你已经抓住他了。"

喻笙稳定的情绪在听到任时川这句话后有些崩溃，不安慰还好，一安慰她的委屈就一股脑涌上心头。

"我昨晚回去就感觉不太对，他居然拿我的袜子做那种事……厕所里的纸也扯得乱七八糟。我都没敢在家睡，去旅馆住了一晚上……今天我一直留意着客厅的监控，看到他还进了我房间，拿了我的衣服……"她说得断断续续，眼眶也变得通红。纵使她再坚强，也不过只是个刚满二十还没经历过社会险恶的女孩。

任时川揩去她眼角的泪，臂弯一揽："那就哭会儿吧，躲在我怀里，别人不会看见的。"

他的怀抱还带着寒意，身上那件毛呢夹克质地偏硬，喻笙靠着他的肩，却觉得无比安心。

在任时川这儿缓和完情绪，喻笙跟警察去做了笔录。

从警察那边了解了情况她才知道，房东之前撒了谎，他口中的女儿并不存在，这只是他为了让女租客放心租房的借口。在喻笙之前，他的上一任租客也以同样的原因报过案，但苦于没有证据没法立案。房东的行为违反了《治安管理处罚法》会被拘留，喻笙交的房租也被退了回来，她需要尽快找新的房子。

任时川送她回住处，路上听她打电话联系租房中介，对方得知她的价格预算，很为难地说："妹妹啊，你这个价格在善熙路这边真的没有合适的房源，我手上的合租房最低价格也是一千块一间。"

喻笙说："那我再问问别人。"

车开到小区楼下，喻笙解开安全带正要下车，任时川的话留住了她。

"我住的房子有一间闲置的次卧，你要不要去看看？"

05

任时川住在庐安路，距离春江之声十分钟的车程，交通方便，还有地铁。

小区环境很好，尤其是绿化。喻笙跟在任时川身后一路打量着，不免在内心同她租的上一套房子做比较。

进出要刷卡，电梯里装了摄像头，至少安全问题有保障。

任时川住的三室一厅，一间卧室、一间录音室，剩下那个空置的房间在他卧室对门，是作为客卧使用。虽然里头家具不多，但床、桌、衣柜都有。除此以外，采光也很好，朝南面，还有一个飘窗，空间也比喻笙之前租的那间次卧要大一些。

喻笙越看越满意，但越看也越没底。无论是小区环境还是房间条件都远比她上一个好，想必房租也是只高不低。

任时川在客厅逗弄着二狗，见喻笙从房间出来，问："觉得这个怎么样？"

喻笙点头："满意是很满意的，就是不知道房租要多少？"

任时川抬头："我第一次出租没有经验，不如房租就按你之前租的那个价格吧。"

喻笙意外地愣了下，不确定地道："七百是不是便宜了点？"

这要是她的房子，她得把房租定在一千。

任时川微微侧头，嘴角弯起浅淡的笑："便宜吗？那就当是我打了个友情价，给你的优惠好了。"

友情价吗……这个理由喻笙倒是能接受。

因为是短租，任时川没收押金，喻笙便直接给他转了七百。

任时川原本还想帮忙搬家，但喻笙一看时间快到下午六点，怕耽搁他上班，遂严词拒绝了这份好意。而且她的东西也不多，一个行李箱就能搞定。

搬完家后，喻笙已是饥肠辘辘。她这一天只喝了两杯咖啡、一杯茶，胃里晃晃都能听见水声。

任时川说厨房的东西可以随便用，她打开冰箱想找食材，却发现里面装满了酒，红的、啤的都有。看不出来任时川还是个爱酒的人。

喻笙关上冰箱，在手机上点了个外卖，饭刚吃到一半，就接到编导老师的电话，提醒她别忘了发艺文频道今天的推送。

喻笙是真忘了，赶紧又放下筷子弄今天的工作。

等她再从电脑前抬起头，窗外暮色四合，亮起万家灯火。

洗完澡吹干头发，喻笙坐在书桌前盯着电脑屏幕发呆。忙的时候脑子都被烦琐的事填满，闲下来才发现这一天竟然发生了那么多事。

报警、搬家、跟任时川成为室友……

脑海里又浮现起监控里前房东的变态行径，喻笙仍觉一阵恶寒。

一个人待着总会胡思乱想，喻笙想找章念念说话，但那边正在参加发小的订婚宴，寥寥两句便匆匆挂断。她静静地在房间里坐了两分钟，打开电脑文档，决定将心里的烦闷借文字抒发。随手拟了个朋友的身份，她把租房遇到变态的事写了出来，发到笙语公众号上。

随后喻笙出门倒水喝，见放在餐桌旁边的二狗的食碗空了，而小鹦鹉此刻正饿得在啄地板。

"小可怜，你主人是不是忘记给你加餐了？"她放下水杯，从厨房舀了一小杯米倒进二狗的碗里，许久没见它动一粒。

喻笙不知道任时川把鹦鹉的食物放在哪里，她也不好乱翻人家的东西，思来想去，给他发了个消息，一并发去的还有二狗啄地板的照片。发完后，她才想起任时川此刻应该在主持电台，看不了消息。

喻笙打开春江之声音乐电台，三万多人同时在线的频道，弹幕刷得眼花缭乱，如果自己在公屏上发一条消息，被他看到的概率有多大？

她很快放弃，算了，肯定是刚发出来就会被新的弹幕淹没。

"……有人说冬廿这首《无尽夏》旋律介于明朗和伤感之间，像是告白又像告别。其实他之前在发歌时便有提示歌名跟内容的联系。

无尽夏的花语是'无论分开多久,都一定会重新相聚'。而这首歌的歌词跟花语正好呼应,前半段是离别的伤感,后半段是重逢的心动。"

一首歌放至尾声,任时川一如往常分享着音乐背后的故事,紧接着便是热线环节,频道弹幕刷得更勤了。

△终于到了我期待的打电话互动了!

△希望大家给我留个位置,我也想打进去跟主持聊聊天。

△打热线的请正经回答问题好吗?别老扯些有的没的,浪费主持和我们的时间。

△差点忘了今天是周四,主持那个"未来恋人"是不是好久没出现了?

△别惦记她了,等了大半个月也没影,是怕暴露自己被人开盲盒吧。

△哎,没了她电台乐趣少一半。

…………

弹幕的内容勾起喻笙的回忆,她想起上回林若发过来的帖子里有人说主持人很相信那个所谓的"未来恋人"。而任时川当初也同她说过,他确实对那个人的预言和身份深信不疑。

如果对方真的来自五年后,又是他未来的恋人,那么他们现在是否认识呢?

她忽然福至心灵,又翻出跟林若的聊天记录,打开那个帖子。

9月20日的回帖:

△……我打开电台的时候就只听到后半段,主持人问她是谁,她故作玄虚说了个地名,让主持人去了就能见到她。还说自己是主持人未来的恋人。

9月27日的回帖:

△……主持人去了上周她预言的地方,也见到了她说的那个人。

任时川一个靠声音吃饭的人，对声音应该也极为敏感，如果对方是认识的人，就算隔着电话他也不至于认不出。这说明两人在9月之前并无交集，他们初次见面是在9月20日到9月27日之间，任时川根据那个"未来恋人"的指引，去某个地方见到了五年前的她。

喻笙心底忽震，这么说来，她跟任时川的相遇也是在9月底。那次在地铁口街采，是他主动朝她们走来，采访结束后还向她自报了家门。后来她带外婆去医院复查与他偶遇，他更是叫出了她的名字，说认识她。

在章念念约任时川在春江大学回访的那天，喻笙也曾问过他怎么会认识自己，他却是直接反问她相不相信预言。

她以为他的不答反问是在转移话题，现在想来，或许那也是一种回答。

喻笙心里生出某种大胆的猜想，连心跳的频率也不由得加快许多。她捂住胸口深呼吸，压下隐隐的悸动。

二狗扑腾着翅膀飞到喻笙面前，昂着脑袋叫道："饿了！饿了！"声音里是藏不住的焦躁。

喻笙回过神，喂饱这只小鹦鹉才是目前最重要的事。

任时川的热线互动已经开始了，喻笙根据频道提示拨打了电话。编导说前面排队的人很多，喻笙其实也没抱期望能接进去。只是没想到因为第二个连线听众占线太久，导致后面有些听众不耐烦地挂线，喻笙竟然就这样莫名排进了前十——也是最后一位连线听众。

"您好，这位听众朋友。"

任时川的声音在耳边响起时，喻笙还没反应过来，静了两秒，不确定地开口："我打进来了吗？"

喻笙不会想到，在她开口的这一刻，频道里的听众刷屏更火热了。

△是她吗？是她吗？我蹲了这么久终于听到了！

△消失了个把月,终于出现了。

△给不知道的听众科普一下,这是传说中主持人的那个未来女朋友。

△不对吧,这声音不太像啊,你们是不是听错了?

△怎么可能,这声音化成灰我都认识。

就连任时川也怔了怔,差点以为这是那个消失许久的"五年后的她"。但和喻笙认识这么久,他已经能分辨出她们声音上的细微差别。

"是的,你打进来了。"任时川含着淡淡笑意,温声问,"需要我再提醒一下今晚互动的话题吗?"

"不用,我记得的。"喻笙还是第一次通过电台热线跟任时川说话,一想到同时有几万个听众在线收听,她就有些紧张,"分享一首夏天必听的歌对吧……跟夏有关的话,我推荐卫兰的《夏日倾情》。"

这首歌让任时川想起在贪杯酒吧的那晚,他怔怔回神,问:"这首歌对你有什么特别的意义吗?"

但不待喻笙回答,听到了任时川声音的二狗状态变得更亢奋,一边叫着"饿了!饿了",一边试图用喙去啄喻笙的手机屏幕。

喻笙只好捞起沙发上的抱枕挡住二狗的攻势,一边艰难地开口:"没有,只是单纯喜欢旋律和歌词而已。不过我想借用这个电台转达一个消息,我室友养了一只小鸟,现在小鸟没饭吃了,而我联系不上室友。我知道我室友在听这个节目,你的小鹦鹉已经饿得要啃地板了,如果你听到,麻烦告诉我它的食物放在哪儿。"

难为她能想出这种传话的方式。二狗动静不小,隔着电话,任时川都能感觉到喻笙的无奈。

他无声地笑了笑,说:"好巧,我也养了一只宠物,按我的习惯,一般我会把谷粮放在玄关鞋架旁边的柜子里,你可以试试找一下。"

随后,喻笙去玄关翻了柜子,果真在里面找到了两袋荞麦和干果。

任时川听着电话里窸窣的声响忽然停下,问:"找到了吗?"

喻笙扬高了音调："找到了！我替室友谢谢你！"

任时川抬手撑在脸侧，淡淡地笑道："不客气，你室友该谢谢你才对。"

挂了电话，喻笙抓了一把荞麦摊在手心里。饿极了的二狗乖乖地在她手里啄食，总算消停下来。

而另一边，任时川扫过频道里的发言，否认了他们的猜测。

"你们认错了，只是声音有些像，她不是那个人。"

第二天早上，喻笙是被章念念的电话吵醒的。

章念念昨晚吃完席回家已经半夜了，洗漱完刷微信看到笙语公众号那条推送，她好奇文中那位租房的朋友是谁，但怕打扰喻笙休息，愣是忍到了今早。

喻笙过了一晚没那么生气了，也不想影响朋友的情绪，遂用"我的一个同事"为借口简单搪塞过去。

不过受章念念提醒，喻笙才发现那条推送的浏览量已经过万，中午登了会儿后台，看到推送下分享自己相似经历的评论留言也不少，细细数下来竟有上百条。

喻笙知道这种事她绝不会是个例，但看到那些沉重的文字时还是会被刺痛。

她只是侥幸提早发现，规避了危险，而有些女性却是避无可避，不仅要直面噩梦，还要用漫长的一生来疗愈那些伤痛。

推送浏览量还在上涨，喻笙重新打开那篇文章，在最后补上几句：

——再次更新：一切违背你自由意志进行的行为都是犯罪，那不是你的错，不要害怕也不要原谅。如果可以，请寻求外界的帮助，将罪犯交给司法。

她个人力量薄弱，无法提供什么实质性的帮助，只能寄希望于这些文字能给她们带去力量。

第七章
那支水果味的唇膏

且让我们来相爱，
趁你我，
尚在人世。

等时间回温

01

喻笙拎着一袋卫生巾从便利店出来。

这个月生理期提前了一周,白天上班时小腹隐隐作痛,她还以为是肠胃不适,直到晚上那阵坠痛加剧,裤子见红。喻笙有痛经的毛病,一痛起来浑身酸痛乏力,洗完澡吃了止痛药,她又烧了一壶水,装进杯子里,回房间窝着。

止痛药见效慢,她在床上辗转半小时刚睡着,又被二狗迎接任时川回家的叫声吵醒。

喻笙睁开眼,听到门外任时川轻声提醒:"嘘,小点声。"

然后,二狗便安静了许多。

其实房间隔音效果很好,但也无法避免寂静的深夜将细微的声响放大数倍,以至于尽管任时川已经很注意动静,喻笙还是能听到他换鞋、打开冰箱、轻声细语同二狗说话的声音。并不嘈杂,有点像睡眠软件上的白噪声,只是喻笙却睡不着了。

在床上清醒地躺了会儿,等任时川洗完澡出来,她终于忍不住起身去趟厕所。

客厅开着空调,任时川穿了一条灰色长裤,上身是一件背心,薄棉布料下隐隐显现出腹肌的形状。喻笙推门时,他正撩着毛巾擦头发,听见声响侧过头,两人目光相接。

喻笙在家里没少见她爸喻青南穿背心,但看其他男人穿背心出浴还是第一次。

平时穿着衣服,只觉得任时川清瘦,现下喻笙才发现他皮肤还挺白,抬臂时能看到肱二头肌的凸起,曲线很漂亮。他的头发刚擦了个半干,微微偏头看她的样子有种禁欲又清爽、介于少年和男人之间的气质。

喻笙看得脸热,匆忙收回目光,假作自然地打招呼:"刚洗完澡呢?"

任时川点头,问:"是不是吵到你了?"

"没有,我正好也没睡着。"喻笙摆摆手,"起来上个厕所。"

"那你稍等会儿,我开下换气,里面全是热气。"任时川走到卫生间门口,按下换气扇的开关。

他的手指修长,骨节分明,灯光明晃晃照在抬起的那截手腕,尽管只是短短两秒,仍然让喻笙瞥到腕上横着一道陈年疤痕。如同那个人说的一样。

"你这个疤……"她欲言又止。

任时川顺着她的目光看去,抿唇解释:"小时候骑自行车逞威风,结果摔了一跤,在这里划了道口子。"

这疤看着应该缝了好几针,喻笙问:"小孩子不耐疼,你那会儿是不是疼惨了?"

任时川摇头:"想不起来了,只记得住院那两天不用上课写作业,过得很开心。"

他说这话时面上掠过笑意,额前的刘海微垂,快要遮住眉眼,但未遮住他漆黑的眸光。

喻笙看得心口发烫。

实习日子越长,喻笙的工作就变得越加繁杂,除了运营公众号外,有时也要给艺文电台写台本。不过编导觉得她写得不太专业,通常会让林若再改一遍。

林若背地里跟喻笙吐槽:"你是草稿,我是初稿,老师润色完才能算正式的台本稿。应该没别的组比咱们流程更多了。"

喻笙倒没气馁,只是有些可惜:"如果编导老师能指出我哪里写得不好就好了,我可以多改几次,让她满意为止。"她是真的想学东西。

127

林若说:"像这样有本事的人都不会倾囊相授,教会徒弟饿死师父的道理你应该懂的。"

"喻笙——"

说曹操曹操到,话题中心的编导老师走到她工位前,递给她一沓打印文稿。

"帮我把这个送去给9楼交通广播电台的陆松云,出电梯往左第六个办公室,别走错了。"

"好的。"喻笙接过。

编导瞥了她一眼,眉微皱:"你气色不太好,生病了?"

喻笙今早起床脸色苍白,特意擦了粉、抹了口红才出门,可能是中午吃饭把口红吃掉了,她唇色变得很淡。一连喝了几杯热水,肚子已经不再难受,喻笙赶紧摇头:"没有,可能是没睡好。"

编导老师放下心:"没事就好。"

江序家里开了一家饭店,放寒假之后他要在店里帮忙,白天几乎见不着人影,只有晚上才有时间在聊天群里冒泡。

喻笙都快习惯他昼伏夜出了,去送资料的路上却接到他打来的电话。

"喻笙,能不能帮我一个忙?"

"长话短说,我也很忙。"喻笙按下电梯。

江序简明扼要地说了重点。

采访任时川的那份人物稿被老师申请放进系里的公众号特刊里,不过需要任时川再提供几张照片作为特刊的配图,江序没有任时川的联系方式,只好拜托喻笙转告。

"最迟什么时候要?"

"三天后。"

"行,我帮你问问。"

电梯升到9楼停下,江序还想客套地叙会儿旧,被喻笙打断:"你要是真想感谢我,那就等开学请我吃饭吧。"

被江序这么一打岔,喻笙已经忘记编导老师刚才怎么说的了,9楼往左……第几个办公室来着?

好在每间办公室门口都挂了牌,喻笙虽然迷路,但一间间认过去总不至于走错。

第四……第五……第六……看到第六间办公室门口挂着的"交通广播频道"后,喻笙知道目的地到了。抬手正要敲门,从隔壁办公室传出的声音吸引了她的注意。

其中的男声低沉醇厚,是她熟悉的、任时川的声音。

她收紧怀里的文稿,犹豫片刻,朝第七间办公室走过去。距离越近,她渐渐听到了他们的交谈。严格意义上说不算交谈,更像是在争论着什么。

"当然不是弃稿……想法和成果……我尊重你……特别专题……"

喻笙只听清最后那句:"时川,我承认你是我们电台不可或缺的主心骨,但你也不能随意篡改节目核心。台长早就叮嘱过我们只是个娱乐电台,不能参与任何社会话题,你作为公众人物更要慎重。"

话音刚落,摔门而出的电台总监在走廊上同喻笙擦肩而过,高跟鞋敲得地板脆响,带起的风都夹着肃杀之气。

看得出她很生气,喻笙顿住脚步,忽然担忧起任时川来。

下一刻,任时川推门而出。抬眼看到她,他也愣了愣,脸上浮起淡笑:"喻笙,你怎么在这儿?"

"我来给陆老师送文件。"

喻笙的目光在他脸上停留了会儿,那笑看起来有些刻意。她心里蓦然升起一丝别扭,在她面前他其实不用伪装的,她更想看他做自己。

"我看她很生气,你们是吵架了吗?"她问。

"没有吵架,只是意见不合。"任时川回答完,又为她指路,"你走过头了,松云的办公室就在你背后那间。"

喻笙点头回应知道了,转身后又犹豫地回头,任时川依旧伫立在原地注视着她。

"怎么了？"他又勾起嘴角。

"我不知道你们在吵什么，但我看得出你心情一般。"她迟疑了下，指了指他嘴角，"不想笑的话可以不用笑的。"

任时川唇边的笑定住，慢慢收敛。

喻笙终于满意："那我走了。"

早就听到动静等在办公室门口的陆松云看着这边的热闹，就差没抓把瓜子嗑了。

"喻笙同学，"见喻笙往回走，他打着招呼，接过她递来的文稿，"赵灯让你送来的吧，辛苦啦。"

"举手之劳。"喻笙微微点头，"我先回去了，陆老师。"

"去吧，去吧。"

目送她进电梯，陆松云又挑眉看向走廊上仍未离开的男人："我说老任，人都走了，你还在看什么？"

"谁老？"任时川淡淡地瞟了他一眼，"没记错的话，你比我还大两岁。"

"得，我老。"陆松云改口，"那小任，你刚刚跟罗悠争论的声音都快传到我们办公室了，你们俩没事吧？起内讧了？"

罗悠是电台总监的名字。

"没有内讧。"瞥见陆松云一脸八卦的神色，任时川只留下一句，"内部机密，别打听了。"转身回了办公室。

喻笙本想晚上等任时川回来，再将江序的话转告给他。但直到她在客厅看完两部电影，时钟转到凌晨十二点，还是没见到任时川的影子。

也许他是临时有事耽搁，但这么晚了还没到家，不免让喻笙有些担心。

她看了眼蜷在笼子里酣睡的小鹦鹉，给任时川发去消息：二狗托我问问你什么时候到家。

不多会儿,任时川回复:在附近的面馆吃夜宵,等会儿回来。

果然是白担心一场,喻笙松了口气。转念又想到她下班时在小区车库看到了任时川的车,他今天没开车上班。

她走到阳台往外看,小区门口那条路灯坏了,此刻漆黑一片,物业说要明天修。

时值深夜,小区居民楼只亮着零星几盏灯。

喻笙穿着毛茸茸的睡衣,拎着一袋垃圾下楼。门卫大爷守在屋里烤火打瞌睡,被一阵敲窗的动静惊醒,一睁眼正对上窗外喻笙的笑脸。

"大爷,我忘带门卡了,帮我开个门呗,我出去丢垃圾。"喻笙说话的白气扑在窗户上,模糊了她的表情。

"哦,行。"大爷搓搓手,按下屋子里的开关给她开了门。

眼见她的背影远去,大爷眯着惺忪的眼才猛然想起,明明每栋楼下都设了垃圾桶,这姑娘怎么还舍近求远往外丢呢?

喻笙丢完垃圾,呵着气拢了拢领口。

冬夜的风不留情面地刮着她的脸和脖子,同时也把她发热的头脑吹得格外清醒。

给任时川发完消息后没多久,她就下楼了,原因不为丢垃圾,而在于那个晚归的人。

喻笙有起夜的习惯,跟任时川合租后,起初凌晨看到从他屋里透出的灯光,她以为是他还没睡。但后来发现无论她半夜几点起,他房间的灯光始终亮着,甚至一亮便是整夜。

她便明白了什么。

喻笙穿过那条黑黢黢的路,进拐角的商超买了两盒牛奶,出来时恰好遇上对面在等红绿灯的任时川。他穿了件灰色大衣,双手收进口袋,高瘦的身影静静伫立在路灯下。

红灯变绿,任时川长腿一迈,过了马路。

陆松云发来消息:我听了你今晚的电台,罗悠不会是为这跟你吵的吧?

任时川停下步子,回了个"嗯"。

陆松云:要我说她也没必要,你这播出效果不是挺好的嘛,我看都有人录屏发网上了。

任时川:明天再说吧。

他现在没精力提这个,只想回去睡一觉。任时川抬眼,正要加快步子,余光忽然瞥到一个人影。

"喻笙。"他开口,声音沉哑。

"回来了?"喻笙蹦下台阶,朝他扬了扬手里的袋子,"我出来买明天的早餐,正好遇到你,一起回去吧。"

任时川看了眼袋里的牛奶盒,又看向她一身睡衣,说:"这么冷的天还下来一趟,怎么不发消息让我带上去?"

"没事,正好顺便下来扔垃圾。"

两人绕过拐角,没有了路灯,面前这条经过了数百次的路黑茫茫一片。

喻笙打开手机电筒灯,微微靠近任时川,故作烦恼:"这儿的路灯坏了,怪黑的,你注意脚下。"

话音落下,任时川的手机灯也打开了,两束光叠在一块儿,眼前明亮了许多。

喻笙舒展了眉:"现在好多了,比路灯还亮堂。"

任时川低眸看她:"你怕黑?"

"看不出来吗?"喻笙仰首对上他的目光,微微一笑。

确实看不出来,任时川瞥过她那双还在晃着袋子的手,小区旁边就有便利店,怕黑的人不会来这外面买东西。想起那条询问他什么时候回家的短信,以及刚才巧合到不行的偶遇,任时川眼皮微垂,明白了她的用意。

"谢谢。"他说。

喻笙疑心听错,眨了眨眼:"啊?你说什么?"

任时川抬抬嘴角,语气却有些怅然:"我有夜盲症,所以房间里的灯会整夜都开着。"

他倏然停住脚步,喻笙看不清他的表情,但能感受到那双眸中隐含的温柔。

"谢谢你下来接我,喻笙。"

"我们是朋友,互相帮忙是应该的不是嘛。"喻笙学着他之前的口吻道,"总是谢来谢去的,多见外啊。"

任时川顿了顿,也笑起来:"是啊。"

那晚喻笙差点就忘了江序的叮嘱,好在临睡前想起来,又去敲开任时川的门跟他说了这事,顺理成章要到了几张他的照片。

任时川不怎么自拍,照片都是公司团建或者同事随手拍下,故而没几张是面对镜头的。

老师那边没通过,江序又来找到喻笙说想要两张正面照。

喻笙回复一串省略号。

江序用条件交换:下学期包你一周晚饭。

喻笙很没骨气地向美食低头:成交。

02

任时川主持的音乐电台上了视频号热搜。

喻笙次日上班时才从林若那儿得知,原来任时川昨夜之所以晚归,是因为在当晚的电台流程结束后,他又自行延长一个小时做了一期特别专题。电台无法回放,但有人录屏发在了视频号上。

喻笙点开热搜,跟任时川有关的那条话题叫#电台男主持为女性发声#。

数据最高的一条视频点赞已经上了十万。

喻笙戴上耳机,点了播放。

"今天做这期专题是我的临时起意,但我想这也是当下很多女性都经历过的困境。纵然春江市的社会环境已经足够稳定，但这世上仍然会有部分女性不可避免地受到伤害。或是来自原生家庭的施压和暴力，或是异性的凝视和骚扰，或是违背意志的侵犯……"

这期任时川推荐了五首歌曲，喻笙搜了下歌词，描述的都是女性在不同困境下的挣扎和成长。录屏没有全部放出来，只把他说的话剪在了一起。

"我关注的公众号前两天发过一条推文，内容讲述一位女性在租房时被房东骚扰，她在惊慌之余依旧保持冷静，录下了证据报警，最终房东被绳之以法。而在那条推文下，有些网友也分享了自己类似的亲身经历，那些文字触目惊心，让我至今印象深刻。"

任时川停顿了一下，说："这也是我做这期专题的初心。"

…………

"她们其中大部分人经历过的事情甚至到了匪夷所思的地步，这里我不列举，想必大家已经看过不少类似的新闻。我想说的是，有些阴影并不会因为年岁的增长而淡化，它只会随着时间的磨砺变成难以消除的沉疴，伴随着她们一辈子。女性从来都不是货架上任人挑选的商品，而是独立的、拥有自我人格的人。借用那条推文里的一句话：'一切违背你自由意志的行为都是犯罪，那不是你的错，不要害怕也不要原谅。如果可以，请寻求外界的帮助，将罪犯嫌疑人交给司法。'"

…………

"最后一首歌是来自林忆莲的《沙文》，这也是今晚的结束曲目，祝愿大家都能勇敢前行，向阳生长。"

五分钟的录屏，喻笙看到频道里的在线人数从 2 万降到 8 千，再猛地升到 4 万。

弹幕内容也是两极分化严重，褒贬不一。

不过视频软件上的评论倒是一边倒地倾向任时川，有人还扒出了他提到的那个公众号，正是笙语。

这条评论有三千赞。

喻笙心一紧，立即登上公众号，粉丝那栏新增关注 999+，而任时川提到的那条推文也多了两百余条留言。

这算是天降福祉吗？

喻笙打开和任时川的聊天框，犹豫了下，给他发去消息。

不知冬：我刷到了你昨晚的电台录屏，上视频号热搜了。

镜里川：抱歉，未经允许提到了你的公众号，希望不会影响到你。

不知冬：不会不会，我听完了内容，你讲得很好。

喻笙还想表达一下这期专题带给她的震撼，话刚打到一半，就收到林若发来的新消息。

林若：我听说任老师要被处分了。

不知冬：什么意思？

林若：我刚去接水的时候听人在讨论，说任老师昨晚那期加播惹怒了电台领导，上头早上刚开了个会，打算对他擅作主张的行为予以停职处理。

不知冬：停职？

林若：对，不过也没有准信，说不定是误报。

在喻笙印象里，任时川一直是个风轻云淡、独善其身的人，看上去温温和和、不管闲事。直到听见录屏里他在几万听众的电台里发声，诧异之余也让她对他改观。

——"……台长早就叮嘱过我们只是个娱乐电台，不能参与任何社会话题，你作为公众人物更要慎重。"

她想起昨天去给陆松云送东西时，那个摔门而出的总监跟任时川说的话，原来他们当时就是在说这个。

这么说，任时川选择做这期特别专题是有考量过的，甚至也跟上面提过，但是被驳回了。

他应该清楚擅作主张的后果，但他还是这么做了。

喻笙一时错愕，心情复杂地看着和任时川的聊天记录。他很少发表情包,光从文字完全看不出情绪。

在喻笙夸他讲得很好后,他只回复了一句:我去吃早饭,你好好上班。

于是喻笙掐着时间,过了十分钟再给他发消息。

不知冬:你今天会来上班吗?

约莫两分钟后,任时川才回复:不会。我今天休假。

在这节骨眼上休假……

喻笙脑子一阵眩晕,他不会真的被停职了吧?

她正发愣,任时川又发了一条消息:晚饭回来吃吗?我下厨。

还有心思下厨,他心态真好。

喻笙默默叹气,回了个"好"字。

终于挨到下班,喻笙抓起包就走。

正是晚高峰,公交车迟迟不到,她索性多走一站去坐地铁。

灰蒙蒙的冬日,寒风钻进四肢百骸,喻笙将围巾往脖颈上拢了拢。

地铁上的位置早已被坐满,她倚靠车壁站着,地铁外是幽深的墨色,不时闪过几道灯光。

"时光前行,步履未停,你是否认真倾听过春江的声音……"

淡淡沉郁的男声骤然在耳边响起,将喻笙恍惚的思绪牵引回来。她微微愣神,望向头顶出声的广播。

春江之声跟地铁3号线合作投放的语音广告今日上线,参与录制的电台主持将近十位,喻笙只听出任时川和陆松云的声音。

不比平时说话的随意腔调,在正式场合,任时川的声线也变得低沉板正,让她险些没认出来。

"……春江之声音乐电台FM3021891,以音乐的力量,陪您倾听这个城市的声音。"

车厢里也有人留意到这则语音广告,年轻女孩抬头看了一眼,又转头同朋友议论。

"春江之声,你还记得吧?我今天跟你说的那个电台主持就是这里的。"

"任……是姓任对吧?我看到了,他说的那些话还挺拉好感的。"

"我朋友圈有人说他是在立人设炒作。拜托,人家主业是电台主持,又不是明星。"

"就算是立人设,能从女性困境这个角度发声的人也实在难得,我觉得他挺真诚的。"

…………

任时川这称得上是一腔孤勇的行为被听众这样认可,他要是知道了也会高兴吧。

喻笙默默听完,在抵达庐安路的站点下了地铁。

合租这么久,这还是任时川第一次在家下厨,喻笙进小区前先去了趟旁边的超市。

她打算买点水果,但不知道任时川喜欢吃什么,目光在柑橘、葡萄、猕猴桃上转了一圈,最终选了柠檬。

原因无他,柠檬是调酒利器,而任时川又喜欢喝酒。

正要去结账,忽然有个熟悉的身影映入眼帘,喻笙看过去,是任时川。

他穿了件米色家居服,在蔬菜区挑着生姜,兴许是太过认真,连喻笙走到他身边都没发现。

"这块挺好的。"

见他在两块差不多大的姜上犹豫了半分钟,喻笙开口替他选了右手边的那块。

任时川闻声回头看到喻笙,神情掠过意外,视线落到她手上的柠檬上后旋即了然,又解释着:"备完菜才发现忘了买葱姜蒜。"

喻笙点点头,还是好奇地问了句:"这两块姜看上去没什么区别,怎么会让你纠结这么久?"

任时川摇头:"不,我刚才只是在想要不要再做一道汤。"

"这么丰盛吗？今晚有什么菜呀？"

"小炒牛肉、蒜香排骨、清炒空心菜。"

光是听任时川念菜名，喻笙就已经馋了，忙打住："我们两个人，吃三个菜已经足够了。"

两人结完账回家，喻笙洗干净手问需不需要帮忙，任时川让她回客厅看电视就好。

喻笙靠着沙发，随意挑了一部热播剧出来，剧里女主角跟男主角吵完架，正准备负气离开。剧外二狗伏在喻笙胳膊旁，无聊地用脑袋蹭来蹭去。

许是这一天都心神不宁，这会儿精神松懈下来，喻笙有点犯困，竟不自觉地打起了盹，还做了个梦。

像幻灯片似的，从浪花翻卷的海，到医院洁白的病房，然后她穿了一身黑站在墓碑前。

耳边涌起断续的呜咽声，看不真切是谁的葬礼，但她感觉心脏被拧成了一团，眼泪止不住地落下。

忽然，一阵溺毙的窒息感令她喘不过气，她挣扎着，被任时川的声音唤醒。

"喻笙，醒醒。"

喻笙睁开眼，入目是任时川关切的神情。他还系着围裙，手里提着锅铲没来得及放下。

"是不是做噩梦了？"他用那双温和的眸子望着她，"梦到我了吗？"

喻笙摇头。那个梦虽然云里雾里，但她确实没在里面见到任时川。

"为什么这么问？"

"你刚刚喊了我的名字，不止一次。"任时川朝她递来纸巾，"你哭了。"

喻笙摸了摸眼角，手指湿凉。

先不提梦到了什么，单是从梦里哭着醒来，还被任时川撞见这件事就让喻笙觉得尴尬。

她接过纸巾胡乱擦着脸,生硬地转开话题:"我也忘记梦了些什么。对了,菜做好了吗?我们什么时候开饭呀?"

任时川静静地看了她两秒,继而提唇,接下她的话道:"已经做好了,我们吃饭吧。"

喻笙是第一次吃任时川做的菜,平心而论,比她下过的大部分馆子都好吃。

饭后,她自告奋勇要洗碗,任时川这次没有拒绝,给她准备了洗碗布和洗洁精。

喻笙一边洗碗,一边留意着任时川的动静。见他从冰箱取了两瓶酒出来,她殷勤地开口:"你要调酒吗?我买了柠檬。"

柠檬就放在餐桌上,任时川切了小半块装进两个杯子里,想了想,回头问她:"你喝柠檬水还是喝酒?"

喻笙酒量一般,但是不想让他一个人借酒浇愁,在二选一里选了后者。

任时川调了两杯酒,橙红色的酒液因为加了气泡水在不停泛出细密的气泡,柠檬片浮在杯面上。

喻笙啜了一小口,入口酸甜,酒味不太浓,像在喝果汁。她又"咕咚"喝了两口。

任时川提醒:"我用伏特加调的,你别喝太快,有后劲的。"

"是吗?还挺好喝的。"喻笙晃了晃杯子,主动跟任时川碰了杯,撞出一声脆响。

"敬今晚这顿美味的晚餐!"她颇有仪式感地说完,又仰头喝了一口。

任时川无奈地笑了笑,跟着抿下一口酒。

喻笙盯着他微微滚动的喉结,忽然觉得脸热。她不自然地移开视线,又看向杯子里那块泛白的柠檬片,没话找话道:"这个柠檬我挑了好半天。"

任时川挑眉："挑柠檬也有讲究吗？"

喻笙托着脸，将胳膊压在餐桌上，煞有介事地回答："当然啦，要看它的新鲜度，还有表皮颜色，嗯，香味也很重要。"

任时川眼睛里漾起淡淡的笑意："这么专业，那被你选中的这几个真是幸运。"

喻笙装不下去了："你还真信啊，我胡诌的。"她摆摆手，"我挑水果只能根据表皮来猜测新鲜程度。"

顿了顿，她又道："不过每次确实都会选很久。"

"是因为选择困难吗？"

"是小时候一个长辈教的。她说万物有灵，买东西的时候多犹豫一下再挑中付款，会让被买的那件东西知道，它是用心选择的结果，说不定会因此给到你惊喜。"

"科学至上主义者还信这个？"任时川勾起唇角。

"这不重要！"喻笙蹙眉飞快地否认，挠了挠脸颊又说，"我的意思是，嗯，我听说了你工作的事，你变成这样，我也有间接责任……你、你放宽心，网上很多人都是支持你的，我回来还听到地铁上有人讨论呢，说你做得好。所以，你应该也不会停职太久。"

喻笙又抬杯跟他碰了碰，将剩下的酒喝完。

"这半杯敬你愿意为她们发声。"

任时川却未应声，他的注意力还停留在上一句。待喻笙放下杯子，他才开口："谁跟你说我被停职了？"

"啊？"喻笙不明所以。

任时川垂眼看向喻笙，哭笑不得地摇了摇头。

任时川上午时接到台里的电话，说他那段录屏在网上引起很大争议，台里领导怕有负面舆论，又看网上风评大多数偏向他这边，担心处理不当会影响电台的形象。所以最终是睁只眼闭只眼，扣了他的年终奖金以示惩戒。

喻笙愣了愣，心从听到他被停职那刻的悬起，在此时终于落地。

幸好只是虚惊一场。

"那你今天怎么休假了？"

"昨晚加了班，今天总得补偿下自己。"任时川的视线扫过她脸上，又露出笑意，"非要找个理由的话，很久没在家做饭了，想锻炼下手艺，算不算？"

凝重的氛围被打破，喻笙松懈下来，才觉酒劲涌上脑袋。她揉了揉颧骨，低声嘟哝："我还以为你喝酒是因为心情不好，才想说陪你一起来着……"

结果现在是她喝完一杯，他才抿了一口。

任时川听清了她的话，失笑道："酒在我这里是用来庆祝的，不是用来浇愁的。"

他看着她涣散的目光，又蹙起眉："你酒量是不是不太好？"

"还好，就是觉得头有点晕晕的。"喻笙提起神，陡然想起江序的嘱托，定眼看向任时川，"哦，对了，上次江序找你要的照片还需要几张正面照。"

"正面？"任时川摇头，"我很少拍照，上次发你的就是全部，再有就只剩证件照了。"

证件照？那倒也不用这么正式……

灯下，任时川穿着灰白色家居服，显得闲适惬意。

喻笙看了他一眼，又看了一眼。大约是酒劲壮胆，她开口提议："要不然我给你现拍两张？"

"现在？"

"对，可以吗？我的相机就在屋里，你要是怕拍不好看，我也可以用手机拍，会给你加个滤镜的。"喻笙眨了眨眼，她敢打赌自己的表情一定是做足了十二分的诚意。

任时川看着她亮晶晶的眼，两颊的酡红令她多了几分平日少见的灵动，让他无法拒绝。

"好。"他听见自己这样说。

任时川不常面对镜头，拍照时他表情总有几分僵硬，好在有颜值硬扛，拍出来也能看。

拍完照，喻笙返回看原片。浓眉星目、鼻梁高挺，优越的下颌线，让她忍不住心里暗叹，怎么会有人拍照和视频都一样上镜啊！

唯一感到欣慰的是，帅哥的嘴唇也会干燥起皮。

"你有唇膏吗？"喻笙从相机前抬起脸问。

任时川摇头。

"那用我的涂吧。你的嘴唇看上去有点干。"喻笙没多想，把口袋里的润唇膏递过去。

任时川看了一眼唇膏，微顿，又掀眸看她，那神色好像在问：你确定？

"这支是我刚买的，还没用过。"

听喻笙这么说，任时川眸光微闪，接了过去。

唇膏涂完，任时川将膏管捏在手里。等喻笙拍完照，他才道："这支我涂过了，我重新买一支还你吧。"

"没事啦，就一支唇膏而已。"喻笙表现得很是大方，"你用吧，我买了好几支的。"

嘴唇上水果味的香气萦绕不散，任时川的目光不自觉地扫过喻笙的唇。

她用的那支唇膏也是这个味道吗……他忽然很想知道。

03

喻笙很久没有做梦了，那天在沙发上的梦让她心有余悸。海浪、医院、墓碑、醒来时的眼泪……还有任时川说她在梦里叫着他的名字。

不能深想，细思极恐。

喻笙下了班，步行去地铁站。她之前回家都是坐公交车，但发现去地铁站可以多走一会儿路，就当是一天中为数不多的锻炼了，顺便也在路上跟章念念联络联络感情。

喻笙拢紧围巾，扶稳耳朵上的蓝牙耳机，听章念念说着她在老家的所见所闻。从邻居家养的牛离家出走，两天后出现在另一家的牛棚里，到某家女儿被催婚后在一个月完成了闪婚、闪离两件大事，再到章父章母跟乡里亲戚吵架，一气之下决定回春江过年。

喻笙听得一愣，立时反应过来："所以你现在是已经回春江了？"

"对啊，刚从陈柏野家出来。要不要一起吃个饭？"

喻笙步子一转，说："好啊，你定餐厅，我现在过去。"

两人约在了善熙路那家重庆火锅。

大半个月不见，章念念脸颊圆润了些，看起来更显乖巧可爱。她入座后打量着喻笙，摇头感叹："工作不饶人，这才实习多久，瞧把我们笙笙都摧残成什么样了。"

"哪有那么夸张。"喻笙笑，往锅里下着肉片，又同好友叙了会儿旧。

"离年关可不剩几天了，你这实习还有多久啊？"章念念问。

喻笙算了算："一个多星期吧，也快结束了。"

"那就好，还能安心过个年。"章念念往椰汁瓶里插吸管，喝了两口又想起什么，朝喻笙挑眉，"对了，你猜我来的路上碰着谁了？"

"谁？"

"褚行舟和蒋婉。"

"他们俩？"喻笙惊讶之意溢于言表。

之前蒋婉追褚行舟算是学校里一个轰动新闻，只是褚行舟一直没答应，喻笙便没把这两人往一块儿想过。

"对啊，我打车来的，路上看到他们俩从一个商场里出来，蒋婉在前面走，褚行舟在后边追。"章念念仰天叹气，"这两人的关系也挺乱的，到底谁追谁啊？"

喻笙用公筷捞出锅里的菜放到好友碗里，说："你要是真好奇，直接去找他俩身边的人打听不是更好？"

"好主意！"章念念欣然接受了这个建议。

两人吃完饭，天色已擦黑。

章念念还不知道喻笙跟任时川合租的事，正兴致勃勃打算晚上去她家一起睡。

喻笙委婉地拒绝："我那儿不是很方便。"

"怎么不方便了？我们又不是没一块儿睡过。"章念念狐疑的目光在她脸上定住，眯了眯眼，"不会是你谈恋爱了吧？"

"你想多了……"喻笙抿了抿唇，还是决定和盘托出。

章念念听完她搬家的整个过程，一愣后又是一愣："什么？那个遇到猥琐房东的人就是你？你竟然还跟任时川同住一个……"

夜色下行人匆匆，喻笙忙掩住章念念的嘴："你小点声。"

"你……"章念念降低音调，一副"果然不出我所料"的表情，"我就说你们俩有猫腻，这才认识多久，虽然情有可原，但这也太快了吧？"

喻笙垂下肩膀："你知道的，我实习工资不多，而且是短租一个月，预算内很难找到合适的房子。"

"这倒也是。"章念念眼底又燃起八卦之火，"不过他愿意租房子给你，还免押金，真的不是对你有所图吗？"

"瞎说什么呢，就不许人家有善心啦。"喻笙在她腰侧掐了一把，力道不重，章念念喊着痒挣扎开。

"那你呢？你对他就没想法？人家这么有善心，长得也帅，还有一份稳定职业。"

这句话让喻笙晃了神。要是搁在上学期江序开她和任时川的玩笑，她还能斥他一句胡说，因为本就没这想法。但就最近和任时川的相处来说，她发现他真的很好。他就像一座蓄势待发的火山，旁人只看到表层的静默，而她有幸窥见罅隙里汹涌的岩浆。

这种隐秘的发现令她惊喜，想要沉溺其中。

眼前不自觉浮现起任时川的模样，他笑意吟吟喊她的名字，投来温柔深邃的目光，以及清润醇和的声音……

一阵热意从耳根蔓延到脸上，喻笙抿了抿唇角，低声说："你形容得不够完全。"

"什么？"

"他还有腹肌，嗯，肱二头肌也有，形状挺漂亮的。"

章念念震惊的声音划破夜空："什么！你连人这个都看过了！"

距离实习结束的日子越近，喻笙心态越轻松，不再纠结能学到多少东西，毕竟能进春江之声已经是种难得的经历。她开始琢磨公众号运营，除了跟电台同步的既定内容外，又策划了两个新栏目，推出后收到了不错的反响。

艺文组总监只有在每周例会上才会出面，开完会还格外表扬了她。

散会后，编导老师找到喻笙，送了她两张舞台剧门票："总监说这是给你的奖励，可以带朋友一起去看。"

见喻笙受宠若惊的样子，她又笑："不用这么大反应，我们组经常能收到各类展会和舞台剧目的赠票，其他人不爱看这个，你要是喜欢，可以跟朋友去，不喜欢送给别人也行。"

艺文电台算是市内各种艺术人文活动的一种宣传渠道，喻笙上次去美术馆就察觉到了，工作人员对待她的态度格外亲切，想来那张工作证功不可没。

两张门票，喻笙本想叫上林若，但林若当天有约了。于是她又给章念念发去邀请消息，对方还没回。

给二狗的食碗里倒上谷粮，喻笙摸着它顺滑的小脑袋，任时川的声音从蓝牙音箱里流泻出来。

她回到沙发上，拿起茶几上的《岛上书店》。这是任时川书架上的书，她闲着没事拿出来翻翻，正看到《穿夏裙的女孩》那章。

书店老板 A.J 和阿米莉娅结婚，而伊斯梅和丹尼尔在参加完婚礼驱车回去的路上争吵，继而发生车祸。

"身上不疼，只是因为身体没了，已在异处。"他如此描述死亡。

喻笙却看得浑身发寒,她拒绝看到类似关于死亡的字眼,这会让她想到那个梦。

她粗略往后翻着内容,却再也看不进去。

任时川下班回家时,喻笙在沙发上睡着了。《岛上书店》黑红色的书皮覆在她下巴处。任时川轻轻将书拿开,将书页合上之前,视线扫过其中一页:

> 来吧,亲爱的,
> 且让我们来相爱,
> 趁你我,
> 尚在人世。

——鲁米

喻笙只盖着薄毯,任时川把客厅里的空调温度又往上调了两度,打算等洗完澡再送她回房间。但刚进浴室冲澡到一半,灯光骤然暗下,连带着空调外机的声音也停了。

停电了?

任时川在黑暗中擦干身体穿上衣服,摸索着开门。

客厅里也是黑黢黢一片,他记得手机放在了茶几上。平日里熟悉的格局布置在黑暗中有些陌生,他伸出手缓缓挪步,途中被椅子绊住,虽然稳住了身体,椅子却摔到地上撞出响声。

他微蹙眉,察觉到沙发上睡着的女孩呼吸有了变化。

"任时川?"喻笙被突然的动静吵醒,坐起身,视线在暗色中适应了一会儿,模糊地看到餐桌旁熟悉的身影。

空调不再工作,暖气渐渐化作寒意。她反应过来,问道:"停电了吗?"

"应该是。"任时川低声应着,无奈地问,"喻笙,你手机在旁边吗?能不能帮我照个光?"

差点忘了,他有夜盲症。

喻笙在沙发边摸到手机,打开电筒灯,光照到任时川时,她差点愣住。

他头发湿淋淋地在往下滴水,大约是穿得急,上衣扣子只系了腰上那两颗,衣领半敞着,头发上的水珠全滴了进去。再加上他此刻迷茫垂首的模样,简直像只狼狈的落水小狗。而任时川还全然未察,他借着光线找到手机,查了下电费还有余额,又打开小区物业群。

看完聊天记录后,他展眉解释:"是小区停电了,物业说冬天电箱电压不稳,他们正在解决。"

"那你放心了。要不要去换件衣服擦擦头发?"喻笙的目光自始至终都凝在他身上。

任时川意识到她的视线,后知后觉的冷意陡然席卷全身,没忍住打了个喷嚏。

受寒的前兆。

第二天喻笙才收到章念念的回复,她说那天跟一个网红约好了采访,还要拍广告,推不了。

章念念的账号叫"颜值说",短短几个月,粉丝已经攒到30万,而她视频里的帅哥,除去平时偶遇的,其他都是主动投稿或者网红合作。因为流量好,还有广告商找上门,一条视频能赚几千块,也成就了章念念人生第一桶金。某种程度上讲,拍视频也算是章念念的工作了。

喻笙自然不好再打扰,人选落到任时川身上。

她本想晚点下班,等任时川来公司了当面邀请他看看,但直到七点也不见他的身影,而发出去的微信也石沉大海。

难道他今天也休假了?

喻笙带着疑惑回家,玄关鞋架上的摆置同她出门时一样,不见任时川的拖鞋。

他没有出门吗?

刚走到客厅,喻笙便听到一阵闷咳。声音是从任时川房间传出的,门虚掩着,从缝隙里能隐约看到床上隆起的被子。

"任时川?"喻笙象征性地敲了敲门,没听见应答,"我进来了。"

回应她的是又一阵咳嗽声。

任时川躺在床上,额头上布满细汗。床头抽屉半拉开,柜台上放着一板感冒药,拆了两粒。

窗外彻底黑了下来,屋子里的灯却照得明亮,任时川的体温热得灼人,喻笙刚贴上他的额头就被烫了一下。她拿来体温枪一测,39.1℃。

发烧了。

喻笙大概猜到是昨晚停电的缘故,他洗完澡没来得及吹头发,导致被冻感冒了。

既然吃过了药,她只能试试物理降温,打了一盆凉水浸湿毛巾,拧干后擦拭着他的胳膊和手。这样重复了几遍动作,再把毛巾敷在他额头上。随后她搬来椅子坐在床边,留意着他的动静,顺手将拉开的抽屉合上。

霎时,她神情微滞,又把抽屉拉开,拨开上面的几盒药后,看到了压在底下的 CT 片和检查报告。

不止一张,她数了数,竟有五张之多。

喻笙的目光落在任时川紧闭的双眼上,无端又想起林若之前分享给她的帖子。

那个自称来自未来的人,第一次拨通电台热线时就警醒过任时川,让他定期体检,否则会得脑癌死掉。

脑癌……死亡……她想起梦里的病房和墓碑,而任时川说她在梦里叫着他的名字。

难道在梦里,她参加的是任时川的葬礼?她在为他而哭泣?

喻笙将抽屉重新合上,思绪却是一团乱麻。

她越想越忧心，就在准备拨出120的前一秒，任时川醒了。

"喻笙。"他的声音嘶哑，还夹杂着鼻音。

喻笙抬眼，迎上任时川如墨般幽深的目光。见他嘴唇干得起了皮，她赶紧递过水。

"觉得好点没？来，喝点水。"

任时川神情疲惫，在喻笙的帮助下喝了水。他看向窗外："已经这么晚了吗？"

"八点了。你睡了多久？饿吗？"

"不饿。下午醒过一回，给电台请了假，顺便煮了点东西吃。"任时川看向她，笑了笑，"你什么时候回来的？"

"半小时前。"喻笙给他背后垫了个枕头，把额头上变得温热的毛巾放回水里浸泡，重新拧干放上去，"你发烧了，要不要去医院好好检查看看？"

"不用，就是个感冒，休息就好了。"

"不只是感冒，你发烧了，39.1℃。"

"没事，我休息两天就会好。"

大概是被任时川不甚在意的语气刺激了，喻笙忍不住提高音量道："可是，发烧严重的话是会出问题的，你现在不重视，万一这就是以后你得脑癌的病因呢？"

话出口，她意识到什么，立即噤声。

怎么办，情急之下有些口不择言了。

任时川静了一秒，看向她："脑癌？"

喻笙垂首："抱歉，刚才是我胡说的，你不用在意。"

任时川目光锁着她，摇了摇头，哑声道："喻笙，我记得我当初跟你提起那个预言时，只说了绝症，你怎么知道是脑癌的？"

一室万籁俱寂，只余窗外风声。

终于，喻笙叹气："我在网上刷到了帖子。"

她掀眸同他对视，扯了扯嘴角："关于你和那位'未来恋人'的始末，帖子里都写得很清楚。"

那个帖子被喻笙加进了收藏夹，她翻出来发给任时川。

在任时川翻阅帖子期间，喻笙留意着他的神情，见他从淡然到凝重，看到最后，蹙起的眉头松开了。他说："这个帖子记录得很详细，她确实很久没有出现了。"

喻笙知道他话里的"她"指代着谁，坐直身子，开口说："你既然认识了五年后的她，那你应该也知道这个时间点的她在哪儿。"

她几乎没给他反应的时间，直接问："她就是我，对不对？"

五年后的任时川因病去世，而喻笙意外连接到五年前的电台信号，决定借此机会挽救彼时还活着的任时川。为了博取他的信任，她说出了他的一些秘密，并预言了还没发生过的事情。

而他也因为她的指引，遇到了此时的喻笙。

所以他才会见她第一面时就自报家门，第二面就叫出了她的名字。

他说认识她，也许认识的是五年后的那个她。

——这便是喻笙猜测的全部。

任时川听完最后一句，望向她的眼神怔忪而释然。他以拳抵唇咳了一会儿，才缓声开口："其实我一直在想要怎么告诉你这件事……你总结得没错，她的确是未来的你，我们在地铁口那次的初遇，就是她提前告诉我的。"

这样一来，那些想不通的悬念好像都能解开了。

为什么任时川待她会有些不一样，大概是受未来的她影响；还有他几次旁敲侧击欲言又止的话，是不是想要告诉她，关于另一个她的事？

喻笙想到什么，声音低下去："帖子里说她是你未来的恋人……"

任时川听出她的未尽之语，点点头："她很了解我，如果说只是朋友，我反倒不会信。"

话里有欣赏，喻笙不由得赧然，又觉得苦闷。

这种感觉要怎么形容，明明她们是同一个人，但她从任时川这里得到的优待,却好像是托了另一个她的福。

忽略掉心里那抹违和感,喻笙说:"你既然相信她,那她说的脑癌一定也是真的了。"

"我每个月都有定期体检,医生说我没什么问题。"说话间,任时川瞥见喻笙的神情,那是极力掩饰下的担忧。话锋一转,他改了口,"不过你说得对,既然发烧了,还是去医院检查一下比较好。"

04

去医院挂号做了血常规,检查报告出来没有问题,不过任时川还是被医生安排挂了两瓶点滴。

喻笙不忍心让病号独自待着,便一直陪同在旁,一会儿问他喝不喝水,一会儿问他要不要吃点东西。

隔壁床的病人看得直羡慕:"帅哥,你女朋友对你真好。"

喻笙正想否认,任时川却先她一步开了口:"不,我们现在还不是。"

现在还不是。

喻笙怔了怔,又听隔壁床起哄道:"哦,还没追到啊?那你可得加把劲啊。"

任时川笑了笑,黑眸移向床边的女孩,像是顺口一接:"我会的。"

喻笙不自在地低下了头。

一瓶点滴挂完,喻笙按了床头的呼叫铃,没一会儿进来一个身形高大的男护士。喻笙看身影觉得眼熟,对方换完盐水瓶回头瞥见她,却是直接喊了名字:"喻笙?你怎么在这儿?"

喻笙对上那张脸,他眉心那颗熟悉的痣勾起她的回忆,想起来了。

"好巧,孙泽文。"是她那位没什么印象的前任。

孙泽文的目光在她和任时川的脸上来回打量,略一迟疑,问:"这是你男朋友?"

不待喻笙回答，隔壁床看热闹不嫌事大："他们现在还不是。"

喻笙尴尬。

任时川眼角的余光掠过孙泽文，又静静敛下。

孙泽文抬了抬嘴角，把病历本搭在胳膊上，问："怎么，你跟江序没在一起？"

喻笙无奈："我当初就跟你解释过了，我跟江序不是你想的那样。"

孙泽文的眼神转向任时川，话却是对她说的："我当初腿快断了也没见你来看我一眼，怎么别的男人发个烧，你这么忙前忙后的？"

喻笙不明白，都是陈年往事了，他怎么还件件记得这么清楚，好说歹说把人送走，她坐回凳子上松了一口气。

隔壁床看完戏翻过身去了，任时川低低咳了一会儿，缓过来后看向她："怎么不让他多留会儿，叙叙旧。"

"没什么好叙的，都分开一年了。"

第二瓶挂完，喻笙没再按呼叫铃，直接去前台找了值班护士替任时川取留置针。

两人是打车来的，回家自然也是打车。

任时川的状态比来时好了许多，但仍是恹恹的，喻笙坐他旁边，叮嘱他要是困了可以靠着她的肩膀。

任时川应着，头朝她的方向微斜，但没靠实。

就在喻笙以为他睡着的时候，耳边响起他沉哑的声音，轻轻淡淡："你跟他，是怎么分手的？"

那声音如一缕柔暖的风钻进耳朵，酥麻又有点痒意，喻笙当然知道他说的是谁。

说起来，当初跟孙泽文谈恋爱也是意外。

喻笙大学有段时间喜欢玩游戏，跟孙泽文便是因游戏相识。孙泽文念的医学院跟春大跨越了大半个城市，在认识半年后的某一天，他带着礼物来了喻笙的宿舍楼下。

那时喻笙刚从食堂回来，两人就莫名其妙在楼下打了照面。但因因为先前谁也没给对方发过照片,孙泽文并不知道她就是喻笙。

"同学,你认识新闻系的喻笙吗?"在临进宿舍楼时,孙泽文拦住了她。

孙泽文这次出来得突然,临时又被老师叫回去。在得到喻笙的点头回应后,他便递上礼物盒拜托她转交给喻笙,道完谢又补充道:"如果她问是谁送的,你就说叫孙泽文,跟她一块儿打过游戏的。"

喻笙这才打量他两眼:"孙泽文,是你的名字吗?"

"对,是我。"男生笑起来露出白牙,挠了挠头发说,"如果她问起我的长相,还麻烦同学替我多说两句好话。"

喻笙对孙泽文的第一印象还不错,有点憨厚,也有点可爱。

后来相处多了,也顺理成章谈了恋爱。

平心而论,孙泽文是个合格的恋爱对象,他处处照顾她,记得所有的纪念日和节日,也总会给她送礼物。但同时,他的掌控欲也让喻笙透不过气。

游戏里她只能跟他双排,游戏外她也要事事跟他报备,他送的礼物必须全盘收下,一旦拒绝就是在质疑他的感情。

两人分手的契机是因为一盒月饼。孙泽文中秋节给喻笙寄了一盒月饼,喻笙不爱吃,又看江序挺喜欢,便顺手送给了他。谁知江序还背着她发了条朋友圈炫耀,因为几人一起玩过游戏,孙泽文也加了他的好友,无意间刷到了那条朋友圈。

当天晚上,孙泽文给喻笙打了好几个电话,又发了十数条微信,但因为喻笙那会儿正在和家人过节,手机放在卧室充电,没有接到。等她拿到手机时,孙泽文已经提了分手。

喻笙翻了一遍聊天记录,当然知道他是在赌气,不过她是真的累了,索性借此分开。再之后,她就把他的联系方式全部拉黑了。孙泽文期间也找她复合过,她拒绝得彻底。

任时川静静听完,视线凝在喻笙小巧白净的耳垂上,低低叹了一声:"你好无情。"

"不过——"他又接着说,"分手这么久,他还记着你的错,未免小气。"

喻笙微微偏头,忽然发现两人距离真的很近,心跳如擂鼓一般,她的视线也不自觉地转动。

"我也没想到他在这家医院上班,遇到还怪尴尬的。"

任时川深以为然:"嗯,下次不来这儿了。"

没过两天便是二十四节气里的大寒。春江气温已经降到零下,但仍迟迟不见雪花的踪影。

喻笙中午下楼去买关东煮,在室外待了不到一分钟,鼻尖被冻得通红。刚回到工位,她拿起海带结还没放进嘴里,就收到章念念发来的消息。点开一看,是章念念拍的照片,一条摔破了皮正在渗血而惨不忍睹的胳膊。

不知冬:这是怎么了?

章念念回复了一条六十秒的语音。大意是她今天去拍采访,采访对象说要展示才艺骑机车载她一程,途中因为超速被交警拦下来,结果刹车时太急把车摔了,人也摔了,双双进了医院。

喻笙望向窗外灰蒙蒙的天色。

她身边的人最近是撞上水逆了不成,怎么一个两个都进了医院?

喻笙问清医院地址,下了班准备打车过去,刚下电梯差点撞上任时川。

任时川感冒已经好全,见她急匆匆的样子,不禁问发生了什么。喻笙便把章念念受伤在医院的事同他说了。

"我开车送你过去吧。"他对她说。

"不用,别耽误你上班,我已经打车了。"喻笙看了一眼手机,打车的页面转了半天,显示还在排队。

"我送你。"离七点还差些时间,他说,"来得及。"

喻笙便也不再推辞,答应下来。

一路无话,任时川看着喻笙紧蹙的眉头,以为她在担心章念念。

"现在医疗技术很发达,想来她应该能恢复得很好。"

虽然喻笙心头想的并不是这个,但还是抿了抿唇,冲他扬了个笑。

任时川将喻笙送到医院门口后,又折返回了公司。

到病房时,章念念的右手已经清创上了药,正颤颤巍巍地用左手拿筷子吃饭,光是一根青菜就夹了半天。陈柏野就坐在床侧,抱臂盯着她的动作,似乎并不打算伸出援手。

章念念终于失了耐心,皱眉瞪着他:"不照顾我还来这儿干吗?看我笑话吗?"

陈柏野表情也没好到哪儿去,冷淡地回答:"看你长记性了没,为了拍帅哥,连命也不顾了。"

"我那是工作好吗?"

陈柏野掀眼看她:"是,你的工作就是围着一堆帅哥转。"

章念念胸脯急促起伏,她静了静,别开眼轻轻哼声:"你有什么资格说我呢?你去参加漫展见面会,不也是跟迷妹们握手合影。"

病房里氛围古怪,虽然门开着,喻笙还是礼貌地敲了敲门。

两人的视线齐齐朝她看去。

"我刚到,你们前面说的我都没听见。"喻笙此地无银地解释了一句,走向章念念,"伤好点了吗?医生怎么说?"

"医生说是浅表性擦伤,开了消炎药。"章念念把饭盒放到床头,看向陈柏野,"椅子你别坐了,给笙笙坐。你站会儿吧,要是不想站就回去。"

喻笙正想说不用,陈柏野已经站了起来。他的目光掠过喻笙,又回到章念念脸上。

"我去打壶热水。"他拎起桌上的水壶就要走。

"我不渴。"章念念的话里仍带着愤愤。

陈柏野睨了她一眼,冷淡的语气放缓:"嗯,我渴。"

待他的身影消失在门口,喻笙才问:"你们俩又吵架了?"

"没有。"章念念撇撇嘴,"谁知道他什么脾气,一来就对我摆个冷脸,我好歹也算个病号吧。"

喻笙想到刚才陈柏野的表现,当局者迷,她这个旁观者可是看得很清楚。

"也许他是在吃醋呢。你现在身边都是帅哥,让他有了危机感。"

"他要是真有危机感就好了。"章念念怅然地倒在枕头上,长叹一口气,"说实话,笙笙,我越来越看不透陈柏野了。以前虽然总是吵架,但我敢说我是最了解他的那个。但现在……我不知道我在他心里,究竟是喜欢的人,还是……妹妹。"

"怎么这么说?"喻笙撩开她嘴边的发丝。

章念念合上眼皮,声音轻轻的,听在喻笙耳里却是一记重磅炸弹。

——"其实,在回乡里的前一晚,我亲了他。"

因为要在乡下待一个月,章念念的父母拜托陈家帮忙照看下房子,临走前夜还邀请他们一起吃了晚饭。饭后各回各家,章念念收拾行李,发现家里还有一堆零食没吃完,便装了满满一袋送去给隔壁的陈柏野。

跟陈叔陈姨打完招呼,她上楼直奔陈柏野的房间,结果无意间撞到他在给广播剧配台词干音。

好巧不巧,他配的还是一段吻戏。

章念念透过门缝看到他对着麦克风,薄唇贴着手背轻轻嘬了几下,响起的声音还真有几分接吻中唾液交缠的暧昧感。

她听得心如擂鼓,右手拎着的零食袋碰到门框,陈柏野的房间门忽地开了。

闻声回头的陈柏野看到门口的人是她,皱紧的眉松开了:"你怎么来了?"

"来给你送零食啊。"章念念强装镇定进门,坐在他床上,"你这么紧张干吗?在做什么不可告人的事吗?"

说这话时,章念念的目光不由自主地看向陈柏野的唇瓣。

上唇微薄，下唇饱满，樱桃一样的颜色，看起来水润润的。

"哪有什么不可告人的事，我在工作。"陈柏野关了电脑页面，抬眸瞥了章念念一眼，"零食送了，你还不走？"

"着什么急，我明天就回老家了，还不能让我多待一会儿？"章念念不满道，顿了顿，又将话题引到她刚才看到的画面上，"陈柏野，我有点好奇，你们一般配这种吻戏，都是靠嘬手背吗？"

听到她如此直白地形容他的工作方式，陈柏野神情微僵，不自然地咳了咳。

"当然不是，有很多方法和道具，我只是懒得折腾而已。"

"是吗？"章念念半信半疑地挑挑眉，也没再往下探究，压低了声音诚恳地夸奖，"不过你刚刚那段吻戏配得真不错，很有感觉。"她竖起拇指。

陈柏野正喝着水，差点没被她的话呛到。他平稳呼吸，轻哼："你又不听广播剧，还能听出来好坏？"

章念念盯着他翕动的嘴唇，刚才喝了水，让他的嘴唇看起来更可口了，像一块滑嫩的果冻。

她又坐近了一些，抿了抿嘴，喊出了那个很久没喊过的昵称："陈陈。"她问，"你有没有接过吻啊？"

"陈陈"是章念念小时候给陈柏野取的昵称，自从上高中后她就没再叫过了。现在乍然听到，陈柏野眸中闪过微不可察的讶然，而章念念那个问题更是让他愣在原地。

半晌，他才找回自己的声音："问这个做什么？"

章念念倾身上前，拉近和陈柏野的距离，直到两人鼻尖对鼻尖，她才停下。

"因为，我想亲你。"她说得理直气壮，眨眼看着面前的人，"如果你答应，就闭上眼睛。"

三秒，五秒，陈柏野还未回神，那双褐色眸子仍在盯着她。

章念念干脆抬手捂住他的眼睛，嘟着嘴啄了上去。

陈柏野在满目黑暗中感受到她蜻蜓点水的碰触。她身上有他熟悉的、信赖的味道，蒙着他眼睛的那双手还微微颤着，嘴唇莽撞地在他唇角上碾了一下便餍足收回。感觉不太真实，他飞快地眨了两下眼睛，睫毛戳得章念念掌心有点痒。

"你别乱动！"她提声道。

此刻章念念觉得自己像个土匪头子，而陈柏野是被她劫道的良家少年。

她在轻薄他，他没有拒绝。

那天之后，章念念本以为和陈柏野的关系会有质的飞跃，但从乡下回来，她发现陈柏野仍然是那副时冷时热的样子。每次她想找他说说话，都被他避开了。

前几天章念念去陈家找他，正好他有朋友上门，当着朋友的面，他竟然介绍她是"邻居妹妹"。

"算了，提起他就生气。"章念念停止回忆。窗外暮色四合，病房门口适时响起敲门声。

穿着黄色马甲的外卖员提着果篮问："请问章念念小姐是哪位？"

房内两人还未答，陈柏野拎着水壶从外卖员身后擦肩进来，顺手接过果篮，说："床上那个就是。"

外卖员送完离开，章念念好奇地问："谁送的果篮？"

陈柏野放下水壶，目光瞟过果篮上的卡片，上面写着：*祝早日痊愈——任时川*

他哼笑一声："章念念，你的桃花还真多。"表情却是毫无笑意。

"别瞎说好吧，这是笙笙的朋友。"章念念无语地解释，又看向喻笙，"受伤这事我只告诉了你，不会是你跟任老师说的吧？"

"他送我来的医院。"喻笙没有否认。

章念念一脸"我懂"的表情，抬手正想拍喻笙的肩，不料牵扯到挂点滴的手，手背上的留置针刺得她"嘶"了一声。

陈柏野蹙眉走近，替她调整了松掉的绷带。

章念念整理好表情，重新开口："我觉得任老师还挺不错的，各方面。你既然也喜欢他，就别犹豫了呗。"

喻笙按了按额头："嗯……我脑子有点乱。"

自从那晚开诚布公后，这两天喻笙同他的交流便减少了许多。倒不是有意避开，只因两人的工作时间是错开的，如果不是刻意制造缘分，其实打照面的机会不多。这样也好，有些事情喻笙还没厘清思绪，没想好怎么面对他。

"念念，问你一个问题。"

章念念很少见喻笙这样正色的模样："你问。"

喻笙正要开口，又侧头看了一眼陈柏野，后者极有眼力见地退了出去。

"我有个朋友，她喜欢一个人，那个人对她也很好。但有一天她突然发现对方对她的好，其实都基于另一个人……"

章念念瞪大眼："什么？你是说任时川把你当成别人的替身了？"

显然是把话里的朋友忽略不计了。

喻笙索性摆明了讲："不是替身，我不知道该怎么解释，就是有人跟他说，我们将来会在一起，然后他好像是因为这个才对我好的。"

她委婉地改了下说法，没有将那个"未来恋人"的事告诉章念念，不过章念念之前采访过任时川，应该也了解过他的电台，不知道有没有听说过这件事。

"听你这么说，难道任时川去算命了？他看起来也不像迷信的人啊。"章念念好奇地说出猜测，又看向喻笙，"你是担心他对你好是出于外界影响，不是因为喜欢吗？"

喻笙沉默了一下，点点头。好友的话一语中的，让她缠绕在心里的茫然散去了几分。

章念念思索片刻，斟酌着开了口："笙笙，以前我觉得能跟帅哥谈恋爱是很幸福。但自从我那个采访账号做起来后，我发现很多帅哥只是空有皮囊，毫无内涵。如果月老说我将来会和某个帅哥谈恋爱，我一定也会先了解过他的本质和三观再考虑，要是真的不喜欢的话，月老的红线把我俩绑死也没用。"

她望着喻笙："我都这样想，你比我更了解任时川，你觉得他是那种容易被别人的话影响自己判断的人吗？"

当然不是，尽管任时川看上去温和无害，从他可以为了那期为女性发声的电台专题公然与领导对峙便不难看出，他有自己的想法和坚持，轻易不会被他人撼动。况且，不论是电台女同事，还是收听的女听众，他接触的异性不算少，又怎会因为那个不知真假的恋人预言就偏听偏信，押上自己呢。

他对她好，只是单纯想对她好而已。

喻笙明白了。

章念念因为白天没吃早饭有点低血糖，医生给她挂了两瓶葡萄糖，剩下半瓶还没挂完，眼见天色渐晚，她连忙催促喻笙早点回家。

喻笙应下来，出了病房门，看到陈柏野坐在墙边的长椅上，摸了摸包里那两张舞台剧门票。之前说要约任时川去看，后来也忘了，反正已经用不上，不如成全下好友的姻缘。

陈柏野刚回复完工作消息，便见一只手朝他递来，上面还附了两张票。

"这出剧今晚八点半开场，等念念挂完点滴应该来得及，你可以带她去看。"

陈柏野和喻笙鲜有交集，两人之间的共同话题只有章念念。他知道她们俩关系多好，故而对她送票这件事也不觉得多诧异。他顿了顿，接过票："谢了。"

喻笙收回手，犹豫了下，还是忍不住开了口："你们的事我不想过多掺和，只是念念的心意你应该明白。"她迎上他的目光，语气似劝慰又似警告，"她是个好姑娘，你别让她伤心。"

她比任何人都希望章念念能开心。

第八章 等到雪了

路灯下有两个影子，一个是我。
另一个是我。

等时间回温

01

喻笙原定的实习结束日期正好撞上春江之声的年终宴,编导老师提前送来一纸盖了戳的实习证明,让她参加完年会再走。

喻笙早就从公司发的通知里得知了这个消息,听说地点是定在一家五星级酒店,不仅有重磅的颁奖、抽奖和发红包环节,各部门还准备了节目表演。

艺文频道这边是频道主持和编导的双人相声,喻笙从林若那儿知道了任时川报名时提交的是唱歌节目。至于林若又是怎么知道的,自然跟她在行政部工作的表姐少不了关系。

笙语公众号的粉丝已经突破两万,喻笙每次更新的推文阅读量几乎都能保持在五千以上。但因为工作原因,她更新的频率并不高,有时表达欲上来就随便写写,内容并不具备很强的阅读性,更像是多年前流行的那种碎碎念的博客。

大概是因为第一次实习结束有些感伤,她这晚写了些实习中遇到的趣事,以及相处不错的同事们。任时川也在其中,她称他为"13",说他声音好听,长得比许多明星还要好看,是可靠的同事,也是厨艺很好的室友。美中不足的是身体比较脆弱,认识这么久已经生病两三回了。

她写"祝他长命百岁,余生顺遂",但想了想,又觉得这语气太过正式,反倒有些刻意。于是,她删掉重新写:他的节目很好听,祝他能一直播到八十岁。

播到八十,活到八十,也算是一种美好祝愿吧。

那条推文发布后,留言里有人猜测13是不是任时川,因为"川"字九十度旋转便是三。

喻笙没有回复，也没有将诸如此类的评论放出来。只是一篇随笔而已，她不想引起什么不必要的麻烦。

晚上睡觉前，喻笙给二狗添了碟谷粮，望着它摇晃的小脑袋，她想到了任时川。虽然他主持的是一档音乐电台，但认识这么久，她却从没听过他唱歌。

喻笙躺回温暖的被窝，习惯性地打开朋友圈，翻看着列表的动态，一条条刷下去，看到任时川在下午时分享了一首英文歌。她点开播放，听着旋律，打开他的主页，他的动态依旧不多，大部分是二狗的照片和歌曲分享。有些歌她在他的电台听过，分享在朋友圈大概是有存档的意思。

她点进其中一首歌的歌词页，发现页面顶端会显示分享者的账号名，任时川的音乐账号也叫"镜里川"。只是头像不再是二狗的照片，而是他自己的。

那照片喻笙眼熟得很，正是前阵子她给他拍的。

他的账号主页创建了很多歌单，标题起得简洁。

——BGM。

——民谣。

——夏天。

——好梦。

…………

收藏的歌单只有一个：沉溺在诗意的迷梦里。

喻笙点进去，歌曲有十数首，歌手却都是同一个人。

绿镜。

她随机播放了歌单里的一首歌，昏暗的房间里瞬时响起一阵颓靡诡谲的旋律。旋律过后是一个男声低沉的唱词，咬字不清，像是某个在千禧年很火的歌手。

喻笙勉强听完几首歌，只想说这位叫绿镜的歌手曲风实在独特，阴郁又悱恻，她欣赏不来。

不过任时川似乎很喜欢,在他的听歌排行上,绿镜的歌较之其他总是遥遥领先。

年终宴酒店定在春山路,上午九点要抵达签到。

喻笙醒得早,为了庆祝实习结束,她甚至还隆重地化了个妆。她的五官底子本就不错,细眉杏仁眼,经过化妆品的润色,那张脸变得更精致了。

出房间时遇上任时川,他的条纹毛衣里是件衬衫,正对着镜子动作生疏地打着领带。两分钟内解解系系,似乎怎么打都差点意思。

喻笙忍不住开口:"要不要我帮你系?"

任时川从镜子里朝她看去,目光落到她脸上时闪过一丝怔忪,数秒后才回过神,将领带取下递给她:"那就麻烦你了。"

其实喻笙也没怎么打过领带,不过她学习能力不错,看两眼教学视频就会了。

两人靠得很近,喻笙将领带从任时川的衣领下绕过。他的纽扣扣到上面第二颗,微微敞开的领口能看到一点锁骨。脖颈上突起的喉结弧线实在漂亮,惑人地滚动着,让她忍不住多看了两眼。

她能闻到他身上有种淡淡的香味,冷冽的柑橘调,像是一株长在寒雪上的佛手柑。

她努力敛住思绪,微踮着脚给他打领带。任时川配合地低下身,用沉郁的声音开口道:"你今天很好看。"

喻笙呼吸滞了下,嘴角不自觉地抬起来,难得开起玩笑:"我只有今天好看?"

任时川垂着眼帘望着她:"平时也好看,但今天特别好看。"

这话要换个人说会显得油腻,但任时川,喻笙看着他微微泛红的耳根,相信他说得很认真。

顺利系好领带,喻笙转头看向镜子:"觉得怎么样?"

"比我系得好看太多。"任时川不吝夸奖。

有镜子做对照,喻笙这才发现任时川比她高了一个头不止,她才到他的肩膀。

她穿了一件驼色大衣,而他的毛衣是茶褐色的,站在一块儿竟分外和谐。

两人在镜中撞上目光,喻笙朝他扬起大大的笑容,任时川也回以温然笑意。他伸手在她头顶虚虚摸了一下:"谢了,笙笙。"

"不客……哎?"听惯了任时川口中的"喻笙",这还是他第一次用叠名叫她,喻笙不免有些震惊。

任时川拿起衣帽架上的外套搭在手上,冲她勾起嘴角:"不用那么意外,我们认识这么久,换个亲昵点的称呼是情理之中吧?"

虽然以疑问词结尾,但他的语气却是不置可否。

这么说也对。喻笙想,那她要怎么称呼他呢?时川?

任时川像是看出了她的心理活动,嘴角弧度更深:"不用在这方面纠结,你想怎么叫我都可以。"

说完不待她有所反应,他又提醒道:"走吧,我们去酒店。"

喻笙第一次参加年会,只觉得开场半小时的各部门领导发言实在枯燥无味。之后的颁奖倒是有点看头,陆松云拿到了"敬业标兵",任时川则是"突出贡献"。

给任时川颁奖的是总台长,说完中规中矩的颁奖词,他又感慨长江后浪推前浪,现在年轻人的锋芒比他们那个年代更为瞩目,但尽管如此,他希望任时川能坚守初心,不被网络裹挟,把他的音乐电台主持好。

这话说得像是对晚辈的寄托,喻笙却隐隐听出了其中的敲打之意。想来虽然已经扣过任时川的年终奖以示惩戒,但领导对他那次社会发声的表现仍有微词。

任时川则是一副虚心受教的模样,颔首微笑着接过证书和奖杯,与台长拍了合影。

抽奖环节和节目表演穿插进行,签到的时候,每个人都会分发一张便笺纸，写上名字后投进抽奖箱。喻笙对自己的运气不抱希望，故而注意力只留在任时川的节目上。他的节目排在中段，等第二轮奖抽完，喻笙在主持人的口中听到他的名字，唱的是陈奕迅的《无条件》。

主持人报完幕后，灯光倏地暗了下来，随后一束追光落在台上，照出任时川的身影。

低醇温柔的粤语唱词响起——

　　你 何以始终不说话
　　尽管讲出不快吧
　　事与冀盼有落差
　　请不必惊怕
　　我 仍然会冷静聆听
　　仍然紧守于身边
　　与你进退也共鸣

任时川的粤语算不上很正宗，但音准很好，声线也好听，深情舒缓的曲调经他唱出来，喻笙不自觉陷入旋律之中。

　　当闲言再尖酸
　　给他妒忌多点
　　因世上的至爱
　　是不计较条件
　　…………
　　何妨与你又重温
　　仍然我说我庆幸
　　你永远胜过别人
　　…………

世上的至爱，是不计较条件，你永远胜过别人。

是错觉吗？任时川在唱到这段时，眼神好像越过人群，在朝她看来。

喻笙按住心口，那里有只小鹿快要破胸而出，悸动在心端蔓延开。

一首歌结束，喻笙看着任时川下台落座，低头拿出手机。

不多时，她便收到他的消息：刚才的歌有听吗？

不知冬：挺好听的，没想到你还会唱粤语歌。

镜里川：我会的不多，喜欢这首，所以特意学了。

不知冬：[小熊比心 jpg]

不知冬：你还有什么是我没发现的？

镜里川：时间还长，你可以慢慢挖掘。

不知冬：也不长了，我过两天就搬回去了。

这条消息发出后，任时川没有回复。她遥遥看到他垂着眼盯着手机，下一刻，他忽然抬眸看了过来。

喻笙来不及收回目光，两人视线相撞。她看到他嘴角浮起点点笑意，她遂也弯了下眼睛。

随后，任时川回了消息过来。

镜里川：刷新一下网速，等下要发红包了。

喻笙运气的确一般，抽奖没她的份，红包也没抢到多少。加在一起算了算，三百多块，是她三天的兼职工资。本来还觉得美滋滋，但看到林若抢到一千多，她的心瞬间化成了碎片。

同样是实习生，同样的 4G 网，怎么她们的差别能这样大？

好在大餐还是不错的，荤素齐全，海鲜盛宴。喻笙多吃了一碗饭，以此弥补内心的不平。

饭后，公司招呼着拍了一张大合照，便放大家回家了。

喻笙坐进任时川的车，没忍住问他红包抢到多少，任时川腾出手比了个"二"。

"两百？"喻笙惊讶完，瞬间心理平衡，原来她不是最少的那个。

谁知任时川莞尔抬唇:"两千。"

喻笙无语,是她会错意了。

不知情的任时川补刀:"你呢?"

喻笙颤颤巍巍地比了个"三"。

任时川:"三千?不错啊。"

喻笙头靠着椅背,生无可恋地闭上眼:"三百。"

她听力很好,任时川绝对笑了一下。

算了,笑吧笑吧,她这样的倒霉鬼确实少见了。

感觉到口袋里手机在振动,喻笙摸出来看了一眼,是任时川的消息提醒。她不明白人就在旁边,还发什么手机消息,点开一看,发现是条转账通知。

镜里川:[转账 1000 元]

喻笙愣了又愣,狐疑地转头:"你给我转钱做什么?"

难不成是觉得她红包太少,所以分她一半?

任时川偏头看她,眨了下眸子:"感谢费。"

喻笙不明所以,还没待她细问,任时川便开口作了解释:"感谢你在公众号上夸我,还有你的祝福我收到了,我会努力的。"

她虽然猜到任时川会看到推送,但也没想到昨晚刚发布,他这么快就看到了。

喻笙抿了抿唇,憋半天才憋出一句:"怎么每次更新都能被你看到,你该不会没事就刷微信吧?"

任时川失笑摇头:"我只关注了两个公众号,电台账号是月更,所以每次打开公众号的推送,笙语总是排在最前面。"

这个解释倒是很合理,喻笙盯着那笔转账:"但这也太多了,我一篇文章拿去投稿都没这么多稿费。"

眼见她仍在纠结,任时川伸过手来,修长手指在屏幕上点了两下。

不知冬:已收款 1000 元。

"剩下的就当是提前给你的压岁红包了,笙笙。"他笑着说。

退租前夜，喻笙请任时川去影院看了部电影，一方面感谢他的照顾，一方面也出于私心。

电影是近期网上颇受好评的喜剧片，讲的是世界末日后人类变成丧尸，但仍然保留着意识的荒诞剧情。剧本写得很有意思，但演员演技还有待提升。

电影散场后，两人聊起剧情。喻笙发散思维，想到了玛雅人预言的 2012 年世界末日事件，忍俊不禁地回忆起那个冬天。她刚上高中，以为世界真的要就此完蛋。同学们都在计划最后的日子要怎么度过，而她奢侈了一把，将存了多年的压岁钱一口气花光，给家人买了最后的礼物。

"我妈快被我吓死了，赶紧带我回店里退货，想追回那笔'巨资'。"喻笙笑起来，望向旁边，"你呢？世界末日那年做过什么傻事没？"

任时川不假思索地摇了摇头。他高中过得中规中矩，传闻中的末日那两天，月考卷子刚发下来，成绩不太理想，父母找了大学生家教给他补课。不过他的家教老师很有意思，那天给他布置完作业，去阳台给女朋友打了半天电话，临挂电话时还在表白，说就算世界崩塌也要和她在一起。

"还挺甜，那他俩现在还在一起吗？"

路过商场的风口，迎面的寒意冻得喻笙瑟缩了下。任时川微微侧过身体替她挡了挡，回答道："他前阵子在朋友圈晒了结婚证，我想新娘还是当初那个吧。"

喻笙把领口往上提了提，摇头说："也不一定，都过去六年了，哪有那么多长情的人啊。"

听着她略显悲观的语气，任时川偏头看过去，顿了顿，笑问："笙笙，你是不相信他，还是不相信未来的你？"

喻笙怔了怔，很快理解他想表达的意思。如果她质疑长情这件事，也是在质疑五年后的她自己。

两人坐着电梯到负二楼驱车回家，路灯把夜色晕染出昏黄的景象，喻笙望着窗外急速掠过的画面。忽然有细密的雪粒砸在车窗上，不多会儿，雪粒变成了雪花，洋洋洒洒落了下来。

春江市下了今年冬天的第一场雪。

喻笙喜不自胜，按下车窗玻璃，伸出手去接。

雪花簌簌落下，有一片两片融在她的掌心，留下湿凉的水痕。

寒风也吹了进来，刮得喻笙头发乱飞，鼻梁和脸颊都变得通红，但她全无所察，只一心想接更多的雪。

任时川回头看她，将车速慢下来，靠边停下。

"笙笙，要不要下去玩会儿？"

喻笙正有这个打算，没想到任时川会先提出来。她搓了搓手就要开车门下去。

"先等下。"

被低醇的男声喊住，喻笙下意识地转头，下一刻，一条低饱和的蓝色羊绒围巾被围在她的脖子上，上面还有任时川未散的体温。

任时川又从后座拿了一个未拆封的袋子递给她："这个也戴上，外面风大，玩雪别冻伤了手。"

喻笙打开袋子，是一双白色加绒的针织手套。

"你什么时候买的？"她略微惊讶。

任时川抬起唇角："看电影之前，你戴上看看合不合适。"

喻笙依言套上，尺码大了点，她动动手指，能感觉到手套没那么贴合。她忍不住笑起来："没人告诉你，给女孩子买礼物要先认准尺码吗？"

任时川摸了摸鼻子，他确实是第一次买，经验不足："我下次注意。"

这场雪越下越大，十多分钟后，地面上积起薄薄的白色。

喻笙掏出手机拍了视频，又对着路灯来了几张自拍。不过片刻，任时川就在朋友圈看到了她的新动态。

不知冬：打卡2019年的初雪！［比耶］

附图是两张下雪的照片，和一张她的自拍。照片上女孩笑得眉眼弯弯，下巴藏在围巾里，小巧的鼻尖泛着红色，那双眼却清亮得很。

如果今晚有月亮……她的眼睛与月亮也别无二致了。

任时川盯着那张照片看了许久，点下保存。

车窗外，喻笙玩得很是尽兴，背对着他蹲在地上不知在做什么。任时川好奇地下车，走过去。还不待开口，喻笙已经听到他的踩雪声，笑着偏过头，朝他递出手。

她的掌心里躺着一个捏得不那么精巧的小雪人，任时川刚拿起来，雪人就在他手中碎了。

两人俱是一怔。

任时川嘴唇翕动："要不，我捏一个还你？"

喻笙被他小心翼翼的语气逗笑，摆摆手："没事啦，这个雪确实很难捏实，跟你没有关系。"

她在外面待了这么一会儿，已是沾了一身的雪花。任时川弯下腰，替她拂去头顶和眉梢的白色。

他的手温暖得让喻笙恍惚，她正想起身，蹲麻的腿却使不上力气，直接让她一屁股跌坐在地。

"来，笙笙，我拉你。"眼前任时川勾唇伸出了手，喻笙也不犹豫，摘下被雪打湿的手套，握住了他的手。

手指相触的瞬间，她看到任时川微不可察地抖了下眉，说："你的手好冰。"

她笑意更深，诚恳地感慨："你的手好暖。"

是很暖，干燥中略带一点粗糙，比她的手要长一些。

任时川无奈地扬唇，将她拉起身，手不松反紧："笙笙，是你冻太久了，得赶紧焐一焐。"

喻笙任由他牵着她回车上，将车里的空调温度调高。

02

喻笙的东西不多,收拾起来并不费力,退租的时候一个行李箱怎么来的怎么回去,只是多了一本书——任时川把书架上那本《岛上书店》送给了她。

"上次见你在看这本,我想你应该还没有看完。"

喻笙接过书,瞥到任时川在她上次看过的页面夹了一枚金色镂空的树叶书签。

这个人,好像无论做什么都能无比妥帖。

"你看完了吗?"她问。

任时川望着她,眼底浮起笑意。他开口道:"'我是在提醒你,我可能是本封面漂亮、内容糟糕的图书。'"

这话听上去有些耳熟。

"'不,你这本书上架已经有好几年了。我读过内容摘要和封底推荐,足以让我产生读下去的欲望。'"

喻笙意识到他是在念书里的对白,笑问:"你记性这么好?"

"我只记住了印象深刻的部分。不过这个故事我很喜欢,笙笙,希望对你来说也是。"

任时川替她拉过行李箱杆,他说今天要去趟贪杯酒吧找陶疏白,顺便送她回去。

春江下了整夜的雪,此刻窗外已经变成了银装素裹的世界。喻笙将书收进帆布包里,将包挂在肩上,跟在任时川身后出了门。

年关将近,整个小区的树上都挂了喜庆的红灯笼,门口还贴了新春对联。

喻笙从车窗往外看去,只觉得红色与白色融合得真是巧妙。

尽管才住进来不到一个月,但想到今天过后就不会再来这里,她的心情略显复杂。

"任时川,你春节打算怎么过啊?"她故作轻松地跟司机搭起了话。

"带二狗回我父母那儿住两天,可能再去亲戚家拜个年,再跟几个外地回来的朋友聚聚。"任时川握着方向盘,微微侧头看她,"你呢?笙笙。"

喻笙掰着手指:"吃年夜饭、守岁、祭祖……别的没了,我们家没什么拜年串门的活动。"

任时川抬眼,不经意地问:"你亲戚之类的不在这边吗?"

"我爸那边的大部分都没联系了,我妈这边有外婆和舅舅,以前走动少,今年不知道会不会去拜年。"

倒豆子一样说完,喻笙望向任时川。刚才出门风大,他蓬松的发被吹得凌乱,那几缕褪成白金色的头发格外显眼。她想起初见他时头顶那抹夸张的亮蓝色,说:"你之前染的那个颜色还挺好看的。"

任时川勾起无奈的笑:"那是大冒险的惩罚。"

九月中旬,他跟陶疏白几个人吃饭,席间有人酒意上头,吆喝着玩起了微信掷骰子,点数低的选真心话或者大冒险。不巧,他的大冒险惩罚就是染个颜色夸张的头发。

好在他的长相撑住了这个发色。鼻梁高挺,眉眼深邃,是清俊又好看的模样。谁能不为之心动呢?

至少她不能。

任时川把车开到她家小区楼下,将行李搬出来,喻笙拦住了他要继续帮忙的动作。

"我自己带上去就好,不用麻烦你啦。"虽然她很想请他回家喝杯热茶,但喻青南和荣心月都在家里,被他们看见就不好了。

任时川没再说什么,只说等她上去就走。

于是,喻笙便朝他挥挥手,拖着行李箱上了电梯。

喻笙家在 12 楼,她刚拿出钥匙准备开门,门就在下一秒被喻青南打开了,像是早掐好了点似的。

"哟,这是谁家闺女回来啦?"喻青南穿着家居服,手里的橘子正剥到一半，橘子皮还搁茶几上放着。

荣心月从厨房端出一锅炖得软烂的番茄牛腩，招呼着门口的父女："哎，正好，回来了洗洗手，午饭吃牛腩。"

肉香扑鼻，喻笙回家刚放下行李都没来得及收拾，奔去厨房洗完手，夹了一筷子牛腩。

好吃，是家里的味道。

荣心月嗔怪："瞧你这猴急样，没人和你争，小心烫。"

"太久没吃妈妈做的饭了，馋嘛。"喻笙卖了个乖。

在学校的时候，周末想回家就回，春江之声比学校远多了，回来坐车要转两三趟，她嫌麻烦，便打消了偶尔回次家的念头。

"你去实习这个月，你妈在家难得下一回厨。昨晚听你说要回来了，这不，清早就去超市买了两斤牛腩和番茄土豆，用桂皮、八角炖了一上午，就等着你回来吃。"喻青南把剥完的橘子递到女儿手边。

喻笙酸着鼻子差点没感动坏，正要说点讨巧话哄二人开心，荣心月支使丈夫去厨房拿汤勺，而她坐到喻笙旁边，又替女儿夹了一块牛腩放到碗里。

"我刚在厨房窗边看到是个男孩子送你回来的，怎么不叫他上来坐坐？人家开车多辛苦。"

喻笙刚往嘴里塞了一口肉，听到这话差点没噎住。

她知道透过家里厨房的窗户能看到小区楼下，但没想到荣心月这个时间会待在厨房，更没想到妈妈一边做菜，还能一边分出注意力给其他东西。难怪喻青南能在那个点给她开门，失策。

喻笙避开荣心月灼灼的视线，干咳着道："哦，他等会儿赶着有急事，不能耽搁。"

荣心月挑了挑眉："之前没见过，你俩谈多久了？"

喻笙哭笑不得，好说歹说解释她跟任时川只是朋友关系，没在一起。

荣心月显然不太信，但也没再继续问。

喻青南捏着汤勺从厨房出来，隐约听到了些，问："母女俩聊什么呢？"

喻笙立即摇头："没呢，随便聊聊。"

贪杯酒吧从下午六点开始营业，白天是歇业时间，店门紧闭。

任时川从后门进去，大厅只留了一盏舞台灯，照着台上调试话筒的人。陶疏白穿了件黑色卫衣，长发在脑后绑成马尾，他盘腿坐在地毯上，听到脚步声并未抬眼。

"手机里就能聊完的事情，你还特意跑这一趟，真不像你的风格。"

任时川找了一把椅子坐下，说："来这边送个人，反正近，就顺便过来了。"

陶疏白动作一停，戏谑地道："谁这么大面子，还能劳你大驾？"

"你见过的，上次采访你的那个女生。"

"姓喻的那个？她采访人一板一眼的，我倒是没看出哪里特别。"

任时川顿了顿，语气淡淡："她的特别之处你没必要知道。聊正事吧。"

"情人眼里出西施，我懂。"面对任时川话里的冷淡，陶疏白并不恼，他抓起旁边的吉他，拨弦哼唱了几句，片刻后停下，"春日音乐节，我打算唱这首和徐嘉齐的《云中徜徉》。"

陶疏白哼的这首是他的原创曲目，之前给任时川弹过一小段，那时还只是灵感片段，过了两个月，他终于创作出了成品。这是他的第一首歌，而他也准备把这首歌的第一次公开演唱安排在下个月在春江市举办的春日音乐节上。

陶疏白签约的公司也是参与承办音乐节的其中之一，听说他认识任时川，公司便想借他牵头谈合作，让任时川做这次音乐节的主持。

任时川本欲拒绝，但看到嘉宾名单里出现了绿镜的名字，犹豫过后松了口："我会向上面申请看看。"

陶疏白撩了把头发："我还是很期待跟你同台出现的，时川。"

任时川环顾昏暗的四周,这里夜晚声色张扬,白天却如此静谧。

"你那位老板竟然会答应让你白天在这儿练歌。"

陶疏白嗤声:"他虽然没什么艺术细胞,但还有点艺术追求。"

正经事说完,任时川不再打扰陶疏白。颔首起身刚往外走了两步,他忽然又停下,转头补充:"合同到时候寄到我家,如果可以,我想再要一张门票。"

陶疏白不由得失笑:"你倒是不客气。"

喻笙回家头两天感受到了父母无上的关爱。不仅早上睡到自然醒,吃完饭躺在客厅沙发看电视,荣心月路过还能替她盖个毯子。吃饭更是有求必应,无论是鱼肉还是火锅,只要她开口,晚上必定出现在饭桌上。

但从第三天开始,一切都变了。

早上八点正是睡梦正酣时,喻笙温暖的被子却被荣心月一把掀开:"几点了还睡,起床吃早饭!"

等喻笙彻底清醒,起床去吃饭,迎接她的只有桌上冰冷的稀饭。荣心月的声音从沙发上传来:"早起的鸟儿有虫吃,你瞧瞧,晚起的虫儿只能吃冷饭了。"

明明之前实习时,妈妈总念叨让她有空就回消息打电话,现在她在家里玩会儿手机,荣心月看到也会嘀咕:"手机有什么好玩的,天天盯着看。"

前后的反差让喻笙怀疑人生,默默感叹人心不古。

除夕前夜,小区里也热闹起来,挂灯笼、贴对联,一派喜气洋洋。夜里十点多还有小孩在楼下放炮仗,碍于是节假日,邻里乡亲不好讲,但实在扰民——喻笙已经被吵醒几次了。

自从回家后,在父母的关照下,她的作息恢复正常,早睡早起。现下被炮仗搅扰,她又几次尝试入睡都失败,索性摸出手机,发了一条充满怨念的朋友圈。

不知冬：谁家小孩半夜放炮仗，小心未来考不上清北！

尽管这条动态的威慑力约等于无，但喻笙因此心情缓解了不少。她打开微博逛了会儿热搜，又点开视频软件看了会儿视频，这下是越来越清醒了。但想到明早要是起不来，荣心月又得唠叨，她只好强迫自己关掉手机酝酿睡意。

然而，屏幕刚熄又立即亮了起来，跳出了一条微信消息提醒。

喻笙打开一看，是任时川。

镜里川：笙笙，被吵醒了？

喻笙猜他是刷到了她那条朋友圈。

不知冬：是的，睡不着了。

不知冬：[小熊叹气 jpg]

镜里川：现在方便接电话吗？

看到这条消息，喻笙直接给他拨去了电话。她也是这时才留意到，任时川的来电铃声竟是卫兰的《夏日倾情》。

柔情低缓的女声正唱到那句"你不敢相信吗，我已深爱着你"时戛然而止，对面接起了电话。

任时川的语气从诧然归于笑意："笙笙？我还以为会是我给你打过去。"

喻笙莞尔提议："要不我挂了你重新打？"

任时川低低地笑着："那倒不用。"

话筒里夹杂着车流和喇叭声，喻笙问："你在外面吗？"

任时川："嗯，刚下班，开车带二狗回我爸妈那边，路上有些堵车。"

喻笙不放心地叮嘱："那你路上注意安全，现在是节假日高峰期呢，出行的人很多。"

那边静了静，响着任时川浅浅的呼吸，他似乎闷声笑了下："笙笙，本来是想打电话拯救一下你的失眠，怎么变成你在担心我了。"

明明也才一周不见，但听着他的声音，喻笙却有种恍如隔世的感觉。

"那你想怎么拯救？"她摸了摸发烫的耳郭，忍不住笑意。

"给你唱首歌怎么样？或者，讲个睡前故事。"

唱歌？喻笙来了兴致。

"那就唱歌吧，故事可以留到下次讲。"

任时川听出她话语里的期待与雀跃，恍惚间看到那晚雪夜下眼里盛着月亮的女孩。她笑着，嘴角微弯，狡黠如狐狸的模样。

"那唱……"

他会的歌不算多，正思忖着唱什么，喻笙已经接过了话。

"《夏日倾情》，你的来电铃声是这个，我想听你唱。"

任时川迟疑了下，喻笙听到他无奈的叹息，仿佛妥协："旋律我会了，但粤语不太熟……我给你唱个国语版吧？"

生怕他反悔，喻笙答得飞快："好！"

随后，她在被窝里躺好，将手机放在枕边，做足了入睡的准备。

电话那头，响起任时川低沉温柔的歌声。

  是你吗 能哼出这首歌吗

  你我最爱沿路唱 以歌声替代说话

  这首歌在梦里面 完全为了你而唱

  愿我的声音 陪着你吧

  I Love You

  你会否听见吗 你会否也像我

  秒秒等待遥远仲夏

  I Love You

  你不敢相信吗 我已深爱着你

  见你一面也好 缓我念挂

  …………

喻笙从不否认，任时川的声音就是有种魔力，让她很安心。譬如这晚，上一刻她还辗转难眠，但听着他的哼唱声，她竟很快就睡着了。

呼吸声平缓而均匀地传到电话里，任时川乌黑的眸子蕴起淡淡笑意。怕这边路况惊扰到睡梦中的人，他关掉了话筒声。

"晚安，笙笙。"他轻声说。

微信通话保持了一路，直到驱车到家。

挂断电话后，任时川无意间点到喻笙的头像，页面立时跳转到了她的资料页。

网名还是那个网名，个签却不知什么时候改了。

之前是：等一场雪。

现在变成：等到雪了。

除夕夜，吃完热闹的年夜饭，喻笙收到了爸妈给的压岁红包。随后荣心月被朋友约去做美甲，喻青南和邻居在楼下搓麻将，留下喻笙独自在家。

电视里，春晚放着包饺子的小品，喻笙刷了会儿朋友圈，百无聊赖地给大家的动态点赞。

江序拍了条在河边敲冰块钓鱼的视频，章念念则是放出玩仙女棒的九宫格照片，林若拍了一桌年夜饭……再往下滑，是任时川发的两张照片。

一张烟花，一张雪景。

镜里川：新年快乐。

简洁又明了，是他的风格。

喻笙评论：岁岁更新，万事胜意！

任时川回复：笙笙，新年快乐。

晚上十一点多，喻笙洗漱回房间，开始陆续收到朋友们发的新年祝福。

章念念年底小赚了一笔，在群里发了红包，问江序什么时候回春江,大家开学前聚聚吃个饭。

江序回答了个日期,正好是在开学前两天。

章念念纳了闷:老家到底有什么在吸引你啊?这么舍不得回来?

江序嘿嘿一笑,答非所问:到时候给你俩带特产。

见他神神秘秘,章念念偷偷给喻笙发消息:有没有觉得江序不太对劲啊,他以前可没那么恋家。

喻笙也看出来了,望了眼窗外浓墨般的夜色,抿嘴回复:也许是春天快来了。

江序最近发的朋友圈不是自拍就是各种日常分享,颇有种孔雀开屏的感觉。

章念念领会了她的意思,两人商量着开学当面问问。

许久没联系的陈钦也发来祝福:新的一年,愿你眼中有星辰大海,不染岁月风尘;愿你心有繁花似锦,归来不负韶华;愿你在新的一年里仍有阳光满路,温暖如初。

这消息看起来像群发,喻笙本不打算回复,结果下一秒他又发了一句:新年快乐,喻笙。

这下指名道姓,便不能装作没看见了。

不知冬:谢谢,你也是。

陈钦:好久不见,假期过得怎么样?

不知冬:还可以。

陈钦:年后这几天有空吗?想请你吃饭,不知道有没有机会。

不知冬:我最近有点忙,不好意思。

陈钦:没关系,那就有空再约。春节快乐。

喻笙不太擅长拒绝,好在陈钦也不是那种死缠烂打的人。她松了口气,将剩下的祝福一一回复后,打开了与任时川的聊天框。

发点什么呢?今晚的年夜饭?楼下小孩的炮仗?还是新春祝福?

不知道发什么,但她好想跟他说说话。

喻笙从相册里挑出一张晚饭照片正要发送,任时川先给她打来电话。

视频电话。

她一个手抖，险些按了挂断。反应过来后，她迅速理了理凌乱的头发，希冀能挽回一点形象。

电话那边，任时川大概是坐在阳台上，背后倚着白色墙面。他看到视频里喻笙穿着睡衣，房间昏暗，不由得失笑道："笙笙，我以为你在守岁。"

喻笙摇头："我爸妈都出去了，一个人守岁也没意思，干脆回房间睡觉了。"

"你一个人？"任时川顿了顿，莞尔道，"看来我这个电话打得正是时候。"

他切换至后置镜头。喻笙看到了他家楼下的景象，大人们在院里围着一炉烧烤边吃边聊，小孩从火堆里刨出熟透的红薯分食着，还有几个女孩在放那种棒式焰火，一簇又一簇地飞上低空。热闹非凡。

"你家人好多啊。"喻笙感叹。

任时川又切回前置，含着淡淡的笑意："嗯，除了家里人，还有关系不错的邻居也在。那几个孩子是我的堂表弟妹。"

说话间，有人喊着任时川哥哥，让他下楼一块儿放烟花。

任时川拒绝了："你们玩。"

喻笙问："干吗不去呢？"

任时川透过屏幕看着她，像谈论天气一般说得自然："对我来说，跟你打电话比放烟花重要得多。"

同他的对视中，喻笙听到了自己分明加速的心跳。

时间分秒中流逝，很快从十一点变成零点。新年的钟声敲响，窗外城市的上空有烟花次第绽放。

"新年快乐，任时川。"

"新年快乐，笙笙。"

两道声音一同响起，隔着屏幕，他们相视而笑。

真好啊，这个夜晚。

开心的，愉悦的，令人难忘的。

多巴胺在脑子里活跃得也快炸成烟花了。

03

去祭祖扫墓那天，荣心月在出发前接到一个电话，心情一直不太好。直到回家后喻笙才知道，那个电话是舅舅打的。

之前舅妈生产，外婆去照顾了一个月，听说中间有过嫌隙，舅妈对外婆不满意，等月子坐完，舅舅就立即送外婆回家了。

除夕夜，家家团圆，老人家却是孤身一人待在青城。

"哪有人这么当儿子的？我妈这些年对他多好，他倒一点不念旧情，结了婚、升了职就把老太太撂在老家不管！"

喻笙去了趟厕所出来，经过爸妈没掩紧的卧室门，无意间听到了他们的谈话。

父母商议之下，决定带上喻笙去青城，把外婆接回来住。开车三小时的路程，抵达外婆家时已是晚上。

听说要带自己回春江，外婆没答应也没拒绝，只是踟蹰着收拾出了屋子，让他们先休息一晚再说。

喻青南转头看妻子的脸色，荣心月蹙着眉还是应下了。

外婆家在巷子里的一处平房，院门一开，左邻右舍都能打着照面。有邻居见来了几个面生的人，都凑在门口瞧着热闹。

外婆得意地介绍道："认不出来吧？这是我家月儿和女婿，旁边这姑娘是我孙女。"

邻居稀奇道："确实认不出来。多少年过去了，在我印象里，心月还是个小姑娘呢。"

荣心月不自在地回了房间，喻笙也适应不了被围观的情形，抓了把瓜果跟在身后。喻青南是第一次来丈母娘家，摆出了十二分的热情要跟邻居闲谈。

屋里电视打不开了,头顶的灯不知用了多久,灯罩里的灰积了厚厚一层,连带着灯光都是灰蒙蒙的。荣心月打开抽屉,她曾经那些旧物都被收纳得整整齐齐。用过的笔记本、一沓又一沓的磁带、手链、书签、耳机……

喻笙在另一个抽屉里发现一本相册,取出来打开,发现竟都是妈妈和舅舅的幼年照。那时这个家还没那么冷清,外公尚在人世,一家四口的日常算得上温馨。

荣心月在旁边道:"你外公以前买了一台胶片机,很喜欢拍我和你舅舅,当时洗了很多照片出来。我总觉得拍得不好,现在看来,也不失可爱。"

确实是很珍贵的回忆了,照片里几乎记录了她从童年到大学的变化。而从高中起,荣心月的五官轮廓渐渐有了喻笙的影子。到了大学,两人的长相几乎是从一个模子刻出来的。原来她们母女俩长得这么像。

喻笙听着门外喻青南和邻居天南海北地聊天,忍不住问:"妈,听外婆说,爸爸年轻时一头黄毛,性情很不稳重,你们俩是怎么在一起的?"

荣心月眉目舒展:"你爸年轻时性格确实有些莽撞,他高中在我们学校借读,三不五时就跟人起摩擦,每个月总有一两天得站在台上念检讨。"

荣心月和喻青南的故事其实很简单,高中相识,大学正好考进一个学校。荣心月那会儿进了学生会,喻青南又是个不服管的,一来二去就结下了梁子。不过后面熟起来后,荣心月发现喻青南并不如表面那样浮躁痞气,他其实是个很有耐性又能吃苦的人。

两人在一起后没多久,荣心月的家里就给她安排了相亲,她不想把自己的人生托付给一面之缘的陌生人,便跟父母坦明心意。

喻笙的外婆对喻青南很有意见,但她越反对,荣心月就越坚定跟喻青南在一起的决心。那时她有些赌气的成分在,不过好在是赌对了人,喻青南这些年虽然在工作上没什么建树,但对她和孩子是真的没话说。

荣心月的目光落在喻笙身上,话题转了回来:"笙笙,你这个年纪谈恋爱,妈也不会反对你。只是你要知会我们一声,别让我们担心。"

"放心啦,妈妈,我知道的,我真的没有谈恋爱。"喻笙合上相册,想了想还是坦言,"不过确实有个正在了解的人,我还挺喜欢他的。"

荣心月问:"是上次那个送你回来的年轻人?"

喻笙点点头。

荣心月在女儿头顶轻拍了下,说:"你不想多说,妈就不问了,相处着合适那就谈吧。"

喻笙听得感动,忍住鼻酸,抱紧妈妈的腰,肉麻地撒娇:"我一定是上辈子多烧了很多香,老天爷才会让我投胎到你这里!"

荣心月无奈:"行了行了,多大了还当自己是小孩子呢。"

喻笙本以为第二天就能回春江,但外婆说她还有些事没做完,得花些功夫。

既然都来了,喻笙便被荣心月带着去给从未见过的外公扫墓烧纸。外公去世那年,喻笙还没出生,故而对他没什么记忆和感情。

她烧完纸后,百无聊赖地等在一旁,望着荣心月面对墓碑的背影。大约等了十多分钟,荣心月终于转头说回家。

喻笙目光掠过妈妈微红的眼角,默默抓紧了她的手。

随后,荣心月和喻青南要去高中母校看看。喻笙不想当他们二人世界里的电灯泡,正好章念念得知她去了青城,让她帮忙捎一份特产酱辣鸭,喻笙便提出单独出行。

照着章念念发来的地址找过去,是一家队伍排得老长的网红店,喻笙等了半小时才排到。店员问买几只,她脱口道一只,但迟疑了下,又改口:"两只、不,三只。"

店员:"请问到底几只?"

喻笙歉然道:"三只真空包装的,麻烦分开打包。"

三份特产加上包装近十斤,提着不方便,喻笙果断改计划打车回去。

司机是位健谈的大叔,看喻笙拎着三大盒特产上车,便猜她是外地来玩的游客,十分热情地要给她介绍青城的旅游景点。

喻笙不好打断,只能微笑应对,不时附和两句。

结果司机越发起劲,介绍完景点介绍美食,说青城最好吃的地方都在街巷的苍蝇馆子里,那些动辄要排一两个小时的网红店只是虚有名头,味道差得简直是在砸本地美食的招牌。说到激动处,他还狠狠叹气,脚不小心踩住急刹,喻笙的身体惯性往前,脑袋险些磕上前面的椅背——好在上车时她扣紧了后座安全带。

只是司机的运气就没那么好了,后车来不及减速撞了上来,跟他的车发生了追尾。

两个车主协商赔偿不知道要多久,喻笙付了车费,带着大包小包坐在路边,刚打开打车软件,忽地听到熟悉的声音自头顶响起。

"笙笙?"

喻笙循声抬眸,发现本应在春江过年的任时川此刻竟站在离她两米开外的地方,他手里提了一袋东西,像是刚从身后的便利店出来。

喻笙不确定地眨了眨眼:"任时川?"

"是我。"任时川穿了件墨绿色的加绒夹克,翻领设计衬得他轮廓也多了几分冷硬。但在他看向喻笙时,周身气息敛得只剩柔和,"你怎么在青城?"

他上前两步,同喻笙拉近了距离。喻笙嫌仰着脖子看他累,忍不住道:"你好高。"

任时川领会了她的暗示:"抱歉。"他笑了笑,蹲下身同她平视,"这样会不会好些?"

冬风萧瑟,喻笙望进他的黑眸,心底暖意渐生。

几分钟后,任时川从喻笙口中得知她是陪爸妈来接外婆回春江,而他也主动告诉她,自己原本在春江跟朋友聚会,是朋友临时被公司通知回青城加班,他开车送对方过来。

朋友的公司就在附近,任时川下楼买东西,这才遇到了喻笙。

袋子里装着咖啡和烟,他让喻笙稍等一会儿,上楼将东西放下。

喻笙应下,便见他抬步进了隔壁的大楼。她无聊地低头刷了会儿手机,看到小红书上推送了青城的新年活动。

任时川走进冯松的办公室,见他还在对着电脑前一堆图纸发愁,将袋子搁在桌上。

"等会儿累了用这个提神。"

冯松的眼镜映出屏幕的冷光,他按揉着眉心叹气:"这么多工作等着我干,今晚都不一定能弄完,确实需要点提神的东西。"

任时川敲敲桌面:"那再借我三十秒,推荐下青城好玩的地方?"

冯松摆手,说:"青城最近是有春节活动,不过我得忙工作没法陪你逛,等下次吧。"

任时川走到窗边往下看,喻笙还坐在远处,似乎是觉得冷,她把脸往围巾里埋了埋。

"没说跟你逛,我约了别人。"

冯松被工作折磨得形同枯槁,听到这句微微诧异:"你在青城就认识我一个,你跟谁约?"

"这你别管。"任时川唇线微抿,撂下一句"算了"就步履匆匆地离去。

冯松看着他如风消失的背影,只觉稀奇,转头便在好友群问:有谁这两天来了青城吗?

另一朋友回复:除了你还有谁?

是啊,除了他还有谁?

任时川问过喻笙外婆家的地址,输进导航里,便帮她把那几盒酱辣鸭放进后备厢。

"买这么多,是要带回春江吗?"

"嗯,念念想吃,要给她带一盒。"车里暖气开得足,喻笙解下围巾抱在怀里,盯着车载屏幕里放的歌,周传雄的《冬天的秘密》。旋律听起来有些古早,但很耐听。

"其他两盒,一盒给家里人尝尝,另一盒是给你带的。"语气虽然坦荡,她的心却"咚咚"撞着胸腔。说这话时,她微微偏头瞥向任时川。

他在留意车窗外的路况,闻言一笑:"你出门一趟还能记得给我带特产,我要怎么感谢才好?"

喻笙想说不用谢,他之前已经足够关照她了,但还不待开口,半垂的眼帘映进一只骨节分明的手。任时川递来的手里躺着一张音乐节门票。

"下个月春江有个春日音乐节,我是特邀主持,请笙笙务必拨冗来听。"

在这之前,喻笙从未去过音乐节。她听歌风格比较杂,没有特别喜欢的歌手,所以也没有非去音乐节的理由。但如果任时川在的话,另当别论。

喻笙收下门票,车正在往外婆家的方向开,她盯着窗外急速驶过的风景,没注意任时川的目光也朝她看来。

车里静了一会儿,两道声音同时默契开口。

"那个——"

"等下——"

喻笙坐直了身子,回头望向任时川:"你想说什么?"

"我听说这里有些地方会办春节活动,还挺热闹的,笙笙如果不着急回去的话,要不要和我去看看?"说完,他顿了一下,漆黑的眸看向她,"你呢?刚刚想说什么?"

怎么这么巧,她也是这个想法来着。

"清渡河那边有集福活动,晚上还有无人机表演可以看。"喻笙对上他的目光,"我倒是不着急,不过你今天是不是还要回春江?来得及吗?"

任时川摇摇头:"没那么赶,我明天一早回也是一样的。"

于是,车刚开下高架便换了个方向。

所谓的集福活动,是在清渡河某个大型商场的店铺里进行消费,结账时店员会给一张福卡,只要集齐五张福卡便可以在服务中心兑换礼物。

喻笙看中了兑换橱窗里的拍立得,整个商场逛一圈下来,吃了饭,去了奶茶店和书店,又买了两样小物件,才总算集齐了福卡。只是在兑换时才被告知,礼物橱窗的东西是有价格要求的,要兑换拍立得至少需要一千块的消费。而他们的小票总计才三百多块,只能兑换一支面霜。

算了,喻笙安慰自己,面霜至少比拍立得实用。

她刚要跟工作人员确认兑换,任时川忽然叫住她:"笙笙,先陪我去挑个礼物吧。"

喻笙反应了两秒:"礼物?"

"对,送人的,我眼光一般,怕送得不好,想让你替我把握一下。"

喻笙没有错过任时川脸上一闪而逝的笑意,她有些恍惚地想,任时川之所以提出买礼物,不会是为了帮她凑足这一千块的消费吧?

可是他要给谁买礼物呢?竟这样小心翼翼,还怕送得不好。

她心里掠过一个念头,想他是不是要送给她,但又不敢抱以希望——不抱希望才不会失望。

等回过神,任时川走进了商场里的一家手表店。

喻笙跟在他身后,看了眼店名:LOBENNE。

是没听过的牌子,店里柜台陈列着不同款式的腕表。任时川的目光停在其中一块蓝白色的女款机械表上。

"你觉得这个怎么样？"他问喻笙。

喻笙对手表没什么研究，只能看出设计繁复，配色好看，表镜似乎用了特殊材质，灯光照下来有种细闪的光感。

"你是送给女生吗？"

"对，你觉得好看吗？"任时川询问着她的意见。

"好看，不过这个颜色有些中性。"

"那你喜欢什么颜色？"任时川又问道。

"绿色。"

任时川挪开视线，让柜员把玻璃柜下另一个同款的绿色腕表取出。

"这个呢？戴上试试？"

喻笙的手细白，腕骨能瞥见里面淡淡的青色血管，那一截绿色表带戴在手上格外衬她。

是好看的，喻笙也喜欢。她心里隐隐有了个猜测，但不是十足肯定。

"其实不用在意我的看法，如果是你送的礼物，我想无论是什么，对方收到都会喜欢的。"

她话音落下，任时川黑眸看了过来，那双眼蕴着浅浅的暖意，声音也是温柔的："嗯，我看到她刚才笑了，所以她应该是喜欢的。"

喻笙的心重重跳了两下，原来真的是给她买的。

可是——

"这太贵重了。"

她刚才在网上搜了一下，LOBENNE是国外的奢侈品牌，随便一块表都是她在学校三个月的生活费。

"上次挑的那双手套是我第一次送女孩礼物，没有经验。我想，宽宏大量的笙笙，应该会给我一个弥补的机会，对不对？"

喻笙对上他的双眼，密匝的长睫下，漆黑的眸子里装着她为难的神情。他的语气简直能拧出水来，让她的心也跟着湿湿的，说不出拒绝的话。

任时川结过账，拿着大额小票和福卡塞进喻笙手里，轻轻揉了下她的头发:"走吧,笙笙,去兑换完礼物,无人机表演也要开始了。"

喻笙如愿兑换到了拍立得,工作人员还赠送了五张相纸。她用来拍了空中变幻成星河的无人机、河岸边拥挤的人潮,趁任时川不备偷拍下的侧脸,以及路灯下地面两道交叠的影子。

最后一张,她站在灯火明亮处,身后任时川恰巧回头朝她看来,镜头按下,留存住这个瞬间。

她将那张影子照片发到朋友圈,文案有些俏皮。

不知冬:路灯下有两个影子,一个是我。

回去时已近九点,荣心月不放心地打电话来催,问喻笙是不是没带钱被酱辣鸭老板扣在店里了。喻笙偷瞟了一眼任时川,将电话音量调低,回复着:"我马上就回去了。"

挂了电话,喻笙把拍立得挂在脖子上,翻来覆去地看那五张照片。但看着看着,视线又沿着手腕落到那块表上。

她今天收到了两份礼物,手表是任时川送的,拍立得也是任时川——嗯,他间接送的。

倏忽间,脖子变得沉甸甸,手也沉甸甸的。心头那阵悸动又有翻涌的阵势。

喻笙恍惚地眨了下眼,兴许是浓稠的夜色给了她勇气,让她问出那句:"为什么呢?"

任时川抬眸看向她:"什么?"

有些感觉在未戳破时的确美好,但喻笙突然想要一个确切的答案。

为什么对她好?

为什么这么照顾她?

为什么让她觉得,她在他心里是特别的?

难道仅仅是源自那个人留下的预言,他们未来会在一起?

章念念说任时川不是会被他人影响的性格,那么,他是真的喜欢她的,对吧?

喻笙是这样想的，也这样问了出来。

旋即，她看到任时川怔了怔，那双黑眸变得深邃。

冬夜漫长，他们在这夜里剖开心迹。

"笙笙，起初我的确是抱着好奇心认识你的，她说你会成为我未来的女朋友，于是我很想知道，我们为何会喜欢上彼此。"

任时川跟那个热线电话聊得并不多，每次接通热线后，对方都是第一时间关心他的身体和病症，随后在他的询问下才会透露一点她的事。

——"我只想借这个机会希望你健康平安，至于我们的过去，我不想干涉太多，不如顺其自然。"

这是她的原话。所以任时川也无从得知他们的感情发展。

他和喻笙的故事，就像一道数学题，尽管知道答案，仍然需要亲自验证解析步骤。

在他从地铁口初遇她的那天，这道题写下了"解"。之后的所有相处和接触，是顺其自然的解题过程，他没有刻意引导制造羁绊。也许缘分就是如此，他是他们故事里手握答案的那个人，却还是不可避免地陷了进去。

"我的生活太过平淡无趣，每天公司和家两点一线，但是跟你同住相处的那段日子，好像格外明朗一些。笙笙，我不知道这算不算喜欢，但我很喜欢有你在的时候。"

车开到喻笙外婆家的巷子口，但车上两人都没有动静。车厢里光线昏暗，喻笙抬起眼，瞥见任时川清瘦的下颌线。他说话时喉结微微滚动，嘴唇也跟着翕动。

"她说我们未来会在一起，但对我来说未来终究渺茫，我想抓住的是现在。因为此刻的你，是我无比确信的真实。"

说到这里，任时川微微偏过头，正要看向喻笙，忽然间，迎面拂来淡淡的风，他还未看清，只觉嘴唇贴上一抹温热的柔软，鼻息间染上熟悉的馨香。

时间仿佛在这一瞬间静止,喻笙太紧张了,虽然强硬地吻上了任时川,也只是任由唇瓣在他唇上毫无章法地乱碾。

几秒后,她从他身上抽离。两人咫尺对视,不知是谁的心跳如擂鼓般,震动着彼此的耳膜。

车厢里温度陡然升高,喻笙受不住任时川投来的炽热目光,磕磕绊绊地撂下一句"这就是我的答案",便要下车逃离。

但她刚起身,就被任时川按住手腕拽了回去。她在失衡中找寻支点,双手不注意撑在了任时川的腿上。随后,主动权由任时川掌管,他用手托住她的后脑,俯身吻了过来。

那个吻漫长而甜蜜,直到穿过巷子回到家,喻笙觉得脚下轻飘飘的。

荣心月跟外婆在堂屋里早已等候多时。见到喻笙回来,荣心月眉头快拧成一团,直直数落了她半小时。

喻笙知道自己有错,也不反驳,等妈妈说得差不多之后,给她倒了一杯热水,乖乖道歉,又将白天买的那盒酱辣鸭呈上。

鉴于她认错态度良好,荣心月也不好继续生气,只是在话末又提醒一句:"不许再有下次了。"

"不会再有了。"喻笙点头如小鸡啄米。

等荣心月回了房间,外婆才开口问孙女:"笙笙,你晚上去哪里玩了?"

喻笙坐在外婆旁边,笑着接话:"刚好朋友在青城,我们去清渡河逛了逛。"

"清渡河啊,说起来那里最近在办春节活动,你们年轻人确实会喜欢。"外婆摇头叹道,"青城在这段日子最是热闹好玩,可惜你妈明天就要走,要是多待几天,外婆还能带你去走走别的地方。"

外婆语气里有对青城的不舍,喻笙听出来了,但不只是荣心月,她也希望外婆能回春江跟他们一起生活。

一个人守着这座老院子,太寂寞了。

04

喻笙这晚有些失眠,在床上辗转反侧,扰得身旁的荣心月警告:"再动来动去,不如去沙发上睡,让你爸进来。"

荣心月有严重的起床气,喻笙早就领教过几回,于是立时噤声。手机恰好振动起来,她赶紧设成静音,瞟了一眼是高中班级群消息,班长在里面询问大家参加同学聚会的意愿。而任时川,他的消息还停留在一小时前。

镜里川:今晚要开车送朋友回春江,我们春江见。

喻笙回复的是:路上注意安全。

想必他现在已经在高速上了。

喻笙用被子掩住脸颊,盯着屏幕的眼睛弯成浅浅的月牙。她点开任时川的资料,想看看他最近的动态,目光却被他的个签吸引。

是两片雪花的emoji图案,并不特别,但让喻笙想到了自己的签名。

虽然从小在春江长大,喻笙看到雪的次数却屈指可数,如同大多数南方人一样,她对雪有种特别的执念。所以签名一直都挂的那句"等一场雪"。

直到前不久春江下雪,她才心满意足地换成"等到雪了"。

而任时川这两朵雪花仿佛是在与她的签名呼应一般,喻笙心头微动,不知道他是什么时候改的。

第二天喻笙早早醒了,洗漱时听到喻青南在和邻居说话,起先只是随意闲谈两句,过了会儿邻居忽然提起昨晚经过巷口,看到喻笙从一个男人的车上下来,笑吟吟地问老喻小姑娘是不是处了男朋友。

那一瞬间,喻笙瞥到自家爸爸脸上僵硬的表情。她连嘴上的牙膏沫都没来得及擦,迅速拧干洗脸巾回了房间。

但该来的躲不掉,一家人围桌吃早饭时,喻青南还是说起了这件事。

在爸妈和外婆或审视或疑惑的目光中，喻笙硬着头皮解释那是叫的网约车司机，本来大家都要信了，好巧不巧此刻院门外响起敲门声，连同她的电话也响了起来。

电话那头是外卖小哥，说自己就在门外，有束花让她签收一下。

喻笙立即拦住喻青南起身的动作，主动请缨："我去开门！"

她收到一束卡布奇诺玫瑰，复古的裸粉色赏心悦目，花下夹着一张卡片。

> 卡布奇诺的花语是不期而遇，也是命中注定。
> 我想，这束花用来庆祝我们的开始再好不过。
> 希望你喜欢，笙笙。
>
> ——任时川

不等喻笙仔细回味卡片上的留言，堂屋里荣心月投来一瞥，开口问："谁送的花啊？"

喻笙默默把卡片塞进上衣口袋，佯装不经意地答："念念送的，说是给我的新年礼物。"

虽然荣心月说过对她谈恋爱不会多问，但毕竟她这才刚开始，还有诸多不稳定因素，她不想坦白得太早。借着回房间收拾东西的由头，喻笙避开长辈给任时川发去消息。

不知冬：[照片]

不知冬：我收到花了，喜欢！

任时川没有回复，现在是早上九点多，他连夜开车回春江，大约还在补觉。

凌晨四点时，他评论了她那条朋友圈。

不知冬：路灯下有两个影子，一个是我。

镜里川：另一个是我。

喻笙觉得整片胸腔都是烫的。

十点半,喻青南带着岳母和妻女开上回程的车,喻笙途中听着歌犯起困,打了几个盹的工夫,车已经到了春江的家。

她先把那束卡布奇诺玫瑰简单修剪,装进卧室盛过水的花瓶,又叫了同城闪送将买给章念念的酱辣鸭送过去。

章念念问价格,准备给她转红包过来,被喻笙拒绝了。在她看来,要不是章念念临时起意让她帮忙买特产,她昨天也不一定能遇到任时川,更别提后面的事了。这大概就是无心插柳吧,合计下来,她还得感谢章念念。

不知冬:[发出红包]

念念不忘:不是,你怎么还倒给我转?

不知冬:一点心意,感谢红娘。

念念不忘:感谢?红娘?红娘是我?

念念不忘:等会儿,我想想,我也没给谁牵过线啊。

念念不忘:不会是你吧?你谈恋爱了?跟任时川对不对?

念念不忘:我就知道你们迟早要在一起的!

收到了章念念的一顿消息狂轰后,喻笙又接到她的电话约晚上吃饭,那语气尽是期待和八卦的意味,让喻笙不免有些懊恼。

——不该告诉她的,至少不该告诉这么早。

章念念把吃饭的地方定在一家私房菜馆,内里装修得极有格调,菜肴也鲜美可口。

喻笙刚填饱肚子,章念念就忙不迭地打听起她和任时川的事。

省去那些相遇相识相知的前情,毕竟章念念也算他们缘分的见证人。喻笙娓娓说着他们在青城的巧遇,以及之后去清渡河参加新春活动的事。

章念念啧声感叹:"这么说来,要不是我让你帮忙买东西,你们还真不一定能遇上。"

喻笙连道是，又给她夹了两块牛肉。

提到任时川买了一块表时，章念念好奇长什么样，喻笙便撩起袖管给她看了一眼。

章念念不吝夸赞："你戴着好看，衬得手腕细。"

章念念问她知不知道送表的寓意。对上好友揶揄的目光，喻笙略不自然地点头。无须她特意去了解，LOBENNE 的礼品包装盒背面就印着他们的宣传语——"我对你的心意和时间同在。"

长久与永恒，大概就是这块表的含义。

中途喻笙去了趟洗手间，出来时接到任时川的电话，问她晚饭吃得如何。

他们中午才打过视频，任时川解释昨晚的表白太仓促，卡布奇诺玫瑰是弥补的仪式感。又问喻笙什么时候回春江，他很想见她一面。

喻笙给他看了眼身后的卧室，说自己已经回了春江，不过晚上要跟章念念去吃饭。

那时任时川在刮胡子，听到这句话时他微顿，表情是不掩饰的惋惜。随后他将脸上的胡茬都剃干净，又抹了一层须后水。

喻笙注视着他的动作，暗叹认真的男人别具魅力。

感觉到视频那边没了声响，任时川垂眸看过来："怎么不说话？"

喻笙摇了摇头："我只是突然发现……"

"发现什么？"

她撑着下巴，笑吟吟地将上一句话补充完整："原来帅哥做什么都赏心悦目。"

她诚恳的神情让任时川失笑，他轻咳两声，把镜头换成后置对准二狗，但二狗并不配合，叼着块胡萝卜飞去了笼顶。

喻笙郁闷："这才多久不见，二狗已经不认识我了。"

"鹦鹉记性很差，只记得住每天都见面的人。"任时川换下睡衣，重新出现在镜头里，笑着提议，"不如我带上它，晚上去见见你？"

任时川说他晚上正好要出门一趟,届时可以去接她回家。喻笙自然是乐得答应。

现在听到电话那边隐约的车流声,她问:"出门了吗?"

任时川答:"嗯,刚把我妈送到小舅家,到你那边大概需要半个小时。"

喻笙忍不住抬了抬嘴角,想叮嘱他路上注意安全,目光一瞥,正扫到一行人被服务员引到二楼。走在前面的是一对中年夫妻,女人妆容精致,挽着身边男人的胳膊。跟在他们身后的是蒋婉和褚行舟,两人神情冷淡,彼此保持着距离。蒋婉忽然险些踩空楼梯,褚行舟伸手去扶,被她避开了。

两人微妙的气氛让喻笙看怔,等他们消失在走廊转角,她才收回神。电话里,任时川问她怎么了,被她几句话搪塞过去。

饭后章念念有事先走,任时川过来的路上有些堵车,喻笙多等一会儿没什么,但他过意不去,牵住她冰冷的手,将车里的暖气调高。

"怎么不在饭店里等,外面多冷。"

这是他们确认关系后第一次见面,喻笙感受着两人手指贴近的温度,被冬夜沾染的那点凉意已经驱散。

"因为我也想见你。"她眸若繁星,坦然回应。

任时川不由得露出笑意,俯身在她唇边吻了吻。品尝到一点甜味,他问她是不是晚上喝了果汁。

"是唇膏的味道。"喻笙赧然地解释。

任时川望着她垂落的睫毛,想起有一回她要给他拍照,帮他涂了唇膏。而那时他望着她,也想尝尝她的唇膏是什么味道。

原来是清甜的苹果香。

任时川没带二狗一块儿出门,理由是天冷。喻笙虽能理解,难免还是失落。恐怕下回再见,二狗真的要不认识她了。

任时川说:"不会。你手上放点吃的,它看到保准会扑上来。"

"真的?"喻笙半信半疑。

两人回去经过夜市摊，下车转了转。任时川买了一袋炒板栗，一粒一粒剥壳放到她掌心里，又道："再不济，我在它耳边多提提你，它听得多了，兴许就不会忘了。"

喻笙捻了一粒板栗放进嘴里，抬眼望着他挂着笑的神情，一时分不清他是真的在提建议还是逗她。唇齿间尽是板栗的甜糯香，她又挑出一粒形状饱满的递到任时川嘴边，顺口接过话茬："不如我们每天都通个电话，它还能熟悉我的声音。"

任时川低眸看她，张嘴咬下板栗的同时，薄唇轻轻擦过她的指尖。

喻笙心头悸动，听到他说："那就说定了，笙笙。"

指尖染上任时川的吐息，喻笙蜷了蜷，忽然又被他伸手牵住。身体里的多巴胺分泌超标，她有种眩晕的幸福感。

美好，却又不真切。

回程的路上，车里放起绿镜的歌，喻笙曾在任时川的歌单里听过，依旧是诡谲迷醉的风格。

她在网上搜过这个歌手，粉丝形容他是疯而不癫的创作鬼才，灵感枯竭时会做些令常人咂舌的举动。譬如去街上当行为艺术家，让人随意用画笔在他身上涂鸦；或是坐绿皮火车到最北边去采风；抑或是冬天在冰冻的湖面上躺一上午……

喻笙见过他的照片，是个戴眼镜的斯文青年，看起来内敛安静，跟他的音乐风格大相迥异。

她故作无意地提起绿镜，说他的名字跟歌一样特别。任时川闻言一笑，问她觉得绿镜的歌怎么样。

分明是随口一问，但他的眸光落在她脸上，里面却蕴了几分认真。他是真的想知道她的看法。

喻笙思考片刻，给出回答："有些小众，但风格独特性很强，喜欢的人会很喜欢。"

任时川笑了，温热的手指在她眉梢拂过，说："笙笙，你这话好像意有所指。"

喻笙坦白了她曾点进过他音乐软件的账号,看到收听排行里绿镜的作品居高不下,也知道他唯一收藏的歌单是绿镜的歌曲合集。

"他的歌我听了一些,《沉溺》和《野山》的歌词写得很美。《冰川》的旋律有点阴郁,听说他写这首歌的灵感是躺在冰面上产生的,是真的吗?"

喻笙把有印象的几首歌都提了个遍,抬眼间与任时川视线交汇,见他神情微怔,盯着她的目光温柔而炽烈。

"看我做什么?"

任时川笑了笑摇头,回答她上一个问题:"《冰川》是他夏天在一次给冰箱除霜之后写的。你说的那首应该是《眠冬》。"

喻笙抹了下鼻尖,无辜地道:"是吗?他的歌名都是两个字,太容易混淆了。"

任时川弯起嘴角,缓解尴尬:"偶尔我也会分不清。"

此后他的心情一直很好,黑眸里涟漪漾开,像沉寂的潭水里被注入一尾生机盎然的小鱼。

喻笙不知道他为何高兴。车子开到她家小区楼下,两人分别时,任时川环在她腰间的手臂收紧,轻柔的吻落在她眉心。

路灯昏黄,给夜晚镀上一层朦胧的光晕,他深邃的眼眸只映照她的身影。而她听见他的低语——"谢谢你愿意了解我的世界,笙笙。"

世上应该没有哪对情侣比他们更客气了吧,但喻笙心里却像灌进了蜜糖。

开学前两天,江序回到春江,跟喻笙和章念念约了顿火锅。

还没等她俩先问点什么,江序一语惊人,宣布自己准备考研。

一向以"摆烂"为人生准则的人突然努力,其中必定有反常,但江序口风严得很,一句话都没透露。

章念念在桌底下给喻笙发消息。

念念不忘：这小子不会是喜欢上哪位考研的学姐了吧？

不知冬：说不准。

念念不忘：要真是这样也不错，能带动他学习的积极性。

不知冬：但愿他不是三分钟热度。

喻笙并非是唱衰，只是江序有过两回前科，都是他放了狠话，没几天就打回原形，实在让人难以信服。不过这次他似乎是动了真格，开学后成天不见人影，问过才知道是忙着选专业和院校，又找考研上岸的学长学姐买了资料，没课时就在自习室里啃读。

"看来太阳真的要从西边升起了。"章念念挑眉感叹，仔细地将嘴上的唇釉抹匀，换了身衣服准备出门，"我等下要去趟公司，就不跟你一起吃晚饭了，笙笙。"

章念念的账号签了MCN机构，这学期开始学校、公司两边跑，别提有多忙。

喻笙把注意力从电脑文档里抽出，冲她挥挥手："知道啦，去吧。"

下午有节专业课在西园，途经一片樱花树已经抽芽，再过不久就会开花。喻笙拍了一张照片发给任时川，没多久便接到他的电话，问她是不是在邀请他来春大看花。

"那你接受邀请吗？"她不答反问。

任时川笑回："当然是乐意之至。"

电话那边背景音嘈杂，听上去不像是在家，也不在电台。喻笙扶稳耳机，静静地听了两秒，忽问："你在医院吗？"

任时川没瞒她："嗯，去做了下检查。"

"怎么样？"喻笙心提起来。

"别担心，医生说没事。"任时川语气轻松。

喻笙舒了口气，正想说"没事就好"，身边忽然靠近一个身影，侧头一看，是陈钦。

"好久不见，喻笙。"他打着招呼。

喻笙扯扯嘴角点头算是回应。

按理说他们俩的交集并不多,除了第一次联谊吃饭、合作拍过视频作业,便只有寒假里那句新年祝福。连朋友都算不上的关系,应该也没熟到路上偶遇会特意过来搭话。但陈钦不仅这样做了,还主动延伸话题:"你是去博文楼上课吧?好巧,我也是。"

见他没有离开的意思,喻笙只好坦明:"是很巧,不过我现在在接电话,可能不方便聊天。"她指了指自己的耳机。

陈钦立即歉意地笑了笑,在嘴上做了个拉链的动作,看上去幽默而滑稽。

待他离开,电话里安静许久的任时川才重新开口,问是谁。

"一个同学。"喻笙忽然想起他们也打过照面,"有次我们在火锅店遇到,我找你帮忙解围的那个。"

任时川有了印象,莞尔道:"笙笙这么优秀,看来我要有点危机意识了。"

喻笙被他逗笑:"说什么呢,他又不喜欢我。"

任时川也笑,转移了话题,说过两天来接她吃饭,顺便见见他的朋友。

喻笙回"好"。

大三下学期的专业课都集中在每周前三天,其他时间喻笙没再继续兼职,而是将精力放在课业上,有时去听教授讲座,或是报名学院里的实践周。她想最后感受一下大学生活,等大四开始实习后,这样的时光就会成为奢侈。但偶尔她还是会因为熬夜,在第二天的早课上迟到,趁着老师低头看电脑,喻笙抱着包从后门偷溜进去,找了个没人的座位。正庆幸没被发现时,旁边同学淡声提醒她老师刚点完名。

喻笙刚雀跃的心沉了下去,不过更令她意外的是,提醒她的同学竟是蒋婉。学校里关于蒋婉和褚行舟的传闻已经淡去,但喻笙看到她,还是会想起那天在饭馆里见到的情形。

"看我做什么?"许是喻笙的目光太直白,蒋婉视线扫过来。

女生的皮肤细腻如牛奶，那双眼尤其漂亮，如同两颗清透的黑曜石。只是眼下一片薄薄的青黑，有些憔悴。

喻笙抿抿唇，摇头答没事。

下课后，老师布置这周的课堂小组作业。喻笙被同学邀请进组，回头看到蒋婉始终独自坐在座位上，仿佛跟周围的环境格格不入。

她犹豫了下，跟同学打过招呼，走到蒋婉面前："我们组还差个人，你愿意加入吗？"

蒋婉掀眸看了她一眼，表情错愕，但很快回答："谢谢，不了。"

意料之中的拒绝，喻笙没再说什么。倒是同学安慰她习惯就好，大小姐情路不顺，估计也懒得花心思在作业上。

这学期蒋婉没再轰轰烈烈地追求褚行舟，有人猜测她是被拒绝太多次而死心。

喻笙余光目送她离开教室，若有所思地垂眼。

第九章 唯一眷恋是你的眼神

我不渴望活到一百岁。
我只希望，每一岁都有你。

等时间回温

01

入春后的天气扑朔迷离,晴一阵雨一阵。

到了跟任时川约好吃饭的这天,喻笙上午刚吹完头发,取完快递回来的室友兴冲冲进门,招呼她去窗户边看帅哥。喻笙抓着头发往外看,觑见宿舍楼下的凉亭里站了一个熟悉的人影。隔着蒙蒙微雨,看不分明他的面目,但喻笙知道那是任时川。

周边偶尔有三两成群的学生路过,好奇地多看他两眼,有胆大的女生上前搭话,他只是淡淡摇头。

室友感叹果然帅哥都是名草有主,不知道哪个女生这么好福气。

她说这话时,任时川恰好抬眼朝宿舍楼上看来。他不知道喻笙的宿舍号,目光浅浅掠过几扇敞开的窗户,顿了顿,便又敛下眸子。

潮湿的天气莫名给他周身增添了几分寂寥,喻笙忽然想起前不久看的那部电影《龙猫》。里面有句台词说:如果你在下雨天的车站,遇到被淋湿的妖怪,请把雨伞借给他。

他就好像那只妖怪,虽然没有臃肿的身体,却拥有独特的内心。

喻笙撑伞下楼,缓步走到凉亭里他的身后,故作陌生地问:"这位帅哥是在等人吗?"

任时川闻声回头,不清楚她葫芦里卖的什么药:"笙笙?"

"你等的人叫笙笙?好巧,跟我同名。"喻笙背着手走近,皱眉道,"不过她真是过分,让你冒雨等这么久,实在不应该。"

任时川怔了怔,旋即黑眸里漾起笑意,弯了弯唇:"别这么说,女孩子出门需要准备,况且她是我女朋友,必要的等待是应该的。"

他竟然愿意配合她演戏,喻笙有些诧异,又觉得抱歉起来。

"是不是等了很久?"她问。

"第一次来你宿舍楼下，"任时川捏了捏她的脸，温声回答，"正好花点时间熟悉下环境。"

任时川的车停在学校东门，他进来时并未下雨，所以也没带伞。好在没过多久，天边阴云散尽，雨势渐收，喻笙那把伞遮他们两人足够。

吃饭的地方是一家坐落于半山腰的小院餐厅，那儿的老板丛阅是任时川的朋友之一。

任时川带喻笙过去时，一桌美食已经备好，赴约的其他两位也姗姗来迟。

在交谈中，喻笙得知丛阅和席上的朝旭也是春大毕业的学长，两人是校园情侣，毕业后没几年便结了婚，丛阅开了餐厅，朝旭是律师。剩下一位冯松则是任时川的高中好友，在青城工作。

大概是难得见好友开情窍，冯松的话格外多，絮叨着跟喻笙分享任时川的过去，说他那时成绩如何好，算是学校里的天之骄子，可惜一心向学，课桌里那些女同学送来的礼物都原封不动退了回去。高三时有女生向他传达好感，他怕耽误人家学习，就说等高考结束给对方回复。

"然后人家女生满心期待，等到毕业来找他要答案，他啊，毫不留情就给拒绝了。"

喻笙抿了一口茶水，望向任时川，试图想象少年时的他板着脸不留情面拒绝人的模样。

被施以目光的男人无奈地解释："别听他添油加醋的描述，只是毕业聚会上那个女生来问我的答复，我说了以学习为重而已。"

"可不是嘛，你个榆木脑袋，那女生可是我们班的班花，当时被你拒绝之后，她哭得我的心都碎了。"冯松说着做西子捧心状。

见喻笙露出微讶神情，任时川低声解释："他那时候喜欢她。"

三言两语之间，喻笙仿佛窥见一段酸涩的青春。

"时川说你在春大念新闻系，我在网上刷到过那段你采访他的视频，听说那是你们俩第一次见面？"

丛阅招呼店员加茶水，给喻笙喝至半空的杯子又添满。馥郁茶香扑鼻，茶水入口微苦，咽下后，唇舌间很快漫上回甘。

喻笙笑了笑点头，说那天恰好是在给朋友帮忙，采访到任时川也是意外。

冯松接话说任时川平时都是开车出行，刚好那天车坏了，难得坐回地铁就遇见了她，这不就是老天爷特地做媒嘛。

喻笙与任时川心照不宣地交换着目光，只有他们知道彼此的初遇并不全是巧合。

阴雨天食客不多，饭后几人在院里煮茶闲聊，丛阅拿投影仪放了一部文艺片作背景音。

喻笙靠在任时川肩上，听他们聊生活和工作。某种静谧的温暖流淌至四肢百骸，令她觉得幸福。

将喻笙送回学校，任时川回电台准备晚上的工作。

今晚有歌手来做嘉宾，编导提前给了台本。因为要宣传新歌，电台流程和提问都是围绕新歌来进行，少不了几分刻意。

任时川提议可以设个环节集中讨论新歌，至于其他环节可以宽泛自由一些。但编导拒绝了，提醒他这次邀请的歌手跟副台长关系匪浅，如果提纲没什么大问题，最好还是按上面的流程进行。

这是工作，任时川无从拒绝，只能说："明白了。"

歌手是个二十出头的年轻人，跟副台长一样姓徐。他的歌多是蓝调情歌，旋律都雷同，但意外的是捧场的歌迷很多。频道里刷屏不断，歌迷们亲切地喊他"崽崽"，夸他新歌好听。

听众来电环节，任时川刚让助理打开通道，便接进了好几个想和歌手说话的歌迷。

起初还是正常的话题问答，后面不知谁起的头，画风渐渐跑偏，开始扯到歌手的感情生活。

见歌手面露难色，任时川及时拉回正题："听众环节还有十分钟，剩余的时间请来电的听众尽量回答跟本期话题相关的内容。"

他让助理重新接线,几秒钟等待后,响起的是个久违的声音。

"时川,听得到吗?"

任时川认得这个声音,跟他喜欢的人相似,却又有细微不同。这道声音伴随着微弱的电流,是消失了五个月之久的、未来的喻笙。

未等任时川有所反应,电台公屏上潜水的听众已经炸了出来,刷屏速度比之前的歌迷更甚。

这下轮到歌手不明所以地看向任时川。今晚是他的新歌主场,按理来说不该有意外。但这个喻笙不一样,时隔数月终于再次出现,她的出现比一首歌重要得多。

任时川对他露出歉意表情,"嗯"了一声,感慨着:"好久不见。"
对面说:"两周了,是很久不见。"

任时川掩下眸中的震惊,有瞬息犹豫,还是选择了坦诚:"不,距离上次我们交流,已经过去五个月了。"

这晚喻笙睡得很早,梦里她回到了跟任时川合租的那段日子。

她在沙发上逗着二狗,任时川下班回家,说给她带了很好吃的夜宵。他们在茶几上互相分食,喻笙刚吃了一片土豆,却见视线里任时川的脸好像在慢慢放大,凑近了她。他的笑靥温柔,轻轻在她脸颊印了一个吻。

喻笙来不及甜蜜,看着他坐回去,身上穿的竟是一件病号服。他看起来好憔悴,面目无神,浑身的生气都被抽离了一般。

眼前场景也从客厅变成了医院的病床。任时川靠在床头,他的手指无比眷恋地抚过她的眉骨、鼻梁、嘴唇,那只手背上被吊针刺得淤青肿胀,看得她心狠狠揪起,无法呼吸。

他嘴唇翕动,她听不到声音,却看懂了口型。他说:"我们笙笙要好好活着,活成长寿的老太太。"

那你呢?她想问,喉间像被堵着铅块,无法出声。

她伸手去握任时川的手,却抓了个空。

眼前骤然出现一道刺目的眩光,将她拉进暗无天日的深渊。

坠落,不断坠落,时间仿佛静止了一般,感受不到风的流动。

喻笙是被章念念拍醒的。章念念晚上起夜,回来时看到她神情痛苦,怎么叫都不醒,问她是不是做噩梦了。

喻笙惊魂未定,愣愣地道:"我梦见……"

话开口,却不知怎么继续往下说,她迟疑片刻,还是摇了摇头,说没事。

章念念不放心:"真没事?"

"梦了些乱七八糟的,醒来都忘记了。"她笑了笑。

梦的内容让喻笙耿耿于怀,她给任时川发去消息,又问了一遍他的检查结果。

任时川是第二天上午回复的,他复述了一遍医生的话,让她放心。

看到她发消息时间是半夜,他又关心地问:"你怎么凌晨三点多还没睡,做噩梦了吗?"

不吉利的梦,她还是不要告诉他了,说:"今天上午没课,昨天就晚睡了一会儿。"

任时川被她的借口骗了过去,叮嘱她以后尽量少熬夜,对身体不好。

"知道啦,任时川,你好啰唆啊。"她故作不耐烦,唇边却挂着笑。如果可以,这样的啰唆她想听一辈子。

电话那头却忽然沉默,叫她"笙笙"。

喻笙应:"嗯?怎么了?"

任时川欲言又止,静了会儿说:"你昨晚睡这么晚,再睡会儿吧。我等会儿给你点份早餐送上楼。"

挂了电话,喻笙躺回被窝里才反应过来,外卖送不进学校,任时川要怎么给她送上楼?

半小时后,她发现自己这份担心纯属多余。

任时川点的是他们食堂的外卖，骑手是兼职的学生。

三月倒春寒，喻笙原本买了新裙子想穿去音乐节，结果被骤降的气温打得措手不及。风度和温度之间，她选择了后者。

而任时川同她正好相反，主持人有上台需要，他一身笔挺西装看起来精神，却不免有些单薄。尤其还是在露天舞台，他得从下午主持到晚上。好在喻笙带了一个包，她从里面摸出几个暖贴，一股脑儿都塞给任时川。

"等会儿把这些贴在衣服里，可以持久保暖八个小时。"

任时川盯着手里的暖贴看了一会儿，没来由地想起他们刚相识没多久，他来学校接受章念念回访那次也收到了她送的暖贴。他忍不住勾起了唇角。

喻笙问："笑什么呢？"

任时川低头扶了扶她头顶的毛线帽，愉悦地道："笑你是哆啦Ａ梦，有个百宝箱。"

"哪有，我就带了暖贴和纸巾、拍立得，别的就没了。"

任时川看向她的包，要真如她所描述的那样，这个包不至于被撑得四个角的褶子都平了。

"笙笙，你是不是还带了电脑？"

"没有。"喻笙把包放在怀里，看那厚度确实不像电脑。但她似乎也没有告诉他的意思。

每个人都有隐私，她也不必事事对他报备，任时川清楚这一点，没再追问。

见任时川转移注意力，喻笙松了口气，手指捏了捏帆布包的边角。

两人抵达音乐节场外，由工作人员引他们去休息室。陶疏白来得早，已经化完了妆。他长得本就漂亮，那头长发被扎成马尾，经过化妆品的修饰，更有种不辨性别的美。

见任时川身后跟着喻笙，他似乎有些意外。打完招呼后，任时川被化妆师带去隔壁化妆间,喻笙则跟陶疏白留在休息室。

休息室墙边挨着一格格储物柜,每格柜门上都贴了便笺。任时川、陶疏白和绿镜的名字都在其中,应该是供嘉宾们储存东西的。

喻笙正盯着绿镜的储物柜发呆,忽听到陶疏白说:"原来他那张票是替你要的。"

她回头,迎上陶疏白促狭的目光。她听任时川说过,音乐节承办方里有陶疏白签约的公司,任时川送她的那张门票,大概率是从陶疏白那儿拿的。

不待喻笙回答,他又问:"你们俩在一起了?"

得到喻笙确切的点头后,他挑了挑眉,兀自感叹:"真是想象不出那家伙谈恋爱的样子。"

喻笙失笑,见他起身要朝外走,出声叫住:"陶学长。"

"出去抽根烟,"陶疏白停步看她,"怎么了?"

喻笙问:"你有看到绿镜吗?"

她来之前了解过这次春日音乐节的阵容,绿镜和陶疏白都在其中。他们俩出场时间相近,想必也打过照面了。

"绿镜?"陶疏白思索着,随手往门外指了个方向,"如果你问的是个戴眼镜的帅哥,那应该是在这边。"

陶疏白指的是洗手间的方向。

喻笙快走到门口才看到标识,又往后退两步。她本想回去再找机会,但音乐节即将开始,等会儿人一多,在森林里找树就更难了。

思忖着,她干脆守在了洗手台边。男厕的人进进出出,投到喻笙身上的目光各异,全被她忽视了。直到一张眼熟的面孔出现在门边,喻笙的神情才有了松动。

绿镜穿了件翡绿色的毛衣开衫,戴着眼镜十分斯文。比起他阴郁诡谲的音乐,本人倒是意外的好说话。

等他洗完手,喻笙从包里取出一张黑胶唱片,她把任时川常听的几首绿镜的歌曲都刻录进去,还贴心设计了专辑封面。连绵的草地与森林相接，画面中心有一处留白，写了"绿镜"二字。

绿镜不掩惊喜之色，开玩笑道："等我有天真的出了专辑，希望能请你帮我做封面。"

喻笙清楚自己的水平，谦虚地将话题转到签名上。

"除了签名外，要写点别的吗？"绿镜问。

"要！"喻笙忙不迭点头，将要写的话打进备忘录，拿给他看。

回休息室的路上，喻笙撞上出来找她的任时川。他已经化完妆，眉眼显得更深邃立体，那双眸子黑沉，像蕴着待发的风暴，但视线在看到喻笙后，倏地转为一池温水。

"笙笙，我打你电话没通。"任时川走到她面前，"陶疏白说你去找——"

他顿了顿："别的男人了。"

喻笙坦然地道："对，我去找绿镜了。"

任时川眸光微怔，看来是陶疏白说了什么话让他误会，于是她只得解释："我就是想去看看你喜欢的歌手。"

任时川扬起嘴角，牵住她的手往回走："见到了吗？"

喻笙跟着他的步子："见到了，是个很不错的人。"

音乐节上的氛围沸反盈天，喻笙站在台下的人群里，静静听着任时川的主持。他说话总是恰到好处，身影挺拔而耀眼，能让所有人的目光都跟着他走。

她用拍立得拍下照片，甩了甩相纸。过了一会儿，照片上的画面变得清晰，舞台上的男人拿着话筒，清俊而自信。她实在无法把他与梦境里那个憔悴苍白的病患联系到一起。

如果梦境是真的，这样温柔谦和的人，命运未免太戏弄他。

晚上八点，音乐节散场。

喻笙去后台找任时川，碰巧看到他刚和绿镜说完话，正要告别。她本不想打扰，但任时川已经注意到她："笙笙。"

绿镜也跟着回过头，瞧见她，眸光一亮。他的视线在她和任时川之间打量片刻，揶揄道："原来你说的男朋友是我们的主持人。"

这话勾起任时川的好奇："笙笙跟你提过我？"

绿镜卖了个关子："任老师不如问你女朋友。"

任时川又看向喻笙，她只好道："我说我男朋友也来了音乐节。"

兴许是"男朋友"一词取悦了他，任时川的笑容格外明朗。

那天聊到最后，喻笙拿拍立得给两人拍了合照。

跟绿镜分别后，喻笙早已饥肠辘辘，拽上任时川先去附近的馆子慰劳肚子。

随后她吃饭，任时川翻看她拍的照片，上面的主角大部分都是他。台上主持的他，采访嘉宾的他，蹲下身与观众互动的他……也有守在后台疲惫的他，面对镜头与她说话的他。

他看着，总觉得少了点什么。抬眼，喻笙正咬着筷子吃饭，任时川打开拍立得，给她拍了一张。还嫌不够似的，他微微俯身靠近她，两张脸距离咫尺，他揽过她的肩，低声倒数："三，二，一……"

"咔嚓！"

拍立得里的相纸缓缓流出，影像渐渐浮现出来。

照片里，任时川将喻笙拥在怀里，鼻尖蹭着她的颊侧，笑容虔诚而柔和。而喻笙看向镜头，匆忙咽下嘴里的食物，露出个局促的笑来，但笑得实在过分勉强。

她忍不住嫌弃："不行，好丑。"

任时川却喜欢得紧，收进了口袋。

喻笙看他小心翼翼的动作，莫名有些好笑，又觉得心头翻涌着熨帖的暖意。她说："这张合照当赠品吧，我送你一个正式的礼物。"

她从包里取出那张藏了许久的黑胶唱片，绿镜的签名写在专辑背面，她叮嘱任时川回家再打开。

任时川接过礼物，目光在上面停留许久，意识到原来她今天包里一直装着的是这个。

喻笙说:"认识这么久,一直是你在送我礼物,我暂时还做不到等价回馈,所以只能选一些合心意的礼物送你。"

光从封面设计与曲目选择已经足以窥见她的用心程度,任时川垂首看向喻笙,细密的长睫微颤,似有触动。

他声音有些轻,叹着气道:"笙笙,如果感情里也要事事都分清价值,那不是谈恋爱,而是交易。"

说着,他笑起来,眼神里是未曾掩饰的深情:"你送的礼物我很喜欢,心意比金钱要珍贵得多。"

夜晚的天空分布着稀疏的星子,送喻笙回家后,任时川将车熄火,只开着车厢里的灯。他打开那张黑胶唱片,专辑背面是绿镜的字。

苍劲的字体写的是一句祝福。

13:
长命百岁,余生顺遂。

那时绿镜问喻笙要写什么,她把备忘录里的话拿给他看。

绿镜看到内容问:"数字 13,是个代称吗?"

喻笙点头,坦诚地道:"对,是我男朋友。"

绿镜奇怪地指出:"长命百岁……我还是第一次见到这样简单又郑重的祝愿。"

喻笙抿唇一笑,没有作答。

02

江序一周前加入了一个研究生导师的课题组,那是他考研想要攻读的专业。为此他做了很多调研,又是线上给导师发邮件,又是做足准备去线下主动面试,最终也没辜负一番辛苦,成功被导师收进课题组。只是进组后任务繁重,要做科研要写报道,喻笙再见他时他整个人变得清减不少。

熬了两个通宵写完的报告因为涉及敏感内容被导师驳回,江序无比沮丧,约了喻笙和章念念出去吃饭。

章念念毫不客气地要了三瓶酒:"难得你百忙中还能想得起我们俩。"

江序顶着那对黑眼圈申辩:"我最近连吃饭上厕所都要掐着点,这不一有时间就找你们了。"

喻笙夹着面前桌上的菜,听他吐槽课题任务有多难,数据量和方法跟平时学到的东西"两模两样",还得重新学。

章念念拍了拍他的肩:"选了这条路就继续做呗,有决心还怕事不成。"

江序郁闷地道:"坚持当然还是会坚持,就怕努力跑到终点,发现没人等我。"

他语气有些失落,喻笙从中听出些端倪,捉住字眼问:"你希望谁在终点等你?"

江序自觉失言,打着哈哈道:"当然是你们俩啊,各忙各的,看起来过得比我充实多了。"

他给桌上三个杯子都倒满酒,说难得一起吃顿饭,喝点酒开心一下。

喻笙觑见他的表情,更像是要借酒浇愁。

章念念最近也不太顺,她签的公司打算给她打造人设,想让她跟另一个男博主假扮情侣出镜。剧本都写好了,她在采访帅哥时跟对方一见钟情,经过相处确定了恋爱关系。

她怎么可能答应,她有喜欢的人。

清酒酸涩,余味泛苦,容易醉人。

喻笙只喝了小半杯,抬眼一看,另外两人不知喝了多少,酒瓶都空了。

意识似乎也不大清醒,章念念咬牙骂公司有病,江序则摸出电话点开计算器，打出几个数字后就凑到了耳边。

"颂雨姐……"喻笙发现，一向洒脱外放的江序，在叫这个名字时格外温柔。

颂雨是谁，她从未听说过，但这晚江序露出鲜见的脆弱一面，他以为拨通了电话，嘴里反复念着这个名字。

很快，喻笙面临一个难题，如何把两个醉鬼带回学校。

她翻着微信里的联系人，打算找个和江序关系不错的男生帮忙送他回宿舍。但把通讯录翻到底，唯一能和他称得上是朋友的，居然只有陈钦。

而在这时，江序的手机响了起来，来电的正是陈钦。

喻笙原本不想和他有瓜葛，但看来无法避免。她接通电话："江序喝醉了，能麻烦你来接他一下吗？"

听到她的声音，陈钦愣了愣，确认道："喻笙？"

"是我。"

"你们在哪儿？"

喻笙报了个地址。十几分钟后，陈钦打车过来。看到桌上酒醉酣睡的两人，他微微蹙眉："他们俩怎么喝这么多酒？"

喻笙随口扯了个理由敷衍过去。在陈钦的帮忙下，一行人坐上回校的车。

车上，陈钦坐副驾，喻笙在后座守着两位好友。

酒味熏人，喻笙降下车窗，透进来的春夜凉风吹得她有些冷。陈钦见状，问要不要换她坐前排。喻笙摇摇头，说没关系。她取出蓝牙耳机戴上，连接手机，点开了春江之声。

这个时间，任时川在主持电台，他分享的歌曲有些耳熟，喻笙仔细听才想起，是陶疏白在音乐节上唱的那首，歌名叫《回温》。

"这首歌由歌手陶疏白作曲作词，历经两年创作而成……据他所说，歌名'回温'有两层意思，一是冬去春来的气温回升，二是恋人之间从爱意冷却到重燃的回温。正如歌词里表达的那样，爱是无数选

215

择里的排他性，纵然四季迭转，相爱的人终会相逢。"

他的声音沉郁、温和，像在讲述故事般娓娓道来，喻笙听得入神，嘴角不自觉染上笑意。

公屏里依旧热闹，有听众不认同他的话，认为爱瞬息万变，烧成灰烬的东西不可能重燃。也有人以任时川举例，他那位未来恋人不就是消失又出现，爱意回温的典范吗？

未来恋人，喻笙许久没看到这个词，一时陌生。

话题开了头，谈论这位未来恋人的听众也多起来，有人惋惜她只出现了那么一会儿，三分钟都不到。要不是因为那期是某位歌手的专场，主持也不会切这么快。

底下附和：说起来过去一周了，不知道这周四她还会不会出现。

喻笙脸上的笑容刹那凝结，心里被一种莫名的情绪笼罩。

过去一周……是上周刚发生的事吗？

对方消失了这么久再次出现，和任时川说了什么？

为什么他没有告诉自己？

喻笙联想到那个梦境，心里有块石头不上不下，堵得难受。

她关掉电台，取下耳机，这才听到前座陈钦在说话："……天气会很好，你应该喜欢，喻笙。"

"抱歉，刚才在听歌，你说什么？"

陈钦只好重复一遍，说周末春山路的植物园不少花都开了，想邀请她去看看。

喻笙的双颊被风吹得冰凉，她摇头，说："可能没空，我那天有别的事。"

陈钦的笑微微收敛，倒也没再说什么，只是露出些许遗憾。

男生和女生的宿舍在不同校区，车先开到女生宿舍楼下，喻笙扶着章念念下去。车在她们进门后，重新启动离开。

给章念念换上睡衣，简单卸了妆，喻笙回到床上辗转难眠。任时川下班后给她发来消息，是两句日常报备，没有提到那个热线。

喻笙盯着那两条消息，屏幕光熄了又亮。不可否认，她心里有点失望。

大概是昨晚吹风导致，翌日起床，喻笙出现了感冒的症状。下了课，她顺路去了趟药店买药。

拐角就是超市，喻笙又买了一包纸巾和一盒牛奶。

她一年很少生病，感冒也不多，但每次感冒都会耗去她一半精气神。正好下午没课，她打算回宿舍补觉。抄近路经过学校花坛时，她隐约听到了争执声。其中有一道声音耳熟，她循声望过去，看到了蒋婉，而同蒋婉相对而立的是褚行舟。

花坛恰好遮住了喻笙的身形，她再走一步就会惊动两人。而他们此刻谈论的话题，又不适合被人打扰。

"……褚行舟，你应该高兴，他们结婚后，你可是家里唯一的儿子，我爸的产业都会由你继承。"

褚行舟紧盯着她："蒋婉，我对你家的财产不感兴趣。你要是想，我可以继续配合你，拆散他们。"

蒋婉冷冷一笑："无所谓了，反正我会出国，你们就好好扮演和睦相亲的一家三口吧。"

褚行舟的黑眸中泛起幽深的色泽，他忽然扣住蒋婉的细腕，倾身靠近，低头看她。

"蒋婉，你非要把话说得这么难听吗？"他的声音沉得像从喉中挤出，"你听好了，我不想跟你做兄妹。"

他们的距离近得鼻尖快对上鼻尖，蒋婉唇角一扯，狠狠将手从他的桎梏中扯出，拉开了两人的距离。

"褚行舟，你是不是被你们系那些人捧得太高了？真以为是个女生就会喜欢你？"她语气嘲弄，嗤笑道，"大学霸，我们之间打一开始就是逢场作戏，你可别演当真了。"

褚行舟被这句话激得恼怒，愤而离去，只留蒋婉站在原地。

等了好一会儿,喻笙站得脚隐隐作痛,感冒的眩晕让她闭了闭眼,下一刻,身形不稳靠上旁边树丛。树影摇晃的动静,惊动了不远处立如雕像的女生。

"谁在那儿?"蒋婉启声询问。

被迫窥听秘密的滋味不好受,窥听被发现了更尴尬。喻笙懊恼地叹气,从遮挡物后面走出来,迎上蒋婉冰冷审视的目光。

"是你。"蒋婉神情微动,还记得她上回邀请自己进组的事,声音柔和许多。

喻笙歉声开口:"抱歉,我回宿舍经过这里,不是故意想要偷听的。"

见她手里提着药袋,又面色苍白,蒋婉顿了一下,问:"你都听见了?"

喻笙看着她:"离开这里我就会忘掉。"

蒋婉扯了扯嘴角:"反正迟早也会被大家知道。"说完,她话题骤转,"你叫什么?"

喻笙愣了愣,报出自己的名字。

蒋婉淡淡地点头,犹豫了几秒,又问她的宿舍在哪栋。喻笙一头雾水,随后听到她道:"你生病了,需要我送你回去吗?"

感冒而已,喻笙还没脆弱到需要人护送的地步,于是婉言谢绝了蒋婉的好意。

不过,蒋婉和褚行舟的关系竟然这样复杂,让她有些意外。

吃过药后,喻笙睡了一觉,但喉咙又干又痒,让她咳嗽不止。声带也因此遭了灾,粗哑低沉,章念念建议她去给唐老鸭配音,肯定还原。

喻笙下床补充了点水分,正准备回床上再睡会儿,任时川打来电话询问她是不是生病了。

喻笙先前买药时发过一条吐槽药价上涨的动态,也许是被他刷到了。她咳嗽两声,回了个恹恹的"嗯"。

任时川从她的声音里听出不太对劲："嗓子也不舒服？那药是不是没效果？"

喻笙把脸埋进被子里，哑声说："不知道，就觉得头有点晕，想睡觉。"

"别睡了，笙笙，越睡会越没精神的。"任时川温声说着，"你饿不饿？想不想吃点东西？"

他明明有事瞒着她，怎么还能装作云淡风轻、无事发生的样子？

没来由地，喻笙觉得那往日温润好听的声音此刻变成了夏日嗡嗡乱鸣的蚊子，扰得让她心生烦躁。

"不饿，不想。"她按捺着情绪，"我想睡觉，晚点联系好吗？"

还没等任时川回复，章念念推门进来抢白道："等会儿笙笙，有人给你送鸡汤来了，喝完再睡。"

她手中提了个打包袋，里面是碗冒着热气的鸡汤，揭开盖子，香气立马溢了出来。

"谁送的？"

"我在菜鸟驿站遇到了陈钦，他看我帮你拿了快递，就问了你一嘴，我说你生病了在宿舍躺着呢。然后——"章念念指了那碗鸡汤，"他就买了这个，托我给你送上来。"

喻笙正要拒绝，章念念又补充道："他说这是他的心意，你要是不想喝也没事。"

香味确实诱人，勾起了她肚子里的馋虫。喻笙抿了抿唇，拎起饭盒上的外卖单看了一眼价格，给陈钦转了红包。

陈钦很快回复消息：什么意思？

不知冬：谢谢你的鸡汤，但我不能白喝。

陈钦：小事，你照顾身体重要。如果实在觉得亏欠，等你有空我们一起吃顿饭也可以。

喻笙默了默，回复：陈钦，我有男朋友了。

就当她是自作多情，但在对方没有明说的情况下，她只能这样提醒。

　　陈钦没再发来消息，几分钟后领取了红包。

　　做完这一切，喻笙心安理得地跟章念念分食了鸡汤。章念念虽不理解她为什么谈了恋爱就要拒绝掉别的异性的关心，但也尊重她的想法。

　　不过，喻笙很快意识到，她刚才不小心挂断了任时川的电话，他竟然没再打来。

　　喻笙心情有些矛盾，一方面，她想听任时川的嘘寒问暖和关怀；另一方面，她讨厌他的隐瞒。失落与燥闷在心里交杂，被她努力平息。

　　闷头躺回被窝，手机又"嗡嗡"响起，是任时川来电。

　　喻笙数了十个数才接通，微微急促的呼吸声透过话筒，落进她的耳畔，她又忍不住想耍性子："我都说了我想睡觉……"

　　任时川打断了她："笙笙，我在你宿舍楼下。"

　　喻笙蒙了一瞬。此刻傍晚将近，距离任时川的音乐电台开播只剩不到半小时的时间，而他说，他在她宿舍楼下。

　　女舍的凉亭旁边有棵高大的苦楝树，任时川就站在树下，抬首朝她窗户的方向看来。虽然喻笙说只是个小感冒，但任时川仍不放心，要带她去医院做个检查。

　　检查出来确实没什么问题，医生开了清热止咳的药，叮嘱喻笙平时注意防风保暖。

　　喻笙答应完，回头瞧见任时川的神情也松缓了几分。

　　"现在可以放心去上班了吧？"她说。

　　任时川摇头，替她打开副驾的门："今晚有同事替我代班主持，我不用非得去。"

　　喻笙上车，扣好安全带，问："那我们去哪儿？"

　　"先去吃饭吧，"任时川看向她，"笙笙，喝鸡汤怎么样？"

　　他的语气漫不经心，双眸却黑得如墨，颇有秋后算账的意思。

　　电话挂断之前，他听到了。

但喻笙并不担心:"鸡汤我在宿舍喝过了,吃点别的吧。"

"好喝吗?笙笙。"

"味道还行。"

任时川唇边笑意尚存,却失了温和,那双修长漂亮的手抵在喻笙的发顶,许久后,才叹气揉了揉她的头发。

"你是故意气我的,对吗?"

喻笙没有否认,对上他的目光:"那你有被我气到吗?"

任时川坦诚地点头,发动了汽车。

"也许你是生病影响了情绪,又或是因为我没做好男朋友的本职工作……"他像是在自我检讨,"如果我比陈钦送的那碗鸡汤更早出现,或许你会开心一点。"

喻笙又是一阵咳嗽,喝了口任时川为她准备的热水。

她并非无理取闹的人,又怎么会因为远在十几公里外的男朋友没有在她生病时迅速出现在面前而生气。她在意的,一直都是另一件事。

他们选了一家粤菜馆坐下,任时川把菜单递给喻笙,温声开口:"鸡汤只能垫垫肚子,你看看主食想吃点什么?"

菜单上大多是咸甜口的点心和小吃,喻笙随便选了几样。

菜上齐,她各吃了一口,胃便装不下了,由任时川解决剩下的食物。他的动作斯文,吃相也好看。

喻笙看着看着,冷不丁地冒出一句:"任时川,你真的不用去电台吗?"

任时川停住动作看向她,他给过回答了,不明白她为什么又问一遍。

"今天周四了。"喻笙又说。

任时川听出话里的试探,怔忪一瞬后开口:"笙笙想知道什么?"

喻笙不再拐弯抹角,询问他是不是再次接到了那个热线电话。

"我想知道,你们聊了什么。"

03

那天的听众来电环节，在任时川如实告知他们已经有五个月未曾联系后，对方显得很吃惊。

"可是在我这边，时间刚过去两个星期。怎么会这样？"

说完，她又立即询问他这段时间有没有按时做体检、身体怎么样。得到任时川"一切都好"的回答后，她才松了口气："算算时间，现在你们应该在一起了吧？"

任时川不想在上万听众的电台里袒露个人生活，故而只是简洁回复："嗯，我们很好。"

"真好。"她话里含着淡淡的笑意，"还记得你之前问我的那个问题吗？"

怎么会不记得，他当初问的是——

如果我注定要生病死去，那你的预言算不算改变过去？会不会像蝴蝶效应一样影响着所有人，甚至是你自己？

"要扭转一个既定的结局，当然会影响和改变一些事情。但对我来说，只要你活着就好。"

至于其他的，她愿意接受一切结局。哪怕他会忘掉她，不认识她。

那是五年后的喻笙，是失去过他的喻笙，任时川难以想象，她说这话时是什么表情。

频道里的歌迷不满意歌手的电台专场有不相干的电话占线太久，纷纷发言提醒主持注意时间。

任时川垂下黑眸，滚了滚喉结，说："时间快到了，你还有没有想说的话？"

他们两边的时间流速不太一样，等下次联系也许要过很久之后。

"明年秋天，是你确诊病情的日子，你记得留意。"她顿了顿，又说了句什么，被电话里渐渐清晰的电流声遮盖。

热线挂断后,面对歌手好奇的审视,任时川没做解释。他只是如常地叮嘱电台里的大家不要把这件事发布到网上,他不想引来一些莫名的流量。

"难怪除了林若发给我的那个帖子,我在其他地方都没搜到相关内容。"

伴随着车里旋律柔缓的歌曲,喻笙不时咳嗽着,听完任时川的话,闷声道:"明年秋天吗……如果及时体检复查,应该不会再上演那一幕了吧。"

任时川的话让她想起那个梦,梦里的场景令她忧虑。

任时川幅度很轻地拍着她的背,又递水到嘴边让她润嗓子。

"所以笙笙是在气我没把这件事告诉你吗?"他的声音如流水淌过她的心上,分明不久前还讨厌着,现在却变得顺耳起来。

喻笙理直气壮地望向他:"那你为什么不告诉我?"

"某人希望我长命百岁,要是告诉你,恐怕你得日夜难眠了。"他的指尖抚过她的下颌,托住了她的后脑勺,"不过早就想说了,笙笙,长命百岁的人终究是少数,我不渴望活到一百岁。我只希望,每一岁都有你。"

哪怕未来的喻笙真的愿意为了让他活着而离开他,他也不会答应。

要是她不在,他这一生,未免无趣。

说起来,感情真的是个奇妙而复杂的存在,没遇到喻笙前,任时川对未来没有特别具象的感知。但跟她在一起后,他的未来规划里,她已不可或缺。

车载音响里,陶疏白正唱到《回温》里的那句"经过无尽昼夜与星辰,唯一眷恋是你的眼神"。

喻笙抬起头,两人目光相接,任时川的眸光是车里唯一的亮色。

不知是谁先笑起来,空气里弥漫着误会解除后的畅快与轻松。随后,任时川垂首,轻轻地、十分珍视地吻上喻笙的脸颊。细密的吻如春日微风,落在她的眉心、鼻梁、下巴……

就在即将贴上她的唇瓣时，被一根手指抵住。

喻笙眨眼看他："我感冒了，不能传染给你。"

任时川的声音同她一样哑："没关系，我不介意。"

"我介意。"喻笙坐直身子，将他推开，"你现在是我的重点保护对象，一点病也不能生。"

她的语气果决而坚定，听起来没有商量的余地。

任时川有些遗憾，捉住她的手放在唇边啄吻了一下，轻声道："好吧，听笙笙的。"

车子平稳往前，不多会儿便在岔路口停了下来。前方两条路，往西通向春大，往东是任时川家。

喻笙想起很久没看到二狗了，便提出要去他家看看。

任时川勾唇应下。

许久不见，二狗变圆润了许多，翅膀扑腾着差点飞不起来。

不知是不是任时川打电话时它总待在一旁的缘故，尽管许久没见，它对喻笙依旧有印象，一听到她的声音便热情地扑来。它也同任时川一样，喊她的名字："笙笙！笙笙！"

任时川哭笑不得地接回去，拍拍它的小脑袋，教它叫"妈妈"。

喻笙抗议："我哪有那么老？"

任时川解释："可我是二狗的爸爸，你要是想当姐姐，那咱们可差了一辈。"

这话喻笙挑不出错，索性便由他去了。

任时川家里的布置一如当初，只是喻笙这回来，却不是以同住室友的身份，她的心里不免微妙。

她住的房间依旧保持着搬走时的样子。床单换了新的，书桌上多了绿镖那张黑胶唱片和一个鹦鹉羽毛做成的相框，相框里是他们在那天音乐节后拍的合照。除此之外，一切都没变。

喻笙回头望向任时川，挠着他的手心："你一个人住，次卧铺床做什么？"

任时川回握她的手："你过来的时候，随时可以住。"

喻笙长睫微动，故意问："我不可以睡你的房间吗？"

"笙笙，我是男人。"任时川轻轻笑了一下，黑眸亮得过分，望着她，"喜欢的女人躺在身边，而我什么也不能做，你是想考验我的定力吗？"

喻笙的心猛地跳了一下，"怦怦怦怦"——像有什么东西要从胸口钻出来。

她佯装咳嗽，故作虚弱："我、我有点渴，想喝水。"

情侣之间情到深处发生点什么再正常不过，只是她的确还没做好准备。

任时川了然一笑，替她倒了一杯热水晾凉。

避免氛围变得奇怪，接下来，喻笙挑了一部爆米花电影和任时川一起看。

演员喜剧感十足，有几个情节都令她捧腹。片尾曲出来已是晚上九点，任时川视线掠过窗外夜色，问喻笙明天有没有课，没课的话不如在这儿住下。

见喻笙犹豫，他解释道："你住在这儿方便养病，宿舍里总归不太方便。"

喻笙没觉得宿舍哪里不方便，但她潜意识也想和任时川多待一会儿。

"那我住原来那个房间。"她说。

任时川低眸看她，学着她的语气道："笙笙，你不可以睡我的房间吗？"

二狗舒展着翅膀在一边学舌："笙笙，睡！笙笙，睡！"

昏暗的光线下，绯红的热意染上喻笙的耳尖，她几乎是落荒而逃。

"我……我先去洗澡。"

浴室里她的洗漱用品都还在，只是喻笙洗到一半才想起，她没带换洗衣服。但无须她为此烦恼，没过多久，任时川轻轻敲了敲浴室门。

"笙笙,你的睡衣我放在门口的凳子上了。"

喻笙并不记得她有哪套睡衣搬家时忘了带走,开门一看,是一条吊牌还没拆的粉白色睡裙。宽松款,穿上还挺可爱的。

洗完澡,喻笙发现手机上有两通章念念的未接来电和消息,问她什么时候回去,别错过了学校门禁时间。

不知冬:念念,我今晚不回去了。

不知冬:对了,你明早方便的话,能不能打包一套我的衣服让同城闪送送过来,我把地址发你。

章念念知道她和任时川在一块儿,回了个表情包,其他没有多问。

这是确认关系后,喻笙第一次睡在任时川家。

被子上的洗衣液香味跟任时川身上的味道一样,喻笙蒙在软软的被子里,总有种躺在任时川怀里的错觉。

怎么可能睡得着啊,她现在跟他的距离直径不超过十米。

喻笙摸出手机,打开与任时川的聊天页面,他应该也没睡着吧?

她还没有跟他解释陈钦的那碗鸡汤。任时川虽然没有问过,但他当时的确在吃醋,而她因为生气没有及时解释,总不能真的在他心里留个疙瘩。

喻笙删删减减整理好措辞,刚要发送消息,门口忽然响起任时川的敲门声:"笙笙。"

喻笙紧张地咽了咽唾沫,去开门:"怎么了?"

门外,任时川穿着深色睡衣,头发微乱。他右手搭着门侧,冲她扬了扬手中的手机。

手机上是和她的聊天页面,名字那栏一直在跳动着那句"对方正在输入中"。

他抬了抬嘴角,眼眸里尽是笑意:"你想跟我说什么,不如直接告诉我?"

莫非这就是情侣间的默契,她纠结给他发消息的时候,他也正盯着和她的聊天界面。

"怎么这么巧?"喻笙仰首看他,"你也有话想和我说吗?"

任时川没有否认,脸上温柔尽显:"谁先说呢,女士优先?"

喻笙摇头,做出谦让的姿态:"不,这回是男朋友优先。"

任时川被她逗笑,眸色一瞬间又变得认真:"笙笙,我今晚能不能来你房间睡?"

喻笙怔了怔,话在脑子里过了一遍,脸在一瞬间红得能滴血。她并不排斥与任时川亲密一些,但她还需要时间做心理准备。她又怕任时川误会,只好道:"不行,我感冒了,会传染给你。"

天知道任时川在卧室里煎熬了多久,跟喜欢的人同住屋檐下,哪怕不在一个房间,他也辗转难眠。平日里的克制和矜持在此刻都消失殆尽,他只想拥着她一起入睡。

"我保证,不亲你,也不对你做任何逾矩的事。"他竖起手指,目光灼灼。

任时川在喻笙这儿信誉分很高,她对他的话自然深信不疑。但心里还是稍有不安,她踌躇着问:"你不是说喜欢的女人躺在身边,是在考验你的定力吗?"

任时川微微点头:"这话不假,但笙笙……"

他想要解释,但又不想让她害怕,顿了顿还是放弃:"我尊重你的意见,笙笙,早点休息。"

说完,他转身欲走,喻笙的手比脑子更快,抓住了他的胳膊。还没想好说什么,任时川的目光看了过来,那张脸上闪过诧异与期待。

喻笙差点咬到舌头:"那就一起睡吧,我……我相信你的定力。"

任时川的怀抱和被子还是有区别的,喻笙想。他的臂弯要更温暖有力,她能听到他胸腔里震动的心跳,不比她的慢。

原来,他也是紧张的。

头顶,他的呼吸温热,响起的声音也低沉:"笙笙,你刚才想跟我说什么？"

经他提醒，喻笙才想起微信上那条没发出去的消息。她抿了抿干涩的唇，不答反问："我那会儿在宿舍里是什么时候挂断你电话的？"

任时川回想了一下："章念念说陈钦给你送了鸡汤。"

"你是那时候才想来学校见我的吗？"

"不是。"任时川回答得很轻，像在她耳边低语，"在刷到你那条动态后，我就来了。"

他在笑，下巴抵着她的头顶，十指与她相扣。

"我担心你，所以车开得快了些，差点超速被交警开罚单。"

原来在他打来电话时还有过这样一个插曲。

她那时对他的态度是不是也无意中伤到了他？

"时川，"喻笙在他胸前蹭了蹭，"那我也告诉你一件事。"

她解释那碗鸡汤不是陈钦送的，她给他转了钱，所以那算是她买的了。说完却不见任时川有丁点儿惊讶，喻笙回过头，见他合着眼，唇边笑意未减。

房间里没开灯，喻笙并不习惯开灯睡觉，不过她知道任时川有夜盲症，夜里有光线会好些。

但任时川关掉了喻笙为他留的夜灯，他说没关系，有笙笙在身边，看不看得见都不要紧。

听他呼吸轻缓，她还以为他睡着了，没想到任时川忽然低头亲了亲她的额头。

她微怔，心里纵容地想，没有亲嘴，不算违规。

又听到他的声音，轻轻的："我知道，笙笙对待感情一向很有边界感，我很放心。"

语气像在哄小孩，但她的确因为这句话而开心。

喻笙在任时川家住了一夜，翌日两人一起吃过晚饭，她才回学校。

任时川去电台上班，给昨晚替他代班的同事带了一杯咖啡，拿去给对方时问了下电台情况。

同事知道他想问什么，笑着摇摇头："没有，没接到电话。"

预料之中的事，任时川不觉得意外。

日子平静了一段时间，喻笙白天上课，偶尔会去图书馆戴着耳机写稿子。笙语公众号固定每周更三期，没灵感写不出内容时，她就录些小故事作晚安电台发。

任时川总是捧场的那个，顶着"镜里川"的名字装作路人甲评论。

镜里川：作者的声线很干净，完全可以胜任电台主播。

镜里川：好听，喜欢，多录。

镜里川：今天的故事很可爱，期待下次。

…………

喻笙哭笑不得，但也没有拆穿。

有时喻笙夜里也听任时川的电台，他的声音让她有种安心感。她会听他分享过的歌，喜欢的就加入歌单，因而她的歌单一周就能多出十数首歌曲。

后来两人出去玩，车载音响的蓝牙接入喻笙的手机，任时川听着旋律觉得熟悉，询问之下才得知他女朋友还是他的"忠实听众"。

此后电台多了个点歌环节，听众可以通过频道互动的方式预定当夜的晚安曲。

出现频次最多的点歌人姓任，他曾一个月点了十二首歌，无一例外都送给了喻姓小姐。

"今晚的电台即将结束，接下来是一首点给喻小姐的歌，陈奕迅的《无条件》。点歌人说，在他的心里，你永远胜过别人。"

话到尾处笑意难止，演播室外的编导隔着玻璃墙打量他，侧头问身旁的同事。

"你觉不觉得，他最近不太对劲？"

同事挠挠眉毛："看起来像是恋爱了。"

平日的任时川也多是温和模样，但最近的他已经不能算温和了，简直就是满面春风。还常常借着点歌的由头放些小甜歌，从前这类歌可是他分享得最少的。

编导食指勾着下巴，笃定地道："不，他就是谈恋爱了。"

04

五一放假前夕，喻笙身边发生了两件事。

章念念签约的 MCN 机构打算把她的账号"颜值说"运营为情侣账号，并希望她和另一个男博主出镜扮演恋人。章念念觉得这样违背她签约的初衷，遂提出解约。但因为当初签合同时没有细看条款，被机构抓住其中的几项漏洞，对方起诉她违约，要求她支付高达六位数的违约金。

法院传票寄到了章家，章念念被父母打电话一顿责骂。

"怎么办啊，笙笙，把我卖了都还不起这么多钱……"章念念一贯洒脱，此刻脸上却露出失措的表情。

喻笙也没有解决这种事的经验，只能先安抚她的情绪，建议她先去咨询下律师。

章念念不敢想回家会面对父母怎样的审问，唯一能求助的只有青梅竹马的陈柏野。但陈柏野当初就不看好她签这个公司，彼时章念念气不过，还放话自己会比他赚得多。现在局势逆转，她怎么拉得下脸去找他。

还是陈柏野不知从哪得知这件事，主动打来电话询问。

突然背上一笔天价违约金，章念念慌得六神无主，在陈柏野的循循诱导下，将事情前因后果都说了出来。

陈柏野静静地听完，沉默许久，吐出一句："果然是个笨蛋。"

他干吗骂她！章念念瞪着眼睛。

"既然他能找漏洞，你当然也能找。"陈柏野耐心地说，"这种索赔天价违约金本身就不合理，我认识一个律师，明天带你过去问问。"

章念念被陈柏野接走没多久，江序也在好友群里发了消息，宣布他考研未半而中道告吹。

　　原因无他，在导师的课题组里待了快两个月，他已经体会过无数次挫败。起初还有越挫越勇的热情，但随着几次努力都被否定，他觉得自己根本不是搞学术那块料。

　　他总结道："还是随波逐流比较适合我。"

　　喻笙把从便利店买的两根烤肠分他一根，说："那你也放弃追那个颂雨了？"

　　江序的表情不掩震惊："你怎么会知道她？"

　　喻笙扬扬嘴角："某人喝醉酒给她打了半天电话，嘴里一直念叨这个名字，我想不记得都难。"

　　见江序要去查通讯记录，喻笙咽下嘴里的食物，补充着："不用紧张，你那些话都是跟手机里的计算器说的，听到的只有我一个。"

　　江序松了口气。

　　颂雨比江序大两岁，两人小时候关系不错。高中时颂雨父母离婚，她转学去了母亲所在的城市。起初两年颂雨还会过来父亲这边待一阵子，上大学后便极少回来了。江序再见到她，是今年她父母复婚，在他家饭店办酒席。

　　她看起来比印象中成熟许多，起身从他手中接过菜，抬眼看向他时，微笑着说好久不见。

　　她还记得他。

　　江序的心在那一刻不可抑制地狂跳起来。

　　他们之后加了联系方式，江序从她的朋友圈动态里得知她考研上岸，便也蠢蠢欲动，想要朝她更近一步。但正如喻笙所见的这样，在尝试努力过后，江序还是放弃了。

　　至于颂雨，他说："她有段很稳定的恋爱，只是没在朋友圈里发。"

　　喻笙拍拍他的肩："往前看吧，以后还会遇上喜欢的。"

　　江序啃完一根烤肠，忧愁散去大半。他看向喻笙椅子旁边的行李箱,不解地问:"你家就在本地,回去干吗还带箱子?"

喻笙看了一眼腕表,说:"我跟人约了去爬山。"

江序的目光在她的手表上停留,表情旋即了然,啧啧道:"谈恋爱真好啊。"

最近青岳的日落云海成了网红景点,喻笙看过了不少游客发出来的照片,如梦似幻十分绝美。正好任时川年假调休,两人便相约去爬山看日落。

青岳离春江两小时车程,他们打算上山后扎营待一晚,看完日落还能看第二天的日出。

车停在山脚,两人徒步爬山。任时川的背包装着扎营工具和帐篷,喻笙则带些洗漱用品和食物饮用水。除此外,她还带了相机和麦克风。

恰逢小长假,来爬山的游客不少,喻笙先在途中采访了两个游客。任时川问她在拍什么,她说是老师布置的报道作业,之前还没想好要拍什么内容,但路上突然有了灵感,决定以这次出游作为切入点。

前面是陡坡,任时川扶着喻笙上去,问:"那需要我来客串下采访对象吗?笙笙。"

"好啊。"

喻笙乐得答应,找了处平地,把镜头对准了他。她在镜头后问:"请问这位先生怎么会想到来爬青岳的?是听说过这里的日落云海吗?"

任时川笑了笑:"嗯,看过相关视频,确实很美,所以陪女朋友来实地观赏一下。"

"青岳地势较陡,爬起来会不会很累?"

"我还好,就是怕你、咳,怕她会体力不支。"

"听你句句不离女朋友,看来你们真的很甜蜜。"

任时川眸光柔和,透过镜头在看她:"嗯,我很喜欢她。"

——喜欢。

这似乎是他第一次直白地说出喜欢她。

喻笙怔了怔，只觉得心如擂鼓，捧紧手里的相机。

去年秋天第一次街采感情话题，他说他没有女朋友。而现在，他已经能对着镜头坦率表达他对恋人的喜欢。

缘分的奇妙在于，无论当时还是此刻，站在他身边的，始终是她。

漫漫春光落在他们身上，喻笙抿唇笑起来，轻轻地说："巧了，她也喜欢你。"

抵达山顶后，两人挑了处地势平稳的地方扎帐篷。

爬山够费体力了，再经过这番折腾，搭完帐篷后，喻笙只想躺进去休息放空。任时川撩开帘子提醒她即将日落，她猛吸一口气，迅速爬起来。

青岳的云海日落名不虚传，绵延起伏的云浪缭绕在山崖间，大片的晚霞彤红如火，夕阳隐在晚霞下。满目的白与红，如同一幅色彩浓烈的油画，相融得又如此和谐。

喻笙把这样鲜见的景色拍了下来，又拉着任时川留了几张合影。

趁着夕阳还未落进地平线，她把相机递给任时川，自己充当记者，在镜头前背起了临时写的报道文稿。

"观众朋友们大家好，今天是 5 月 1 日，我现在所站的地方是青岳景区的山顶……"

有别于平时率真开朗的模样，喻笙在镜头前报道时，显得从容淡定，采访游客时也不怯场，还真有几分记者的气势在。

任时川盯着镜头里微带笑意的女孩，心头翻涌着难言的情愫。

她似乎不清楚，自己认真时多有魅力。

等夕阳彻底落下，天色也渐渐擦黑。夜里气温比白天低，喻笙那股兴奋劲过了没多久，便觉得浑身疲惫。她吃过晚饭后，在帐篷里睡了一觉，醒来时任时川就在身边。

"才十点多，笙笙，要不要再睡会儿？"

帐篷边挂了盏小夜灯，任时川靠着夜灯偏头看她时，有种静谧温和的安定。

她从睡袋里伸出手,牵住了他的手,问:"你不睡吗?明天凌晨四点就要起床了。"

山顶露营过夜的游客很多,都是为了看日出,大部分人会为了占个好视野而早起。

任时川拿出睡袋在喻笙身旁躺了下去,见她仍然睁着眼睛没有睡意,问她要不要看星星。

"现在出去吗?"喻笙问。

任时川笑了笑:"不,我们就在帐篷里看。"

他们住的帐篷有个透明隔膜顶,将里面那层防水布的拉链拉下,便成了露天式帐篷。

夜幕中星子闪烁,大约是因为山顶海拔高一些,星星也更明亮清晰。

喻笙裹着睡袋,往任时川那边靠了靠,说:"睡不着,给我讲个故事吧。"

任时川哪里会讲故事,鼻尖嗅到淡淡的兰花香,那是喻笙洗发露的味道。他抬眼看向满天繁星,应景地想了一个故事。

"传说中,天上的每颗星星都是由亡人的思念化成,因为他们对生活的世界仍有眷恋,所以死后便化作星星远远守护……如果你碰巧看到天边掠过流星,那是他们夙愿达成后的陨落……"

"出来玩不许这么伤感。"喻笙忽然开口。

她没有抬头,任时川只能从她语气里听出一些不高兴。

"笙笙,你避讳生死吗?"他问。

喻笙顿了顿,闷闷地吐出一句:"任时川,我不会让你死的。"

说完,她翻了个身,只留给他一个背影。

闹钟准时在凌晨四点响起,喻笙纵然困得睁不开眼,还是强迫自己起床。

外面一片漆黑,天边还没有泛白的意思。

喻笙洗漱完回头，任时川已经收拾好了。

这个时间出来占位置看日出的人不少，两人找了块有石墩的地方坐下。距离太阳出来还得一会儿工夫，喻笙困意难挨，靠着任时川的肩睡了过去。但她睡得并不安稳，夜风吹在身上，让她微微战栗，半梦半醒间，感觉任时川给她披了条毯子，身体终于回温。后来有人同任时川搭话，像是认出了他，声音有点激动。

不知道他们说了什么，对方声音低了下去，那些话钻进喻笙耳朵，变成无法识别的嗡鸣。

五点半，喻笙被任时川叫醒看日出。

清晨的云海如雾色缥缈，鱼肚白的天空晕染成大片大片的橘金色调，新生的太阳从地平线上露出全貌时，喻笙听到周边一阵惊呼。

任时川问她要不要拍照，喻笙对着手机镜头里那个挂着一对眼袋的人，实在不想承认那就是自己。

随后有个女生过来熟络地跟任时川打招呼，问能不能和他们俩拍张合照。

喻笙不想出镜，任时川替她拒绝："不好意思。"

女生悻悻离开。

见对方知道任时川的名字，喻笙便问他那是谁。

任时川笑了笑，解释是他电台的听众，早晨等日出时打过照面，那时喻笙在睡觉。

下山后，两人开车回春江。

喻笙假期没打算回家，任时川难得休假，她想跟他趁这个机会做些情侣约会该做的事。于是她放假前便跟荣心月打了招呼，说自己要跟同学出去玩。

荣心月没过问太多，只说让她注意安全，记得报平安。

他们去了游乐园，喻笙选了几个刺激的项目，她小时候就很想玩，但那时怎么央求父母都不愿意陪她，也不肯让她独自去。

两人一通玩下来，喻笙越来越亢奋，任时川却是白着脸，把胆汁都吐出来了。

喻笙递水给他漱口，关心地问："没事吧？"

任时川摇摇头："不要紧，我只是有点晕。"

他很乐意陪她做任何她想尝试的东西。

"那我们玩点不那么刺激的。"喻笙四下张望，看到不远处的卡丁车项目，拉着任时川要过去，但将将走近时，又停住了步子。

她认出售票员是她高中的班长。过年时班长组织同学聚会，还问她要不要参加，喻笙当时借口忙推辞了。

总觉得现在不是老同学重逢的好时机，喻笙立即转身，在任时川开口前先他一步说："算了，我有点饿，我们先去吃点东西吧。"

任时川当然听她的。

只是游乐园门口支的小吃摊卖的东西看起来让人都没食欲，喻笙逛了一会儿，第九次叹气，忽然想到了她高中门口卖的荷香鸡，于是心血来潮地和任时川去了学校。

时隔三年回去，母校跟喻笙印象里大相径庭，不仅翻修了外墙，连校门都重新设计了。那家荷香鸡倒是一直在，店子大了许多，内里光线明亮。

老板对她也有印象，招呼着两人落座，目光在她和任时川的身上睃了一会儿，笑道："几年不见都这么大了，是放假特意和男朋友回来看看吗？"

喻笙乖乖应话，等老板进去厨房，她才偏头跟任时川道："我高中可喜欢吃这家店的鸡了，可惜只有周末才能出校门，平时都是拜托同学捎进去。"

任时川黑眸漾起笑意："是吗？看来当时的你人缘一定很好。"

喻笙"扑哧"一笑："你别这么捧场，我可不像你那么受人欢迎。"

喻笙对高中的印象是做不完的试卷、课桌上堆成山的书，还有上课时老师和窗外知了的二重唱。她前两年一直待在尖子班，升高三时成绩下降被分到了平行班,除了热心肠的班长,她跟其他人少有交流。

她能理解,大家相处了两年已经熟悉,转班进来的她才是那个陌生人。本以为只要相安无事到毕业就好,但她某天上完体育课回教室,却听到同学在谈论自己——

"落难凤凰不如鸡""高冷给谁看""没有摆清自己的位置"诸如此类的话语。

喻笙并不明白他们的恶意从何而来,但她自那以后变得越发努力,几乎没有倦怠过。

说到这儿,见任时川蹙起眉头面色严肃,喻笙连忙朝他做噤声的动作:"打住,别把我想成被孤立的可怜少女。我在高中有朋友,只是不在一个班而已。"

任时川紧皱的眉目这才舒展开。

荷香鸡端上来,油光鲜亮的色泽足够诱人,喻笙夹第一筷子放到任时川碗里,让他尝尝。

任时川吃了一口,笑着评价:"味道确实很好。"

吃完饭,他们绕着学校边上走了一圈,喻笙像导游般介绍着经过的每一处。

那棵繁盛葱郁长出墙外的悬铃木,她上体育课时最喜欢在树下乘凉。

这边卖凉皮的流动小摊以前是卖冰糖葫芦的,那山楂仁酸得倒牙。

还有挨着篮球场的那片铁栅栏,偶尔会有人来那儿摆摊卖烤肠,她吃过一次结果得了肠胃炎。

任时川从喻笙的回忆中,勾勒出一个清冷内敛的女孩模样。她穿着校服站在公告栏看着自己的班级分配,也许会有失落,但她没有沮丧。

体育课解散后,她会待在悬铃木下静静发呆。看到栅栏外有人卖吃的,她也会凑热闹买一根尝尝。

她喜欢吃学校门口的荷香鸡,会拜托朋友帮她带,也许会吃得一嘴油，她会拿纸巾擦干净。

她大多时候都在学习，有时挑灯夜战，桌上的书堆得快高过她的身影。

高考结束走出考场，她会和朋友去大吃一顿放松心情，然后紧张地等待分数的公布。

…………

那些是他没有参与过的她的青春，但此刻，却又历历在目。

他的喻笙，原来是这样长大的。

喻笙正说得兴起，忽觉指尖被任时川捻了捻，他扣紧了她的手。

她抬头看他："怎么了？"

任时川把下巴放到她肩上，话音带笑，仿佛有无限眷恋，说出来却是："荷香鸡很好吃。"

虽然遗憾没和她念一所高中，但现在一起品尝了她回忆里的味道，又何尝不算彼此共有的经历呢。

喻笙听不出他的心声，只觉得此刻的任时川肉眼可见的心情很好，她忍不住抬手在他头顶摸了摸，粗硬的短发划过掌心，手感算不得很好，但她却喜欢，有点像摸一只乖顺亲人的大型犬。

想到这儿，喻笙微微偏头看向任时川。

他要是听到这个形容，不知道会露出什么神情。

五一假期结束后，章念念请了一周假，在陈柏野和律师的帮助下起草了一份诉状。里面是针对 MCN 机构抓取的合同漏洞而提出的疑点和证据。

打官司费时又费钱，喻笙能感觉到章念念的疲惫和心累，"颜值说"账号停更一个月后，评论区不少人都在关心她的状况。

章念念没法一条条回复，只能把主页签名改成了：最近有事，归期未定。

因为这件事的耽搁，她欠了不少没来得及做的课业，常常是喻笙陪着，她在夜里紧赶慢赶才勉强完成。

　　章念念对此觉得愧疚："抱歉啊，笙笙，总让你陪我熬夜。"

　　"跟我见什么外呀？"喻笙保存完刚排版好的PPT，转过椅子面向她，"打官司我帮不上你，但如果是写文案做PPT作业，我很乐意陪你一起。"

　　她们认识这么久，章念念很少有真正困难的时刻，现在倒霉催地遇上了，她作为朋友当然义不容辞。

　　两人熬了个大夜，忙完天已蒙蒙亮，喻笙给任时川发去早安问候，跟章念念下楼吃早饭。

　　一碗豆浆、一碟生煎，喻笙吃到一半时，接到任时川的视频电话。

　　男人半张脸掩在被子下，黑眸微合，醒又没醒的样子。

　　"笙笙，早啊。"声音也并非清醒时那样沉郁，低哑又磁性，实在惑人。

　　喻笙庆幸自己戴着耳机。她看了眼时间，才七点半，问他："你看起来很困，怎么不再睡会儿？"

　　任时川撩开眼皮，卧室里窗帘紧闭，光线昏暗，屏幕的冷光照在他脸上，那双漆黑的眸子装进她的脸。

　　"你看上去比我困多了，笙笙。"她听出他低沉的笑声，"眼袋快挂到下巴上了，昨晚什么时候睡的？"

　　任时川一贯反对她熬夜，喻笙当然不能说实话，面色不改地扯谎说没多晚，只是睡得不太好。后半句倒不假，春夏交季，半夜宿舍边上的池塘里蛙鸣犹如催魂，她夜里有时会被青蛙吵醒。

　　任时川提出给她买对降噪耳塞可以隔音，被喻笙拒绝了。过不久就要放暑假，考完试她要去实习，接下来待在学校里的日子不会很多。

　　章念念闻声抬眼，等喻笙挂了电话才开口，问她对实习的打算。

　　虽然学校有校企资源可以安排实习，但毕竟都是短期，还未必提供薪资。有了在春江之声实习的经验，喻笙想试着再找一份兴趣对口的工作。

章念念麻烦缠身，还不知道实习要怎么办，如果官司输了，要给 MCN 机构支付赔款，那她从现在就得开始赚钱攒钱了。

喻笙安慰她别太悲观，现在程序才走到一半，尚有转机。

任时川的朋友朝旭是律师，之前也做过这类官司的辩护，她托他问过章念念的情况。朝旭说合同协议虽然条款明确，但两方的权利和义务不对等，MCN 机构主张的费用与市场行情不符，缺乏法律依据。法院在庭审时可能会据此酌情考量机构的诉求。

章念念的辩护律师，朝旭也听说过，颇具诉讼经验，让他们不必担心。

喻笙对自媒体岗位感兴趣，期末结束后，她便给关注许久的账号"新视野"投了简历。这个账号既更新观点文章，也会发布一些访谈和纪录片性质的视频。全平台粉丝 60 万，账号的背后是个十人不到的工作室，其中有文案编辑，也有拍摄团队。喻笙应聘的是文案，面试结束后，HR 问她愿不愿意接受调岗，比起文案，他们的拍摄团队更缺人手。

喻笙答应后，HR 跟她商议了入职时间，算是通过面试。

得知这个消息，任时川接她去吃饭，当作庆祝。

新视野工作地点在城南，离喻笙家不算近，往返通勤四个小时。但跟任时川家却隔得不远，有地铁直达，十分钟就能到。

饭桌上，任时川黑眸微抬，望向喻笙的视线是笑着的："就住我家吧，笙笙，你的房间还留着。"

之前不是没住过，更何况有了上次实习租房的阴影，除了任时川，喻笙不太相信别人。但总不能白住，她说："水电费我出。"

任时川没有拒绝，他知道喻笙对待某些付出讲究公平。

于是，这件事就这样定了下来。

第十章 爱是天时地利的迷信

他有所蓄谋地出现在她身边，
让她空落的心
此后只装得下他一个。

等时间回温

01

吃过饭,任时川送喻笙回家。

盛夏蝉鸣不歇,车在小区里停下,喻笙望着悬在天边的烈日,忽然不想让任时川这么早回去。

她偏过头望向他锋利的下颌,说:"我妈昨天买了西瓜,很甜,你要不要上楼尝尝?"

任时川微怔。这是第一次,喻笙邀请他去她家。他难得露出几分失措,迟疑地问:"会不会不太正式?"

他已经在思考要不要开车去买点礼品,再上门拜访喻笙的父母。

"家里白天只有外婆在,她这会儿应该在睡午觉,不吵到她没事的。"

要是喻青南和荣心月在家,喻笙还真没勇气邀请他上门。她只是想和他多待一会儿。

闻言,任时川松了口气,心里又掠过一丝淡淡的失望。

喻笙家是两室一厅的格局,阳台朝南,采光很好,总体称得上温馨。只是喻青南因为常睡客厅,总把被子衣服都堆在沙发上,显得有些杂乱。今天兴许是外婆刚收拾过卫生,客厅整洁了不少。

喻笙原本提着的心也放了下来。

外婆住的那间屋子半掩着门,喻笙怕惊动她,声音压低了不少,招呼着任时川:"你坐会儿,我给你切西瓜吃。"

她去到厨房,从冰箱里取出半边西瓜切下一片,转过身差点撞上任时川。不知他什么时候过来的,一点动静都没有。

"你走路怎么都没声音的?"她嗔道。

"你说的,会吵到外婆。"任时川语气无辜,低头就着她的手咬了口西瓜，沁甜入心扉。

他的发顶轻轻扫过喻笙的下巴，那阵细微的酥麻令她的心陡然一跳。

任时川本想去喻笙的房间看看，却被告知那间屋子目前是外婆在住，便打消了念头。他闲庭信步，转到了阳台。

阳台放着喻笙的书柜，外婆搬来后，她房间的空间更小，喻青南便把书柜挪到了阳台。里面堆放着她的专业书跟一些社科读物，任时川送的那本《岛上书店》也在其中。他取出来翻了两页，忽然从书里掉出一枚枯掉的玫瑰花瓣。是他们在一起那天，他送给她的卡布奇诺玫瑰。

"在看什么呢？"喻笙走过来，没留意到他指尖那抹枯粉。

任时川将花瓣放回书里，朝她晃了下封面，问道："半年过去，这本书看完了吗？"

喻笙眉心一挑，有点心虚地转开视线。

这本书自从带回来后，她只在夜里失眠时翻过两次，书的内容虽记不清，但她的睡眠质量的确提高不少。

正打算扯个话题转移任时川的注意力，屋内响起外婆的声音。

"笙笙在和谁说话？你妈妈回来了吗？"

喻笙立时一震，将任时川赶到阳台窗帘后，而她在旁边做遮挡。

"没呢，外婆，我在跟人打电话。"

外婆走到门口，见她靠着窗整个人暴露在阳光下，忙招手让她进客厅。午后的烈阳毒辣，晒伤了可不行。

喻笙乖巧地应下，哄着外婆再去睡一会儿。

等老人离开视野，她抚平剧烈跳动的心脏，转头要将任时川拉出来，却对上他投来的清亮含笑的眸子。

她将窗帘拉上，刺目的阳光被隔绝在外。

阳台光线暗下来，喻笙才低声道："差点吓死我了，你怎么还能笑得出来？"

任时川也学着她的气声:"笙笙,我们明明在谈恋爱,在你家这样偷偷摸摸的,好像不太坦荡。"

谢谢他的提醒,让她联想到某种不可言说的关系。她耳根一烫,就要推着他出门:"好了,你回去吧。"

任时川却没动,示弱地叹气:"笙笙,这里太暗了,我看不清。"

也许是刚才在窗帘后被太阳晒得太久,他有片刻的头晕,不由得扶住喻笙的手。

"……抱歉,我忘了你有夜盲症。"

喻笙勾住他的胳膊,温热的肌肤隔着薄薄的衣料摩擦。喻笙生怕外婆又出来,紧张得心都要跳出来,赶紧将任时川送到门口。走廊里天光大亮,她松开他:"我就不送你下去了。"

任时川"嗯"了一声,身形未动,那双黑眸锁住她的脸庞。

喻笙忍不住道:"你站在这里是想当……"

"门神"二字还未出口,他低下头来,极快地在她嘴角碰了一下。她只感觉到他的气息凑近又远离,恍惚地抬眼,看到他脸上浮起浅淡笑意。

"现在可以走了。"

等电梯彻底合上,喻笙才慢一拍地伸手挥别。她关门转身,却见外婆正站在卧室门口注视着她的方向,不知在那儿站了多久,也不知看到了多少。

她支支吾吾,差点咬到舌尖:"外婆,您醒了?"

外婆一派平静,摆摆手,去厨房倒水喝:"不用紧张,我刚出来,没看到你跟他在门口说话。"

这话有种此地无银的感觉。

喻笙只好承认:"他,咳,他是我男朋友,我们谈了一段时间了。"

外婆点头,说:"年轻人的事我不掺和,不过那个后生的声音有些耳熟,我之前是不是见过他?"

当然见过,喻笙替她回忆上次在医院的见面。

外婆想了一会儿，笑起来："不错，我记得那会儿他头发染了颜色，现在看上去稳重了很多。"

这说辞很熟悉，她对喻青南也是这种评价，大概算是老人家的一种肯定。

既然外婆都知道了，喻笙也没打算对家人继续隐瞒，索性趁着晚饭时家里人都在，一口气宣布了三件事：

一、找到了工作。

二、谈了恋爱。

三、即将搬出去住。

再开明的父母也无法接受女儿跟男朋友同居，喻笙只说她是跟同学一起租的房子，离公司比较近。于是二老没在这件事上纠结，喻青南询问她的工作，荣心月则关心她的恋爱对象。

喻笙一一回答："实习期工资三千，转正会涨五百。每周单休，会不定时安排出差。至于他，他姓任，是广播电台的主持人，我们认识很久了。"

得知跟女儿恋爱的人是她过年时提到的那位，荣心月掩不住好奇，问及照片。

喻笙摁亮手机，给她看屏保，上面正是两人在青城的合照。

喻笙站在灯火葳蕤处，任川从她身后的不远处回过头来，那张脸清俊而温良，眸光望着她，扬唇一笑。

"人长得不错，个子也高。"荣心月满意地点头，话里有话地瞥一眼喻笙的外婆，又道，"当然，主要是你喜欢就行，我们做父母的，不会过多插手。"

外婆喝茶的动作微顿，轻轻哼笑一声，没有接话。

倒是喻青南插了一句嘴："也不是完全不插手，还是得看看本人的品行。笙笙，你有空带他上门来吃顿饭。"

"知道了。"

答应归答应，喻笙转头就忘到了脑后。

再次住进任时川家的那个夏天，漫长却也短暂，是喻笙迄今为止最幸福的时光。

两人的时差仍然对不上，她早起上班时，任时川还在睡梦里。等她下班回来，任时川已经将晚饭做好去了电台。

喻笙把冰箱里用保鲜膜隔好的菜放微波炉里加热，吃到一半拍照发给任时川，不吝夸奖。

不知冬：有任大厨在，我的减肥计划好像要往后搁置了。

镜里川：味道怎么样？

不知冬：好吃！如果芹菜牛肉能再辣点就好了。

镜里川：忘记上次被辣得胃痛了？

喻笙实习的工作室不包餐，工作室周边环境称得上美食荒漠，她点过几次外卖后便决定自己动手做。但只做了一次，就被任时川接过了下厨的担子，原因无他，她对食材的把控实在没什么分寸，一盘辣椒炒肉里放的全是小米辣，饭后差点没得急性肠胃炎。

不过也多亏了任时川，喻笙不必在辛苦加班后还要回家做饭。

新视野工作室体量小，工作内容却繁重。常常是领导发布任务下来，她便要扛着设备跟带她的同事出门。拍摄两小时，剪辑却要两天。整理素材、编写文案、字幕排版……她算不上专业，大部分工作由同事包揽，但为了让她尽快上手，同事会让她从旁协助。一来二去折腾完，已经过了下班点。

有时任时川休假，会坐地铁来接她。傍晚的天色将黑未黑，他牵着她的手穿行过人群，踩着路灯下的影子回家。

沿途经过小吃摊，喻笙的脚步慢下来，转眼间，手上就提了两份灌汤生煎。她咬下一口，差点烫掉舌头，呼着气将嘴里的生煎囫囵咽下，双眼发光地向任时川推荐："好香！汁水很足，你尝尝。"

任时川伸手揩掉她嘴角的油汁，说："刚出锅很烫，笙笙，先晾凉再吃。"

"凉了就不好吃了，生煎包得趁热吃才香。"喻笙又夹起一个，稍微吹了吹，递到任时川嘴边。

任时川看她一眼，勾唇咬下。一口没留意，他咬爆了生煎里的汁水，溅到了对面人的衣服上。

喻笙瞪大眼，表情有一瞬间的狰狞，但看到任时川身上那件也未能幸免，心情瞬间平衡。

两份生煎下肚，距离到家才堪堪走到一半的路程。喻笙走不动路了，转头问任时川的车是不是出了问题，被他摇头否认。

喻笙不解，既然车没坏，为什么他不开车来接她？

过了十字路口，任时川领着她走进了与家相背的另一条巷子。

夏风扫过墙头下垂的蔷薇枝丛，寂静的长巷前后无人，只有他们俩的脚步声起伏。

喻笙虽然无条件相信任时川，但还是好奇占了上风。

"你要带我去哪儿？"

任时川偏头看她，笑道："还以为你不会问。"

穿过巷子后是一条古色古香的街，任时川显然对这里很熟悉，轻车熟路便敲开了一家古琴馆的门。

琴馆的草堂堆满了木料，空气里萦绕着独特的木质香。

这里的老板是个不苟言笑的中年人，姓衷，与任时川相识。听任时川说明来意后，他的目光转到喻笙脸上，淡淡地道："时川给我看过你们账号的视频，新视野宣传非遗的想法很好，只是如果要合作的话，需要先给我看看你们的拍摄计划和文稿。"

新视野一直有做非遗系列视频的计划，今年刚拍了四期，但由于期间人手不够暂时搁置了下来。现在工作室进了新人，视频组的领导便打算重新启动这个项目。负责带喻笙的同事姓张，喻笙喊她"张姐"，两人一块儿寻找合适的非遗艺术并联系合作。

这两天她被拒绝了好几次，即将心灰意冷之际，任时川竟然给了她希望。

袁老板是大休丝弦古琴斫艺技术传承人,他开的古琴馆还是市级非遗基地,的确是个很棒的选择。

在古琴馆喝了半小时的茶,出门时天幕彻底暗下来。

公交车上,喻笙和任时川坐在后排,半开的车窗吹进清凉的晚风,驱散了盛夏的热意。

喻笙靠着他的肩,问他怎么知道她在忙这些事。

任时川揉了揉眉心,不知怎么,眼眶连着耳后那片偶尔痛得厉害。他闭了闭眼,低眉看她:"也许我们心有灵犀。"

喻笙持着怀疑:"不会是那个'未来的我'打电话告诉你的吧?"

任时川摇头,他已经很久没接到那个热线了。但看喻笙一脸打破砂锅问到底的架势,他索性坦白是某天听到她和同事的电话内容,见她神情沮丧,而他又正好认识这方面的人,便顺水推舟牵个线。

他说得云淡风轻,喻笙的表情却深受触动,勾住他的手指低声道:"回去再谢谢你。"

他弯唇问:"打算怎么谢?"

喻笙却不答,只是扣紧了他的指尖,抿嘴笑着。

到家后,任时川很快明白了她的谢礼是什么。

一个吻,蜻蜓点水,她踮起的脚尖很快放下。

但对他来说不够。

"就这样?"

喻笙仰头看他:"那不然?"

任时川面上浮起笑意,臂弯揽过她的腰,低头吻上樱色的唇瓣,细细吮吸着那处温软的舌与齿。如糖如蜜,令人上瘾。两人的气息逐渐紊乱,身体也贴到了一起,暧昧的氛围在空气中蔓延。

忽然间,喻笙没忍住笑起来。她被亲得眼尾泛红,望向任时川:"要不先去洗澡吧,我们俩衣服上沾的生煎包油汁味太重了,我实在是……"

她想说混着生煎包的气味让她没法专心接吻,但视线对上那双欲念未散的黑眸时,她的心蓦然一跳。

任时川的眸光黑压压地望过来,她贴着他的胸口,能清晰感知到他胸腔里那颗心脏如澎湃海浪,动荡不息。

"洗澡……"任时川嗓音略哑,抵着她的鼻尖道,"我们一起吗?笙笙。"

他的嘴角弧度越扬越高,仿佛快抑制不住笑意,喻笙意识到他在拿她逗趣,压住怦然的心跳,张嘴就在他下巴啃了一口。

"你自己去。"

喻笙把袁老板的联系方式给了张姐,经过几天的沟通与流程调整,一周后正式开始拍摄。

面对专业,袁老板格外善谈,能对着镜头历数古琴悠长的历史。访谈结束,袁老板又展示了大休丝弦古琴的斫艺技术,并即兴弹了一首曲子。

拍完素材已是傍晚时分,夕阳余晖照进琴馆的草堂,喻笙趁张姐和其他同事收拾设备的空隙,去同袁老板道谢。

"不用谢,你们视频剪出来也是在替我宣传了。"袁老板吹着瓷杯里滚烫的茶水,又兀自低声道,"况且还有报酬,我也不算浪费时间。"

拍摄前工作室跟袁老板已经达成协议,在经费这块,新视野不算小气。

喻笙明白过来,莞尔一笑,同他告别。

待喻笙一行人离开,袁老板拿出手机给任时川发去消息:视频拍完了,别忘了答应我的事。

消息发送成功,他端正的神情泛起淡淡的笑意,起身回屋里。

另一边,任时川刚从脑科诊室做完核磁出来。

最近身体上的异样让他隐隐不安,去医院做了CT后,医生在他左侧额叶发现一处高密度阴影。为了进一步判断病情,他又做了一系

249

列检查。

等待结果要一天时间,他照常上班,回家时已近凌晨。二狗在鸟窝里睡得正香,喻笙还躺在沙发上看余华的《活着》。这本书还是当初她送给他的。

听见开门声,喻笙拿书的手下移,露出她微红的眼睛。

"回来了?"她语气闷闷,惆怅得很。

书里福贵的一生实在悲苦,父母双亡,妻儿也一一与他死别,到头来只剩一头老牛和他做伴。

她几次看得鼻酸,还是忍不住往后看。

任时川回来时,她正看到凤霞难产去世。二喜说,他要大的,医生却给了他小的。

迎来孩子新生的同时要接受爱人的死去,她在那一刻几乎能与他共情。

晚上睡觉时,喻笙感受着身旁任时川的呼吸与体温,心想无论如何,她都要让他好好活着。

"时川,你最近有按时去做体检吗?"

任时川合着的双眸微微撑开,轻轻地"嗯"了一声。

"检查结果没问题吧?"

身旁的人侧头靠近,在她额头印下亲吻,轻声道:"嗯,没什么问题。"

心里藏了事,任时川睡得并不安稳,尤其是喻笙突然刷起手机视频,虽然动静不大,但令他更清醒了。他凑近抱着她,话里有几分严肃意味:"还熬夜,明天不上班了吗?"

"对啊,明天我调休。"忙了这么久,难得休息一天,喻笙不想睡这么早。

任时川温声笑了起来:"难怪今天没有点菜。"

任时川每次做完饭都会在桌上留下便条,以供喻笙写下第二天想吃的菜,这算得上两人之间的小情趣。

喻笙亲亲他的眼睫："这些天辛苦了，明天特别给任大厨放天假，我贴不贴心？"

任时川缓慢地道："贴心，但这样的补偿还不够。"

喻笙问他还想要什么，任时川静了两秒，道："笙笙，我说出来你可能会害羞。"

喻笙一顿，耳尖变得滚烫，他说话总能留给她遐想的空间。

从她住进来后，任时川每晚都有各种理由待在她的房间。喻笙起初还会紧张，但逐渐也适应了。情侣之间难免会有擦枪走火的时刻，但两人都忍着没进行到最后一步。

这一夜依旧如此，月光从窗帘缝隙投进一道裂痕，落在女孩光洁的后背上。

黑暗中起伏的身影与喘息交织，许久后归于静谧。

02

第二天，任时川将二狗送去古琴馆寄养时，喻笙才终于明白袁老板那句"报酬"后的一语双关。

他当初之所以合作得这样爽快，是因为任时川答应把二狗借给他养一周。

回去的路上，喻笙忍不住担忧二狗怕生，又或是袁老板没有养鸟经验，不小心让二狗飞走了。任时川却是一派淡定，宽慰她说袁老板也曾养过多年鹦鹉，只是后来家里出了事，鹦鹉飞走后就再没回来过。二狗是那只鹦鹉的雏鸟，他大概是想透过它怀念当年那只鹦鹉。

闻言，喻笙放心了。

下午喻笙跟章念念约了见面，她那个诉讼官司有了新进展，算是个好兆头。

任时川的检查结果也出来了。他脑袋里那块阴影是个米粒大小的囊肿，医生说不严重，只要定期复查就好。

说到这儿，医生笑道："你之前每个月都来拍片，就是怕脑子里长东西吧？囊肿这玩意就是愁出来的，心态放平，注意休息，就会没事了。"

任时川盯着那张报告单，抬眼问医生："这个如果严重起来，有可能癌变吗？"

医生解释："一般不会，囊肿跟肿瘤是有本质区别的。不过也不排除会有恶化的可能，但这种概率非常低。"

低到什么程度呢，就好比把水上的轮渡开到机场。

医生说了个冷笑话，任时川捧场地勾勾嘴角，离开医院后，嘴角的弧度渐渐垂下。

外面烈阳如火，他却觉得浑身冰冷。

如果未来的喻笙说的是真话，他未必不会成为那千万分之一的概率。但是，如今医学这么发达，只要定期复查，就算真的恶化，也是可以在早期痊愈的吧？

任时川敛了心神，坐回车里。

喻笙发消息说今晚会晚点回来，他回复"好"，让她注意安全。

二狗在袁老板那儿待了一周，被养得肚肥滚圆，回来竟开始挑食，还扑腾着翅膀学舌："给我吃的！养不起算了！我要回去！琴馆！琴馆！"

喻笙与任时川四目相对，不知道袁老板都教了它什么。

她摊开手掌，倒了些谷粒凑到二狗尖尖的喙边，用诱哄的语气道："乖鸟儿，来，吃点。"

二狗不肯张嘴，别过脸去。任时川敲了敲它的脑袋："这顿不吃，今天就得饿肚子了。"

二狗乌黑的眼珠转了转："不吃这个！我要吃！好吃的！"

任时川并不惯着它，将喻笙手中的那点谷粮倒进小碗，给她擦干净手，便只对二狗丢下一句："那你就饿着吧，那个好心的叔叔可不会来接你。"

二狗被关进鸟笼,小身板在里面跳来跳去,放好的碗让它的爪子弄洒了一地。

"就这样不管它没事吗?"喻笙还是有些担心。

任时川低声道:"它饿了就会吃了,现在这样造作,是因为不饿。"

果然,喻笙夜里上洗手间时,瞥见二狗笼子里弄撒的谷粮已经被它啄得干净。餍足的小鹦鹉此刻躺在凉席小窝里睡得正香。

九月开学后,喻笙为数不多的两节专业课改为了线上,除了小组作业,她几乎不用再回学校。

在新视野的实习也如愿转正,发工资的第一天,她就给家里三位长辈各买了礼物。给荣心月的是面膜,给喻青南的是剃须刀,给外婆的是一件棉背心。而任时川,她给他买了一套情侣睡衣,但没计算好尺寸,那套天青色玫瑰图案的睡衣穿在他身上有些束手束脚。略微一抻展,衣服像短了半截,露出布料下他的腰腹。

喻笙又联系客服换了套大一码的,终于合身。

转正后,喻笙的工作变得更忙,最后一个季度的成绩跟年终奖挂钩,领导希望能做出点东西。于是为了拍英仙座流星雨,她和同事去最适合观测的云麓山蹲守了两晚,喻笙被蚊子咬得满腿都是包,但幸好视频拍出来的效果很好。

回程时喻笙坐后座,累了两天又困又乏,她只想回去洗澡睡一觉。

昏昏欲睡时,忽然听到任时川的声音,她以为是幻觉,睁开眼看到驾驶座的张姐打开了车载电台,里面流出的正是任时川主持的音乐电台。他的声音沉静柔和:"相比得偿所愿,世上的人总是遗憾占大多数。但我还是希望大家能同梁静茹这首《如爱所愿》唱的一样,都能如爱所愿,变成更幸福的人。"

随之响起的是梁静茹治愈温暖的歌声。

张姐忽然道:"这个男主持声音挺好听的。"

副驾上的男同事接话:"还行吧,听着有点犯困。"

张姐瞥了他一眼:"那是你本来就困,跟人家有什么关系?"

男同事抻了个懒腰,换了坐姿,嘴上说着是是是,又开玩笑地补充一句:"但你要知道,声音好听的人多半长得都像个倭瓜,不忍入眼。"

张姐回:"声音难听的也没见帅到哪里去。"

"哎,张窈,"男同事对号入座,忍不住反驳,"我是这两天拍外景,所以不修边幅了点,平时还是挺……"

"他挺帅的。"喻笙在后边开口。

男同事听了这话,扬扬得意:"听到没张窈?小喻都说了。"

喻笙抿了抿嘴:"智哥,我说的是那个电台主持,他不止声音好听,人也挺帅的。"

这下是张姐笑出了声,目光悠悠地扫过智哥,朝喻笙看来一眼。

"你怎么知道?见过吗?"她问。

喻笙不假思索地点头。

智哥有些无语,索性偏到一边闭目养神。

见状,张姐与喻笙会心一笑,继续开车。

喻笙拿出手机给任时川发去消息。

不知冬:回来的路上同事在听你的电台,夸你声音好听。

等任时川回她消息时已经十一点多。

镜里川:你总算忙完了,笙笙。

为了拍流星雨,喻笙这两天跟同事在云麓山露营,碍于她在上班不方便打扰,任时川没怎么给她发消息。

回家后,喻笙给任时川翻看这两天拍到的照片,一颗颗流星划过广袤的夜空,惊艳又震撼。

任时川问她有没有许愿,在流星下许的愿望说不定会实现。

喻笙从他怀里抬首,失笑道:"这都是小孩子把戏了,任时川。"

任时川微微挑眉,目光在她和自己的睡衣图案上流连,笑着说道:

"真的吗？那你怎么还会买小王子和玫瑰图案的睡衣，而且——"他扬起嘴角，"为什么玫瑰是我，小王子是你？"

在《小王子》的故事里，无论见过多少玫瑰，对小王子而言，独一无二的玫瑰只有一朵。

那朵玫瑰驯服了他，也深爱着他。

他们彼此需要，彼此珍重。

对喻笙来说，任时川何尝不是那朵玫瑰。他有所蓄谋地出现在她身边，让她空落的心此后只装得下他一个。

"你很想知道吗？"喻笙歪头狡黠地看他，伏身在他脸上亲了下，声音低低的，"偏不告诉你。"

正要逃离时，手被任时川握住，他笑着托住她的后颈，翻了个身将她压在沙发上。

也许是起得太猛，任时川耳边响起剧烈嗡鸣。片刻后，声音停息，他缓过劲来，低头看喻笙，瞧见那双清亮剔透的眸子与他对视，笑意明媚。

"怎么了？"见任时川的表情忽然顿住，喻笙不由得问。

"可能是没睡好，有点头晕。"任时川收拾好表情，勾了勾嘴角，问喻笙困不困，不如回房睡觉。

喻笙觉得他有些奇怪，确认道："真的没事吗？"

任时川在她唇边吻了吻："这两天你不在家，我晚上都睡不着，所以没休息好也正常。"

这怎么还赖她？喻笙严肃叮嘱："以后不许这样了。"

任时川点头，一副诚恳的模样："好，听笙笙的。"

国庆放假，喻笙回家待了两天，但受不住喻青南天天念叨着让她带任时川回家吃饭，索性借口公司有事，跟任时川去了他乡下老家玩。

任时川老家在春江市的某个湖边小镇，父母搬去市里后，镇上的房子一直空着没人住。

简单收拾过后,两人在那儿住了几天。

喻笙在房子里发现一本老相册,大多是任时川家里人的照片,关于他的除了几张被家长抱在怀里的襁褓照,只有三张从小学到高中的毕业照,清晰可见他从幼时的稚气到骨秀冷峻的少年。五官变化并不大,那双浓黑眼仁一如既往的深邃。

喻笙咬下任时川喂到嘴边的苹果块,慨叹道:"难怪冯松说你高中受欢迎,这长相确实招人喜欢。"

任时川视线扫过那几张照片,弯下腰同喻笙对视,直到对方眼里映出他放大数倍的脸,才慢声问:"我现在跟那时候差别很大吗?"

他问得认真,仿佛她的答案对他来说很重要,但喻笙从中听出了醋意。她的目光从他的眉骨流连到下颌,心想怎么会有人跟过去的自己较劲,但嘴上还是故意道:"嗯,很大。"

"差别在哪儿?"顿了下,任时川又道,"年龄除外。"

喻笙"扑哧"一笑,在他的注视中端正神色。

秋日阳光从窗外照进来,空气中飘浮着金色的尘埃,他们目光相视,世界的声音在此刻静止。

"那时候你不属于任何人,"她缓慢地说着,嘴角扬起笑意,"但现在,你属于我。"

两人也会趁着傍晚去湖边钓鱼,比赛谁钓得最多,但通常两个小时下来,只有喻笙的桶是空的。任时川从小在镇上长大,这湖里的鱼不知道被他钓过多少。

晚上路灯亮起,他们把钓上来的鱼刮鳞剖腹,在楼顶天台架火烤着吃。

夜风轻拂,好不惬意。

章念念的官司拖了半年终于以胜诉告终,法院认为MCN机构没有尽到合同中的甲方责任,提出天价的违约金也并不合理,故而驳回原告所有请求。

在MCN机构几次三番上诉后，法院依旧维持原判。

收到判决书文件那天，章念念心头的大石终于落下，喻笙透过电话都能感受到她有多激动。

陈柏野为她这事一直忙前忙后，算得上是大功臣。

喻笙提醒："你可要好好感谢人家。"

"知道啦，我正准备请他吃饭呢。"

和喻笙通完电话，章念念视线一转，看到陈柏野出现在餐厅门口。

"在这儿。"她招了招手。

为了庆祝麻烦解决，章念念特意挑了这家口味不错的餐厅，喻笙出差没时间，她便约了江序和陈柏野。但江序临时有事放了她鸽子，赴约的人便只有陈柏野一个。

陈柏野落座后，看了眼桌上两副餐具，问："你其他朋友没来？"

章念念翻着菜单随口回答："请他们干吗，这顿饭是我特意感谢你的。"

陈柏野眉梢微抬，倒了杯水。

没过一会儿菜品上来，两荤一素，都是章念念喜欢的口味。

陈柏野还没动筷，对面的人已经吃了起来。

因为不饿，他干脆支着下巴注视起章念念不太优雅的吃相。她吃饭一向没什么淑女样，但很勾人食欲。他懒声开口："章念念，你要是想换个赛道，可以去做吃播。"

章念念咽下食物，抬眼看向他："什么意思，你嫌我胃口大？"

陈柏野摇头："不，我是在夸你吃饭香，这是个优点。"

"得了吧。"章念念坐直身子，想到接下来要做的决定，饶是一桌美食也令她没了胃口。

"陈柏野，我打算把'颜值说'账号卖了。"

这一年为了维护账号更新，她拍了很多视频，流量特别好的时候，甚至能靠接广告赚钱。她想过把"颜值说"当成主业，这样可以自由支配时间，不必像喻笙那样朝九晚五做"社畜"。但打完这个官司后，她改变想法了。无论是换汤不换药的拍摄内容,还是各种立人设的运营模式,都不是她的初衷。

陈柏野并没有意外许久,点头道:"挺好的。"

"你不问我为什么?"

"没什么好问的,你自然有你的理由。"陈柏野嘴角抬了抬,话音一转,"如果非要问的话,我的确有个问题想知道。"

"什么?"

他微微一笑:"念念,你当初不肯答应跟别人扮演情侣,是因为我吗?"

章念念瞳仁倏然一缩,视线里,陈柏野的目光温柔又极具侵略性,他的声音轻而淡,却字字都敲在她心上。

他们的关系很奇怪,青梅竹马,友情以上,尽管之前也有过亲密的举动,但谁都没有越界。

她嗤声道:"真够自作多情的,陈柏野,谁当初当着朋友面介绍我是你妹的?"

那天的景象她还记忆犹新,她去他家见到他朋友,对方打量着她问是谁,陈柏野勾着嘴角淡淡介绍:住我家隔壁的邻居妹妹。

鬼才要做他妹。

陈柏野看着她,忽然笑了:"那我要怎么介绍,说你是亲了我又不提负责的花心大萝卜吗?"

章念念语噎,什么花心大萝卜啊!而且——

她说:"你当时不也回亲了我吗?你也没说要负责啊?况且就亲你一下,又没有掉块肉。"

"……那是我的初吻。"

"很了不起吗?那也是我的初吻!"

话音落下,两人面面相觑,安静下来。

许久,陈柏野打破寂静:"所以,谈不谈?"

他问得突兀,毫无铺垫。章念念一怔,别开眼:"你说谈就谈啊,没诚意。"

"怎么样算诚意?"

她压住"怦怦"乱撞的心,骨子里的恶作剧因子开始作祟,吐出两个字:"求我。"

陈柏野看着她,喉结轻滚。

"求你了,念念。"

03

十一月深秋。

远振市的天气比春江更湿冷,喻笙穿的外套略薄,刚下高铁便忍不住打了个寒噤。

张窈掏出包里的围巾递给她先围着,两人出站后,跟来接她们的村民碰头,上车前往云岭县。

云岭县地处西南,这里的蜡染工艺十分出名,她们此行是特意为了拍摄非遗素材来的。因为要展现全过程,从上山采草到绘制花纹、浸染固色,所有程序加在一块儿耗时五六天。

云岭的气候让喻笙不太适应,除此之外她倒是很喜欢这边的景色,清幽静谧,像武侠小说里隐士高人的居所。她住的村民家院落里还有棵挂果的柿子树,她尝过一个,味道尤其清甜。

吃过早饭后,她给持续拍摄的相机换了块电池,手机收到一条短信,打开看是天气预报。

——尊敬的客户,云岭县今日气温3℃~10℃,中国移动提醒您,请注意保暖。

要不是看到电话备注了任时川的名字,喻笙真以为是中国移动的温馨提醒。

她回拨过去,对面很快接起,响起熟悉的那道沉郁温柔的嗓音。

"早安,笙笙。"

"早呀,这位天气播报员。"

任时川忍俊不禁,话里泄出笑意:"今天帮你取了个快递,包装没拆,看备注是件冬衣,你是不是要买去在云岭穿的,填错地址了?"

"是填错了,不过没事,我在这边赶集的时候买了件厚实的外套,足够了。"

不仅厚实而且便宜,是她砍价砍下来的。

喻笙掩饰不住的骄傲,挂完电话还给任时川拍照发了过去。是一件咖色加绒夹克,她还带了顶同色系的毛线帽,对着镜头比了个"二"。

镜里川:谁家女朋友这么可爱。

不知冬:还是你嘴甜。

这时,张窈从屋里出来找她,之前上山采集的板蓝草在染缸浸泡了几天,缸里的清水已经变了颜色,等会儿工匠要再加生石灰进行调色,拍摄继续。

抽出空来,喻笙还要拍些视频空镜头以备后期需要。

炊烟缭绕的房屋,挂果的柿子树,潺潺流动的河水,还有拂过山间枝头的风。从山顶往下看,割下了稻谷的田野变得斑驳而空荡,只剩枯萎的稻茬。

她拍了很多空镜,秋天的肃杀与温情都在里面。挑了几张发给任时川,次日才收到他的回复。

他说昨夜下班太晚,回家就直接睡了,没注意看消息。

喻笙打电话过去,听他的声音也很疲惫,忍不住叮嘱他别太辛苦,注意休息。

任时川每句都应着,又把话题拉回她拍的那些照片上,问她一天拍了这么多素材,是不是走了很多路,脚疼不疼。

"也就一万多步啦,我没你想的那么娇弱。"

她和他分享回来时在村口瞧见的趣事,两只小狗打架,互咬着对方的尾巴转圈不放。他喉中逸出浅浅的笑声,问最后是谁赢了。

"谁都没赢,"喻笙说,"后来有只蜜蜂把小黄蛰了,小黑被小黄的惨叫声吓跑了。"

"听起来好像小黄比较惨。"

喻笙点点头："对呀，直接肿成了蜜蜂小狗。"

两人聊了一会儿，任时川催促她去工作："好了，笙笙，不打扰你工作了，快去忙吧。"

喻笙临挂断前让他再去补会儿觉，任时川笑着回答知道，确认电话挂断后，他起身吃了两颗止痛药。

从昨晚到现在，脑子里那种针扎般尖锐的痛感让他多次入睡失败。失眠了一整晚，他打算再去趟医院。

只是车刚开到半途，任时川便感到强烈的不适，耳朵里嗡鸣不断，眼前事物也变得模糊不清。他试图把车停靠在路边，但意识却在逐渐抽离，手也不听使唤。

合上眼睛前，他听到了"嘭"的一声巨响。

天旋地转。

这夜云岭下了场大雨，天亮后只见院子里一地彤红，都是掉落的柿子。屋主的孩子把地上烂瘪的果子收集起来喂家里的牲畜，又架起木梯将柿子树上剩下的柿子都摘光，洗净后分了几个给喻笙。

喻笙咬进嘴里，大约是没熟透，味道甜中生涩，她勉强吃完一个。

拍摄这两天就要收尾，张窈采访完工匠从染坊出来，忍不住咳嗽了两声。这边气候温差大，适应不了就容易着凉。喻笙的行李里正好带了感冒药，便回屋里烧热水给她冲药。结果倒水时不小心碰倒杯子，里面的开水洒在她裤子上，杯子在桌面打了个转，掉到地面的前一秒被她手忙脚乱地接住。

喻笙刚庆幸完，后知后觉地感受到腿上火辣辣的痛意，她泡完药便立即去水龙头前冲洗。

撩开裤腿，被烫到的那片皮肤已然变红，被冷水冲了半天才总算有所缓解。

天气又潮又冷，低空乌云攒动，仿佛还有雨要下。

早上给任时川发的消息一直没收到回复，喻笙中午又发了两条，还是没有动静。

下午染布脱腊，张窈的脸色好了许多，过来谢谢喻笙那杯感冒药，顺便提到村子里有户人家明天办婚礼，想邀请她们两位外乡人去观礼。

回去的高铁是后天上午，时间充裕，喻笙答应下来。但当晚接到陶疏白的电话后，她迅速改签了车票。

电话里，陶疏白语气严肃，告诉她任时川出车祸了。

窗外浓黑的夜里劈过一道闪电，闷雷阵阵，喻笙觉得心里像被浸水的棉花堵住，喘不过气来。

她费力地从喉咙里挤出声音："怎么会这样？"

"医生说车祸不严重，只是小腿骨折，撞到了脑袋，可能会有脑震荡之类的后遗症。不过经过检查，发现他脑子里长了一颗瘤，得赶紧做手术切除。"

"脑子……瘤？"喻笙脑袋里"嗡"的一声响，他的命运还是不可避免地走上那条既定的轨迹了吗？

陶疏白安慰她："不用担心，是良性的。"

喻笙平复翻涌的心绪，询问了任时川现在的状况。得知他还在昏迷，并且明天就要做手术，她挂掉电话去找张窈问剩下的工作。

"明天把晾晒布料的过程跟成品拍些镜头就差不多了，不过看最近气温这么低，等布料晾干估计得费些时间。"张窈披了条毯子坐在电脑前，记录蜡染的工序文案。瞥见喻笙袖子里颤抖不止的双手，她不由得多看了两眼，问道："发生什么事了？"

喻笙深呼吸，商量着开口："张姐，我家里出了点事，想改签明天的车回去。你放心，我会先拍完工作再走，就是得麻烦你收个尾。"

张窈看她神情诚恳，思量后点头答应："可以。"

雨下了一整夜，翌日又起大雾，空气里都是湿冷的气息。

喻笙晚上没睡好，那双水肿的眼把张窈吓了一跳。她扯了扯嘴角，露出一个没什么笑意的弧度，吃完早饭便扛着相机去拍素材。

改签的高铁票是下午，从云岭县去远振市还要一个半小时，喻笙中午跟张窈交接完工作便拖着行李上了车。

平时转眼即逝的时间，今天却格外难熬。从大巴转高铁，高铁转出租车，在又一次夜幕降临时，她风尘仆仆地赶到了医院。

任时川已经做完手术，脑袋上裹了半圈纱布，躺在病床上还没有恢复意识。

陶疏白从水房提了壶热水过来，见到喻笙时微微一愣，从她手边的行李箱一直扫到那张憔悴的脸，不可思议地问道："你不会是一晚没睡直接从远振赶回来的吧？"

喻笙摇了摇头，不欲纠缠这个话题，向他问起任时川的情况。

"学长，医生怎么说的？"

见她一身寒气，陶疏白先给她倒了一杯热水。

"医生说肿瘤已经顺利切除，再住院几天观察后续恢复情况，没问题就可以出院了。"

闻言，喻笙紧绷的思绪终于舒展，徐徐喝了口水。

陶疏白又说她来的时间再早些，说不定还能遇到任时川的父母，老两口原本想守在医院等儿子醒来，被陶疏白好说歹说才劝回去休息。

陶疏白这两天在医院、学校两头转也很辛苦，喻笙对他道谢，说晚上她来守着任时川就好。

陶疏白知道，比起自己，任时川大概更希望醒来时看到的人是喻笙，便不再推辞了。

等人离开后，喻笙坐到任时川的病床前。他的脸色苍白，薄唇紧闭，密匝的长睫安静地覆盖在眼皮下，看上去毫无生气。

喻笙抓过他温热的指尖拢在手心，又低头吻了吻。

如果是以那个预言为准，他的病应该是在明年秋天确诊，喻笙不清楚时间为何会提前整整大半年。但既然已经顺利切除，那应该可以放心了吧。

她动作轻缓地抚过任时川的眉眼,目光落在那圈纱布上,想触碰又收回手。在心里默念了好多遍他的名字,她有些后悔地想,早知道那天在云麓山拍流星时就许愿了。

愿他平平安安,不要受病痛的牵累。

就算迷信又怎样,爱本来也是一种天时地利的迷信。

随后她又有些生气,生病的人大都会在身体上出现症状,他竟瞒得这样好,一次都没让她发现。

她叹息,低声呢喃:"任时川,早点好起来,不许离开我。"

夜色深了,喻笙趴在任时川的床前,紧绷了一天的神经听着他平静的心跳声渐渐放松下来。

似乎只是眼睛一闭一睁的刹那,她已经不在病房,而是置身于闪烁的星群之间。脚下是悬空的,她却能行走自如,喻笙很清楚自己是在做梦。

眼前倏然出现了几扇紧闭的木门,门后隐隐透进温暖的白光,吸引着她去推开。

喻笙不知道门后会是什么景象,但既然是梦,就无须顾虑太多。她缓缓走过那几扇门,随手推开其中一扇,整个人瞬间被巨大的光芒淹没。

强光褪去后,喻笙发现自己坐在春江之声的食堂里,对面坐着的是任时川。桌上的食盘里装满了食物,他们正在吃饭。

任时川夹了一筷排骨给她,见她神情怔怔,岿然不动,伸出五指晃了晃:"别发呆了,笙笙,再不吃菜要冷了。"

旁边的陆松云看着他们的动静,摇头提醒:"时川,麻烦收收你的表情,那一脸春意荡漾得就差没直白告诉大家你俩谈了。"

任时川却不以为然:"知道了有什么关系,我又不打算瞒着他们。"

这是她在春江之声实习的时候吗?

喻笙看着眼前的一切，又在心里否认，不对，那时候她和任时川还没在一起。

暮春初夏，苦楝花在枝头盛放，风吹过，如雪簌簌落下。

任时川是来电台办理居家办公手续的，回去时，喻笙瞥见街头行人寥落，商铺关了大半。她正想问问任时川怎么回事，回头却见他戴上了口罩，只露出那双漆黑温润的眸子。他又取了一只口罩递给喻笙，提醒她注意防护。

"为什么要戴口罩？"喻笙不解。

任时川看向她："忘记了吗笙笙，最近可是有……"

他的话还没说完，声音和模样愈渐渺远，喻笙觉得眼前如同失去信号的电视屏幕，闪了两下后彻底变黑。

恢复视线后，她又回到了那片星群。这里没有任时川，只有那几扇飘浮的门。

喻笙心念微动，将每一扇都推开了。

第二扇门里，是任时川带她回家吃饭的景象。任父任母都很亲和，饭后拉着她唠了会儿家常，聊的全是任时川幼年的糗事。窗外飘起鹅毛大雪，她倚在任时川的肩头，笑得乐不可支。

第三扇门，他们去春山路看了雾凇，晶莹剔透的冰棱挂在树上漂亮至极，喻笙戴着帽子和围巾，仍是冻得不行。他们在树下拍照，她僵硬的脸实在笑不出来，任时川便用焐热的手捧着她脸颊。受不了她直勾勾盯着他的目光，他拉下她的帽檐，遮住那双水汪汪的眼睛。

第四扇门，喻笙出差胳膊受伤，右手打了半个月的石膏，任时川变着花样给她炖汤补身体。

喝到最后喻笙嫌腻，皱着苦巴巴的脸不肯再喝，任时川便哄着她喝完有奖励。小到送蓝牙音箱当礼物，大到下次出门旅行的地点随她定。直到喻笙养完病体重涨了五斤才作罢。

第五扇门，画面陡然转到了医院，色彩开始变成灰白。任时川因为在工作中晕倒被送去医院，结果检查出脑癌晚期，他脑子里的肿瘤已经开始影响行动与认知。喻笙收起诊断单,回病房时,任时川静静地躺在病床上,那张清俊而苍白的脸还在对着她笑,问检查结果怎么样。

喻笙想扯个安慰的笑,但笑起来比哭还难看。她不想瞒他,深吸了口气说:"医生说你的情况不是很好。"

她清晰地看到,这句话说出来时,任时川的表情僵住了,他顿了顿问:"是什么病?"

喻笙的眼泪比回答来得更快,喉咙酸涩得让她无法开口,嘴唇翕动着,任时川盯着她的口型,徐徐重复了一遍:"脑癌。"

他的眸光也由亮转暗,逐渐灰败,但仍旧温柔地擦去她眼角的冰凉:"不要为我哭,笙笙,生老病死是人之常情,我的人生只是过得快了点。"

时间仿佛按下了加速键,白昼与黑夜在瞬息间轮转,从深秋到冬天,竟只是秒针随意划动的那片刻。喻笙看着任时川憔悴枯萎,一病不起,看着他躺在病床上全身插满管子,看着他的心率检测仪变成一条直线,看着他从一个活生生的人变成一捧骨灰。

她能感受到自己的心脏被揪成一团,有种苦闷又窒息的绝望感。

最后一扇门,是任时川的葬礼。

他的遗照旁堆满白菊,以至于后来她放上去的那枝卡布奇诺玫瑰显得格外突兀。

阴冷天空下,她麻木地接受着共同好友的慰问与怜悯,每个人的话都在提醒她任时川的离开是不可辩驳的事实。她已经哭不出来,面无表情地被章念念抱住时,干涩的喉咙终于忍不住哽咽着开口:

"念念,我好想他。"

她好想任时川。

不是那张冰冷遗照里的任时川,不是装在骨灰盒里的任时川,不是病床上的任时川,不是生病的任时川。

她想念的是那个鲜活的人。

她不能失去他。

喻笙满脸泪水地醒来,感受着病床上任时川手指的温度,他的呼吸绵长,双眼紧闭。

这个梦如此真实,让她想起那个很久没有出现的热线,那个预言任时川会得脑癌去世的"未来的她"。

梦里那些噬心的场景,爱人去世,生离死别,是"她"亲身经历过的伤痛吗?"她"又是怀着怎样的心情和昔年尚且活着的爱人通话呢?

喻笙心绪复杂,庆幸只是个梦,任时川还活着,他们还有改变命运的机会。

04

任时川昏睡了两天,在第三天的傍晚终于醒转。

这期间陶疏白和冯松都来看过,章念念也来了,喻笙刚把她送下楼,回病房时,抬眼恰好撞上床上那双雾色般沉净的黑眸。她愣了下,旋即惊喜上前,询问他有没有哪里不舒服,要不要喝点水。

面对她的关切,任时川却露出茫然,视线落在她脸上,语气陌生地开口:"你是谁?"

一瞬间,空气静止了。

他不认识她了。

是手术后遗症吗?还是因为车祸撞到了头的缘故?

喻笙不敢置信,怔怔地望着任时川,眼中闪过一丝受伤,刚伸出去想拥抱他的手倏地缩了回来。她强装镇定对他笑了下,嘴上说去找医生来看看,转身却难忍鼻腔的酸意,险些要落下泪来。

但还不等她迈出一步,手腕就被一只温热的手掌拉住。任时川熟悉的温柔语调从身后响起:"笙笙,抱歉,我只是想开个玩笑。"

喻笙脑子里"嗡"的一声响,回头看到他唇边噙着的宠溺笑意,终于确定他刚才的确是骗她的。

他没有忘记她。

心里的委屈在这一瞬间全涌了上来,那些担惊受怕、虚惊一场,以及梦里经历的种种,让她呜咽着扑进了任时川的怀抱。

任时川起先还想躲,他睡了太久,怕身上有味道,怕熏着她,但喻笙抱得他很紧。

象征性躲了躲发现没用后,任时川索性放弃了挣扎,抬手回拥住她,手在她后背一下一下拍着,像哄孩童一般。

"怎么哭得这么厉害,谁欺负你了?"

喻笙说不出话,只能摇头,低低的哭腔从他怀中传来。

两人保持着这个动作好一会儿,直到被查房的护士发现,叫来医生给他做了检查。

喻笙等在旁边,许久后,听见医生说他恢复得很好,才终于松了口气。

任时川并不知道自己出了车祸,他只记得那天开车是要去医院,但在半路就已经头痛欲裂失去意识。睡醒后看到喻笙,还以为她是出差途中匆忙赶回来的。

在得知自己脑袋里长了个肿瘤并已经做手术切除时,他摸了摸头顶的纱布,有些怔然。

喻笙问他怎么了,他脸上浮起淡淡的笑,摇头说没事。

接到儿子苏醒的消息后,刚回去休息的任父任母又赶回医院,抱着任时川一顿哭。

喻笙不好在场,便借口去打水离开了病房,等她打完水走到门边,碰巧听到病房里任母提到了她的名字。

"这些天都是喻笙这孩子一直在医院衣不解带地照顾你,没人能再这么对你好了,儿子,你要珍惜。"

喻笙在医院这几天跟任父任母打过几回照面,二老心系病床上昏迷不醒的任时川，与她交流不多。喻笙也没告诉他们自己和任时川在谈恋爱，只说是朋友，原来他们是看在眼里的。

她心下一热，无声地笑起来。

任时川手术后切下的肿瘤去做了病理化验，结果出来也是良性，医生说只要再休养一阵子就可以出院了。趁喻笙不在，任时川问起那个困扰他多日的问题。

上次体检时另一位医生说他脑子里的是囊肿，怎么会几天过去变成了肿瘤。

医生告诉他可能是仪器或者诊断报告出现了错误，导致当时的医生误诊。说着，医生的视线扫过他骨折的那条腿，摇头笑道："你这车祸也算是因祸得福，肿瘤就是要早发现早治疗，耽误个一年半载就不行了。"

在医院住了大半个月，出院那天，任父特意带了一个火盆，让任时川跨过去除晦气。

拆掉头上的纱布后，任时川因为手术被剃掉的发型如同狗啃，索性去理了个板寸。没了刘海后，他那浓黑的眉眼露出来，透出几分少见的野性，让喻笙花了好几天才适应。

为了庆祝任时川手术成功，冯松在丛阅的餐厅订了位置，把陶疏白和朝旭也叫上了。

丛阅从酒柜里拿了一瓶唐培里侬，除了大病初愈的任时川，给其他人都倒上了。她知道任时川喜欢喝酒，没忘了告诉他："我给你也存了一瓶香槟，等你病好了过来喝。"

任时川谢过好友，垂眼看喻笙拿起酒杯就要喝，低声提醒她这酒度数高，不要贪杯。

喻笙早已被酒香吸引，这酒闻起来有种柑橘与辛辣交杂的奇异香气，口感也不错，顺滑浓郁，带点咸味。她没忍住多喝了两口。

丛阅见她喜欢喝，又给她满上一杯。

两杯酒下肚,喻笙的酒劲上来,把那张脸染得红扑扑的。

喝醉酒的喻笙骨头都是软的,坐没坐相,任时川把她抱进副驾驶,扣安全带扣了半天。

好不容易回到家,在任时川给她擦脸时,她迷蒙的意识似乎清醒了一些,嘴里念叨着他的名字:"时川。"

他停下动作,温声回应:"我在呢,笙笙。"

她像是听到了,不再说话,安静地任由任时川给她擦完脸和手,直到他拧干毛巾要端盆离开,她才忽然拽住了他的衣角。

任时川回头,看到她眼尾淌下的湿意,那双茶褐色的眸子望着他。

"我在做梦吗?"她问任时川,"你是真实存在的吗?"

任时川把盆放下,躬下身用额头贴上她的额头。两人距离很近,呼吸只在咫尺。

"看到我了吗?感受到我了吗?"他问。

喻笙如蝴蝶振翅般眨了下眼,把他的头推开,手在他头顶手术缝合的位置轻轻了碰,问:"疼不疼啊,这里?"

她身上的酒气侵入鼻腔,任时川索性蹲在她面前,仰视着看她。

"疼,特别疼。"

他扯了谎,其实最疼的是刚从医院醒来那几天,伤口愈合期不能抓挠,他快要难受死了。至于现在,只是那个疤看起来狰狞了点。

但喻笙此刻喝醉了酒,他借女朋友的醉意讨一点温柔不过分吧。

只是没想到,迎接他的是喻笙无声流满双颊的眼泪。

"你知道吗?我做了一个梦。"她呜咽着,抽泣着,一字一句地说,"我梦到你死了。"

那个梦何其残忍又何其详细,让她不敢再回想第二遍。

任时川替她擦掉眼泪,将她圈在怀里。

"我知道你一直在担心,笙笙。手术很成功,我不会死,我们会活到八十岁。"

喻笙感受着他胸腔里心跳的频率,是啊,现在他不会离开她了。

"你还有接到过那个电台热线吗?"

"很久没有接到了。"任时川垂眸看她,"怎么了?"

喻笙对上他的目光,徐徐道:"如果你再接到,能不能帮我转达一句话。"

就说——

辛苦了,谢谢你。

宇宙浩渺,也许是时间黑洞的某刻扭曲,让他们拥有隔着时空对话的缘分。命运的转轮从那时启动,他的未来不再是恒定、单一且不可逆的结局。

一切都要感谢那个人的出现和提醒,"她"救了他。

喻笙酒醒后也问过任时川,为什么他之前出现症状时要瞒着不告诉她。她是他的恋人,有知晓他身体状况的权利。

任时川说:"在没有确诊之前,我不想让你担心。"

喻笙气得瞪大眼:"这种事等确诊再说就晚了,下次有点风吹草动就要告诉我。"

她说完自觉失言,又鼓着脸补充道:"不,已经没有下次了。"

任时川被她的表情逗笑,抬手理了理她鬓边碎发,温柔地附和:"是,没有下次了,不会有下次了笙笙。"

那个冬天,在任时川去医院复查后的某天,他带着喻笙回家见了父母。如同喻笙梦里梦见的那样,任父任母对她都很亲切,他们回忆起任时川住院那段日子,语气里对她充满了感激。

任母握住她的手,温声笑道:"笙笙,以后时川要是欺负你,一定要告诉我,我帮你教训他。"

喻笙偏头迎上任时川的视线,冲他得意地扬扬眉头,乖巧地接过任母的话:"我会的,伯母。"

傍晚春江落了一场大雪,整个世界转瞬变成白茫茫一片。

天寒地冻,难得休假,在任家二老的挽留下,两人在任家留宿了一晚。

　　晚上任母收拾出一间客房给喻笙住，任时川则睡在隔壁自己的房间。这倒不是他的主观意愿，任母说情侣也得有自己的个人空间，不必总时时黏在一块儿，况且喻笙来家里也算客人。

　　夜里长辈睡下，两个年轻人却睡不着。

　　喻笙听着窗外簌簌落雪声，屈起手指敲了敲床头的墙壁，一墙之隔后是任时川。

　　怕他没听见，她又发去消息。

　　不知冬：睡着了吗？睡不着扣1。

　　镜里川：1。

　　镜里川：我听到你敲墙的动静了，笙笙。

　　与此同时，墙那边也响起叩墙声，是他的回应。

　　不知冬：时川，我好像有点认床，今晚要失眠了。

　　镜里川：需不需要我过来陪你睡？

　　镜里川：需要的话敲一下墙壁，不需要就敲十下。

　　不知冬：为什么不需要得敲十下？那多疼啊。

　　镜里川：笙笙要是怕疼，敲一下就好了。

　　镜里川：[小熊鞠躬gif]

　　好久没看到他发表情包了，喻笙有些意外，又觉得久违的可爱。

　　"砰砰砰砰——"她抬手在墙壁敲了四下。

　　不知冬：听见了吗？

　　镜里川：听见了，但四下是什么意思？

　　不知冬：需要的意思。多的三下是感叹号，加强语气。

　　消息发出去不到三十秒，她收到了回复。

　　镜里川：开门。

　　任时川穿着单薄的睡衣站在门外，高大的身影仿佛鬼魅的影子，在喻笙开门的瞬间揽住了她。他的怀抱带着凉意，令喻笙微微战栗。她拉着他进房间，反手锁上了门。

喻笙没开灯，房间对于任时川来说过于昏暗，但他并不担心，任由喻笙将他带去床边。

说好是过来陪睡，但两人躺在一张床上时，没人能真的睡着。

"去年下雪的时候，我们在做什么？"喻笙问。

任时川认真地回忆："看完电影回家的路上，你下车玩了会儿雪，我还把你捏的雪人弄散了。"

喻笙笑着补充："你还送了我一双手套，比我的手大很多。"

说着，她伸手与他的手贴在一块儿对比了下，两只手晃来晃去，忽然扣在了一起。她的手是热的，手指细腻柔软，任时川甚至能感受到她掌心沁出的薄汗。他忽觉嗓子有些干燥，滚了滚喉结，吞咽的细微声音被喻笙听见了。

"怎么了？"她问。

任时川没说话，但喻笙感觉到他身体变得紧绷了一些。她的手往被子里探去，不出意外地在下方碰到一处坚硬，任时川吸了口气。

她耳尖蹿上热意，低声开口："要帮你吗？"

任时川按住她的手，控制着气息道："我也想让你舒服，笙笙。"

漆黑静谧的房间，任时川炙热的吻从喻笙的眉眼一路往下，两个相拥的人身体紧贴，如同海上冒险的水手，向着风浪最深处航行。澎湃的海水支撑着那叶孤舟，不断起伏与碰撞。

喻笙仰着头，从迷离中挣出一分清醒，伸手捂住任时川的嘴。

"你小点声，你爸妈在家呢。"

任时川捉住她手腕握在枕边，低头吻上她的唇瓣："我尽力控制。"

此后动静渐小，直到夜深，风收雨停。又温存了会儿，等喻笙徐徐睡去，任时川才回到自己的房间。

次日，两人装作没事人一般，吃完早饭后，跟任父任母告别，开车回家。

2020年伊始，一种新型病毒肆虐，所有小区都进入封控阶段，上班和上课都变成了线上模式。

喻笙的毕业论文和毕设都是在家做完的，手忙脚乱地完成线上答辩后，她的大学生涯似乎就正式落幕了。

好友群里开视频聊天，章念念、江序和她隔空碰杯，庆祝毕业快乐。

章念念还在四处投简历找工作，江序要回老家发展。

大家来自山南水北，毕业后又要各奔东西。

那年夏末，陶疏白发布了第二首新歌《迟夏写信》，这首苦情歌的旋律伤感又抓耳，歌词也十分诗意，很快在网上小火了一把。

后来他被公司安排随乐队去国外演出，在酒吧里被男人搭讪时，是个华人女孩替他出头拦下。他对她道谢，而她蹙眉盯着他的喉结才反应过来："……原来你是男的。"

陶疏白苦笑着承认："我的长发确实容易让人误会。"

女孩摇头："是你的长相优越到让人忽略性别。"

她朝他伸手："难得在国外遇到同胞，我叫蒋婉。"

陶疏白言笑晏晏："陶疏白，我的名字。"

——这是喻笙所不知道的，陶疏白与蒋婉结缘的开始。

银杏变黄的秋天，任时川的电台久违地接到了那个热线。

如同心有灵犀般，喻笙那晚也恰好在听电台，她把任时川的声音当作背景音，正在文档里写笙语公众号的文章。

听众连线环节开始时，她并没有留意，直到电话接通，对面同她如出一辙的声线响起，她正在敲键盘的手忽然顿住。

"你好，任时川，这次是真的好久不见。"

仔细分辨起来，那个声音要比她低沉一些，其中夹杂着些许紧张与惊喜。

任时川也认出来了，他轻轻一笑："好久不见。"

"我听了节目开始时报的时间，现在是2020年的10月29日，对吗?"

"是的。"

"你还活着。"

"我还活着。"

那边迟疑着,忍不住好奇:"你……身体怎么样?"

"我很好,去年做了个手术,今年几次复查都没有问题。"

"真好!"她语气激动,长叹一声,"你活下来了,真好……"

"这都要谢谢你。"任时川温声道,"我和她都很感谢你。"

他转告了喻笙当初要他转达的话语。那边沉默片刻,再开口已有隐隐的哭腔。

"怎么会辛苦呢,"她说,"你活着对我来说就是最重要的事。"

喻笙听着她话音里的颤抖,不知为何,心也跟着揪紧。她想起在任时川住院时做过的那个梦,梦里的绝望和心碎还历历在目。

失去爱人的那刻她有多无助,现在应该就有多欣喜吧。

晚上任时川下班,将接到热线的事跟喻笙说了。

喻笙故作不知,问对方说了什么,任时川便将他们的对话大致概括了下。

"……最后,她祝我们幸福。"

他没有再瞒她,喻笙听着这些熟悉的话心口一热,有暖流涌上双眼。

次日一早,喻笙接到荣心月的电话,那头问她打算什么时候回家。外婆太久没见她都出了幻觉,昨晚一直念叨在电台里听到了她的声音,问她是不是回春江之声上班了。

喻笙找话搪塞过去,说过两天有空就回。

喻青南抢过荣心月的电话,催喻笙赶紧把男朋友带回家,女婿再丑也得见家长。

"知道了,爸。"喻笙连声应着,借口要上班,迅速挂断通话。

本来还犯困,现在是真的睡不着了。今天调休,她盯着天花板,思量着再躺会儿还是现在起床，旁边横过来一只手搂住她。

任时川也被那通电话吵醒，静静听完全程，睡眼惺忪地看着她。

"女婿再丑也得见家长，笙笙，你打算什么时候带我回家？"

喻笙犹豫："还没想好，要不下个月？"

任时川轻轻捏住她的下颌，黑眸微眯："我很拿不出手吗？你看起来好像很不情愿带我回去。"

倒也不是。对喻笙而言，带对象见家长太过正式，仿佛下一刻就要走流程结婚一样。她还不想结婚，至少不想那么早。

任时川便问她的理想结婚年龄是什么时候。

"25岁。"喻笙回答得毫不犹豫。

任时川凝眸看她："为什么？"

对啊，为什么呢？

她心里浮起一个模糊的影子，和她有着别无二致的模样，却拥有一双阅过生死的眼睛。

那是未来的，25岁的她。

"我也想让她幸福。"喻笙轻声说。

来年的春天，疫情好转，旅游业放开。喻笙请了几天年假，和任时川去南苍玩。

白天两人跟着攻略四处游玩，晚上喻笙抱着电脑写东西，任时川以为她在加班，喻笙只是笑了笑，在文档里敲下标题。

——喻笙，这封信致25岁的你。

她写了一封不算长的信，描述着曾经做过的那个失去任时川的梦，也感谢未来的她出现，及时替任时川避免了这场劫难。

"如果彼时的你还记得这一切，那我们就一起幸福吧。"她敲下最后一句。

这封信被她放在小号邮箱里，设置了定时发送。

她笃信，等时间流转到某个节点，信的内容会被该看到的人看见。

▼ 尾声 ▼
这封信致25岁的你

等时间回温

  2024 年的元旦刚过，喻笙就收到了章念念的请柬。她和陈柏野打算二月份订婚，已经看好了酒店，只邀请了家人和几位亲近的朋友。
  她叮嘱喻笙："一定要来，我的重要日子都想有你见证。"
  喻笙笑着答应："放心，我会准点到的。"
  挂了电话，她嘴角弧度下落，神情逐渐变得惆怅。身边的人好像都有了新的人生，只有她还停留在原地，等着一个不可能回来的人。
  这晚是周四，喻笙一如既往守在电台前。从上次连线结束后，她已经快两个月没有收到那个电台信号了。只有记忆偶尔会随着时间变化，那些画面如同纷落的雪花，无声融进她的脑海。
  在她出神的间隙，正常播放的电台忽然响起刺耳的电流声。
  "以音乐的力量，听世界的声音，欢迎收听春江之声音乐电台。现在是 2020 年 10 月 29 日晚上 20 点整，我是主持任时川。"
  那个许久不见的声音终于再次出现。
  喻笙耐心地等到连线环节，拨去电话，小心翼翼地询问。
  如她期待的那样，任时川躲开了那个命运，他还活着。
  听着他的感谢，她长久的悲伤终于有了倾泻的出口，但她忍住了。
  "怎么会辛苦呢。"她笑着，尽管声音里的哭腔那样明显，"你活着对我来说就是最重要的事。"
  她祝他们幸福，希望他们隔着时空，能够把她经历的不圆满变成圆满。
  只要他活着，她别无所求。

  喻笙去了任时川的公寓，自从他去世后，这里就一直空着。
  二狗被送回了他父母那里，留下来的食碗倒在墙角，无人在意。
  客厅里的摆设依然如旧，书架上，她送他的《活着》和那本《岛上书店》都在其中。

她取出来翻阅,意外地在《岛上书店》里发现除她夹的那枚花瓣外,还有一片苦楝树的叶子。

苦楝树叶所在的地方,是鲁米的一句诗。

> 来吧,亲爱的,
> 且让我们来相爱,
> 趁你我,
> 尚在人世。

她的心脏猝然一缩,鼻腔一阵酸涩。

擦去眼角的冰凉,她把书放回书架,打开了次卧的房门。这是她当初住的地方,东西没有任何变动,桌上绿镜的黑胶唱片和那个鹦鹉羽毛做的相框合照都还在,除此之外,还多了一面照片墙。

当初她把他们的照片全贴了上去,任时川还问以后拍多了贴不下怎么办,她怎么回答的?她说那就多买几个相簿用来装照片,以后再用一个书架专门放相簿。

可是结果呢,这面照片墙都没能贴完。

她的手指拂过那些照片上任时川的眉眼。

笑的。

温柔的。

故作生气的。

被偷拍的。

无一例外,每张照片里他看的不是镜头就是身旁的她。

喻笙靠近将脸贴在照片上,仿佛能借此感知到他的温度。许久后,终于不舍地抽离开。

她从衣柜里取了床被子铺在床上,躺了上去。

空调温度渐渐升高,房间变得暖和,她闭上眼,睡了过去。

这一夜，小寒至。

春江的冬天时隔两年，终于又下起雪。

茫茫墓群中，属于任时川的那座墓碑在雪中渐渐消散，如同一场幻梦。

喻笙难得睡了个好觉，醒来时天光已亮，她翻了个身，却撞进一个温暖的身体。

男人长臂一揽，将她拥在怀里，她起先愕然，抬眼看到那张熟悉的面孔时，彻底怔住。

那是她想念了好久好久的人。

喻笙轻轻描摹着任时川的睡颜，生怕一眨眼，这张脸就会消失掉。

然而，作乱的手下一刻就被捉住，任时川的手温热，睁开的眼中清晰映着她的样子。

"笙笙，你的手好冷。"他的声音带着没睡醒的慵懒，却像是早已习惯一般，把她的手捂在掌心，"我帮你暖暖。"

喻笙眼窝一热，艰涩地开口："我是在做梦吗？你是真实存在的吗？"

任时川顿了下，似乎觉得这个问题有些奇怪，但仍笑着凑近了她，用鼻尖蹭了蹭她的脸颊，再在唇上亲了亲。而后，他才回答："看到我了吗？感受到我了吗？"

喻笙终于敢眨眼，眼中的晶莹也随之滑落。

这就是失而复得的感觉吗？

她感觉心脏炸成了烟花，而绽放的声音就在耳边怦然回响。

与此同时，有些记忆纷至沓来，强行涌入她的脑海。

那是他们的过去。

现在，也是她的过去。

她想起了那封邮件，立即起身打开电脑，登录邮箱。

在一天前，定时推送刚把它发过来。

标题：喻笙，这封信致 25 岁的你。

你好，未来的喻笙。

虽然我自认为足够了解自己，但好像对于你，我知之甚少。

其实五年算不上多长的时间，但你比我多经历的那五年，又那样漫长和残忍。

我们都很爱任时川，你比我认识他更久，想来在他生病离世那段时间，你应该比我更痛苦，那时的你是怎么熬过来的呢？

在他住院时，我做过一个梦，梦里出现了好多扇门，我一扇扇推开，发现全是我和他的画面。

那都是些我没有经历过的事，比如见他父母、去看雾凇，可是这些事在后来都发生了。

我还梦到了他生病到去世的过程，那个画面我之前也梦到过，但都是模糊不清的碎片。这次却梦得很清楚。

我想，可能那时我梦到的，是现在的你和他的过去。

你失去过他，而我借着那个梦，也体会过和你一样的心情。

那是无法言喻的，绝望又窒息的心碎。

幸好上天眷顾，给了他可以重新选择的机会，也感谢你的出现，让他避免了这场劫难。

他会有光辉灿烂的未来。

我们也是。

如果未来的你还记得这一切，不妨让我们一起幸福。

— 全文完 —

『因为此刻的你,是我无比确信的真实。』